KB146616

소피아는
언제나
검은 옷을 입는다

소피아는
언제나
검은 옷을 입는다

파올로 코녜티 소설

최정윤 옮김

Sofia si veste sempre di nero

Paolo Cognetti

H

죽는 것은
예술입니다. 다른 모든 것들이 그렇듯이.
나는 그걸 특히 잘합니다.
나는 그걸 지옥같이 느껴지게 합니다.
나는 그걸 진짜같이 느껴지게 합니다.
아마도 내게 소질이 있다고 생각하겠지요.

실비아 플라스

차례

여명

어느 날 밤, 간호사는 병동에서 창밖을 내다보았고 병원 밖에 그의 승합차가 서 있는 것을 보았다. 자동차의 상향등이 세 번 깜박였고 그녀가 팔을 들어 인사하자 다시 켜졌다. 그녀는 동료에게 교대를 부탁하고 직원 전용 계단을 이용해 화물차가 드나드는 입구로 내려갔다. 가을비 속에서 남자가 차창을 내리고 그녀에게 결단을 내렸다고 말했다. 간호사는 그의 말을 반신반의하며 유심히 바라보았다. 그녀는 주변을 살폈고 단둘이 편히 대화하기 위해 빈 병실이 있는 1층으로 그를 데려갔다.

늘 담배 냄새가 배어 있는 그의 콧수염에서 와인 향이

났다. 병실 안으로 들어온 그는 그녀를 끌어안고 침대로 밀어붙였지만 그런 방식을 좋아하지 않는 그녀에게 거절당하고 만다. 남자는 기분이 상했다. 창문을 열고 담배에 불을 붙인 뒤 밖을 내다보았다. 잠시 후 그가 입을 열었다. "이렇게 비가 계속 오면 물고기처럼 지느러미가 생기겠어."

"그래서?" 간호사가 물었다. "어떻게 할 생각인지 설명해줄래요?"

남자는 바로 대답하지 않고 내리는 비를 바라보며 담배 몇 모금을 빨아들였다. 그러다 그날 밤 집에 돌아가지 않았다는 말을 꺼냈다. 아내에게 그만하라고 소리를 지르며 문을 박차고 나왔다고. 그 길로 바에 갔었다는 말은 하지 않아도 알 수 있었다. 그때 시각은 새벽 1시 45분이었다. 그는 한 손으로 자신의 축축한 머리를 쓸어 넘겼고 간호사는 그가 바에 있던 다른 남자들과 함께 여자 얘기를 하고 웨이트리스의 꽁무니를 쫓아다니며 늦은 시간까지 술을 마셨다는 것을 짐작할 수 있었다. 그리고 이 때문에 결국 그녀를 찾아왔다는 것도. 그가 말했다. "당신도 날 원치 않는다면 난 차에서 잘게. 그렇다고 뭐 달라질 건 없어." 그가 다시 그녀를 안으려고 했을 때 그녀는 가만히 있었고, 눈을 감고 그동안 쌓인 이 남자의 위선과 거짓을 떨쳐버리려고 애썼다.

그날 밤 그녀는 응급 출산 호출을 받았다. 임신 7개월인 스물두 살 여자의 출산이었다. 산모는 상당한 출혈을 하며 청색증의 자그마한 아기를 출산했다. 의사는 아기의 등을 두드려 울음을 터트리고 숨을 쉬게 하려 했지만 아기는 숨을 쉬지도 울지도 않았다. 아기를 살려야 했다. 의사는 조산아에게 뭔가 석연치 않은 점이 있다고 느꼈다. 산모가 임신 중에 먹지 말아야 할 궤양 약을 몰래 먹은 사실이 밝혀졌다. 설명을 요구하기엔 산모가 무척 흥분한 상태였다. 출혈량이 상당했다. 산모는 침대에 누워 소리를 지르고 욕설을 하며 자책했다. 의사들은 검사를 나중으로 미루고 산모를 붙잡아 팔에 정맥주사를 놓아 잠들게 했다.

아기의 인큐베이터에는 소피아 무라토레라고 적힌 이름표가 붙었다. 아기의 아버지는 하루에 몇 번씩 아기를 보러 왔다. 지치고 혼란스러운 모습으로 그는 아내와 딸이 아픈 건 둘 중 누구의 탓인지 생각하며 둘 사이를 왔다 갔다 했다. 아기를 만지는 것은 허락되지 않았기 때문에 유리를 통해 하염없이 바라보기만 했다. 아이에게 정을 붙여도 될지, 신생아와 열대 양서류를 볼 때처럼 예쁘다고 해야 할지 끔찍하다고 해야 할지 감정에 확신이 없었다.

간호사는 아무도 없는 밤에 소피아에게 말을 걸기 시작했다. 그녀는 인큐베이터 옆에 앉아서 이야기를 들려주었다. 발코니에서 키우는 식물들에게 이야기하듯. 큰 도움이 되진 않을지 몰라도 그녀에게도 아기에게도 나쁘지 않왔다. 그녀는 소피아에게 모든 이야기를 들려주었다. 그녀가 자란 농장과 서른 살까지 살아온 이야기, 자신의 천직을 찾게 해준 신부님, 간호학교의 냉정한 수녀님들, 도시로 이사 온 날과 아파트를 보고 울었던 일들에 대해 전부 이야기했다. 그녀는 강인해지는 법을 배워야 했다. 이를테면 피나 구토, 배설물, 감염된 상처, 병이나 사고로 심하게 훼손되고 절단된 몸을 보거나 할 때 말이다. 보기 싫다고 회피할 수 있는 것들이 아니었다. 그녀는 아기에게 표현할 수 있는 가장 쉬운 말로 이 모든 것을 설명했다.

어느 날 밤, 소피아에게 이야기를 들려주던 중 그녀는 자동차 경적 소리를 들었다. 창밖을 보았고 남자의 승합차가 주차장에 있는 것을 발견했다. 전조등이 깜박였지만 그녀는 움직이지 않았다. 그곳에 서서 그 메시지의 내용이 명확하다는 확신이 들 때까지 기다렸다. 남자가 차에서 내려 창문 쪽을 바라보며 담배 한 개비를 모두 피웠다. 그런 다음 꽁초를 바닥에 던지고 마치 그녀를 짓밟듯이 신발로 뭉갠 뒤 다시 차에 올라 시동을 켜고 출발했다.

"소피아." 간호사가 소리 내어 말했다. "태어나는 게 뭔지 아니? 전쟁터로 떠나는 배와 같은 거야."

그날 아침 소아과 의사는 아기가 위기를 넘겼다고 진단했고, 마침내 아기는 엄마 곁으로 돌아갔다.

해적 이야기

결혼 생활이 어느 시점에 다다랐을 때 소피아의 부모는 이혼이 아닌 이사를 택했다. 밀라노를 떠나서 새로 시작한다는 느낌이 들 정도로 색다르고 먼, 도시 외곽으로 나가기로 했다. 1985년 봄, 소피아 가족은 공원으로 둘러싸인 주거 단지에 있는 신축 빌라를 구했다. 집과 정원을 둘러보고 마을의 이름을 딴 연못 위쪽의 자그마한 벌거숭이 언덕에 올라 경관을 살펴보았다.

미래의 어느 일요일 아침에 이런 이야기를 들려주면 소피아는 자신이 본 라고벨로는 동화 같은 마을이라고 이야기할지도 모른다. 크면서 이곳을 얼마나 증오하게 될지도 모른 채. 여덟 살의 소피아가 바라는 것은 강아지 한 마리와 나무 위의 오두막집, 혼자서 자전거 타기, 부모님 두 분이 사이좋게 지내는 것이었다. 소피아는 벌써 여러 차례 부모님이 싸우는 것을 봤다. 그녀의 눈에는 두 사람의 문제가 미스터리처럼 느껴졌지만 이렇게 멀리 떠나온 데는 이유가 있을 거라 직감했다. 두 분 사이에 뭔가 문제가 있고, 새로운 집에서 나아지기를 바란다는 것을 말이다. 그녀는 기도했다. **부디 이번이 좋은 기회가 되게 해주세요, 제발.**

소피아는 크면서 지붕과 굴뚝, 잔디밭을 수놓은 자갈, 차고의 셔터 위로 햇살이 반짝이는 모습을 묘사할 것이다. 부동산 중개인이 지평선에 걸친 알프스를 가리키는 동안 소피아의 엄마는 남편에게 한 손을 뻗는다. 부르거나 건드리지 않았지만 뭔가 신호를 받기라도 한 듯이 그도 손을 내밀어 아내의 손을 잡고, 소피아는 기도의 놀라운 힘을 실감한다.

그해 여름, 이사 온 지 얼마 지나지 않은, 여전히 벽지가 벗겨져 있고 박스에 담긴 책도 미처 정리가 안 된 시점에 로베르토가 웬 아이를 데리고 집으로 돌아왔다. 오랜 친구의 아들 오스카였다. 친구 아내의 건강이 악화되어 잠시 맡아달라는 부탁을 받은 것이었다. 로베르토는 그녀와도 친구였다. 남다른 의미의 친구. 그녀는 오래전부터 건강이 좋지 않았다. 이제는 붓고 노르스름한 얼굴과 머리카락이 다 빠진 그녀의 모습을 보는 데 모두 익숙했고 전화 통화를 하거나 대화를 할 때에도 그녀의 모습이 원래 그랬던 것처럼 자연스레 여기게 되었다. 치유가 될 거라고 바랄 만큼 순진한 사람은 없었다. 하지만 아픈 몸으로라도, 언제까지일진 모르겠지만 아슬아슬하게나마 현재를 살아갈 수 있을 거라는 착각에 빠져 있었다. 그런데 이제 상황이 더욱 악화된 것이다.

"왔구나." 부엌 창문을 통해 자동차가 들어오는 것을 보고 로사나가 말했다. 식탁에는 네 사람의 식사가 차려져 있었고 가스레인지 위에서 냄비가 끓고 있었다. 그녀는 싱크대에 담뱃불을 끄고 말했다. "나와 약속한 걸 잊지 말아라."

전부 기억한다는 것을 증명하려고, 소피아는 문을 열고 현관에 섰다. 나중에 크면 여러 무대에서 오늘 저녁의 여자아이 역을 맡아 이 장면을 연기할 것이다. 문기둥에 등을 기대고 손은 등 뒤로 넘긴 채 가슴을 쭉 내밀고, 라고벨로로 이사 온 후로 엄마가 퇴근하는 아빠를 맞이하는 바로 그 모습대로 서 있다. 엄마를 흉내 내는 모습이 사시 교정을 위해 오른쪽 렌즈에 거즈를 붙인 안경 때문에 더욱 우스꽝스러워 보였다. 마당 끝에서 로베르토는 다리로 대문을 밀고—손에는 서류 가방과 오스카의 배낭, 묘목상에서 방금 구입한 비료 포대가 들려 있다―문 앞에 서 있는 딸에게 뽀뽀를 한 뒤, 뒤따라 들어오는 손님을 맞는 일은 소피아에게 맡기고 집 안으로 들어간다.

"안녕." 소피아가 말했다. "배고프니?"

"글쎄," 오스카가 대답했다. "뭐 먹을 거 있어?"

"퓌레를 곁들인 미트볼이 있어. 퓌레는 내가 으깬 거야. 아이스크림도 있어."

"눈은 왜 그래?"

"아, 이거, 괜찮아. 이쪽 눈은 약시야. 다른 한쪽 눈 없이도 혼자 힘으로 보는 법을 가르치는 중이야. 그렇지 않으면 제 기능을 안 하려고 하거든."

"좀 봐도 될까?"

"그래." 몇 년 후면 자신에게서 사라질 평온함으로 소피아가 말했다. 소피아는 안경을 이마에 걸치고 왼쪽 눈을 통제하려고 안간힘을 썼다. 하지만 긴장하기도 했고 여태껏 앞을 똑바로 본 적이 없어서 마음처럼 되지 않았다.

"멋지다." 오스카가 말했다. "어떻게 하는 거야?"

"난 아무것도 한 게 없는데."

"정말?"

"너희 엄마 일은 유감이야." 소피아는 준비한 말을 떠올려 말했다. 오스카는 당황스러웠다. 그는 어깨를 으쓱하더니 신발코로 현관 앞 풀밭을 툭 찼고, 그때 부엌에서 식사하라고 부르는 소리가 들렸다.

그날 저녁 오스카는 또 다른 흥미로운 점을 발견했다. 10시가 되면 로사나는 침대 위 소피아 곁에 앉아서 그녀의 안경을 벗기고 접어서 케이스에 넣은 다음 손가락 하나를 그녀의 코끝에 얹었다. 그리고 소피아가 초점을 맞추려 애쓰는 동안 천천히 손가락을 떼었다. 몇 차례 연습을 반복한 후 로베르토도 그녀들의 또 다른 의식에 동참했다. 그들은 주님의 기도와 성모송을 암송하고, 로사나가 지나간 시간과 새로 온 친구에 대해 감사의 말을 하고, 모두 평온하게 잠들 수 있게 해달라는 즉석 기도를 드렸다.

"아멘." 소피아가 말했다. 로사나는 몸을 숙여 소피아에게 굿 나이트 키스를 했다. 그녀는 오스카에게도 똑같이 해주는 게 맞는 것 같았다. 오스카는 어떻게 반응해야 할지 몰라 이불을 이마까지 끌어당기고 눈을 감았다. 어른들은 불을 끄고 방을 나갔다.

"늘 이렇게 하셔?" 두 사람이 나가자 그가 물었다.

"뭘?"

"저런 미소와 뽀뽀 말이야."

"예전엔 저러지 않았어." 소피아가 말했다. "예전엔 늘 싸우기만 하셨어. 이제 서로 노력하고 다시 사랑하기로 약속한 거야."

"에이 별거 아니네." 오스카가 이마를 긁으며 말했다.

둘은 불과 몇 주 전에 카탈로그를 보고 꾸민 작은 방안 새 침대에 누워 있었다. 앞으로 3년 동안 돈을 갚아 나가야 하지만 로사나와 로베르토는 향후 계획을 생각해 더블 룸으로 꾸미기로 결정했던 것이다. 두 사람은 얼마 전부터 둘째를 갖는 것에 대해 진지하게 고민하고 있었다.

"그건 뭐였어?" 오스카가 물었다.

"어떤 거?"

"아까 외우던 시 말이야."

"기도 말하는 거야?"

"그래, 기도."

소피아는 돌아누워 어둠 속에서 그의 실루엣을 보았다. 기도가 뭔지 모르는 사람은 처음이었다. 살짝 열린 창문 틈으로 로베르토의 목소리가 들렸다. 잔디에 물을 주러 나왔다가 이웃을 만난 것이다.

"신과 대화하는 거야." 신중하게 단어를 선택한 후에 소피아가 말했다.

"신께 뭐라고 하는데?"

"우선 감사하다는 말을 전하지. 우리에게 베풀어주신 것에 대해 고마움을 전하고, 우리가 저지른 잘못에 대해 용서를 구하는 거야. 그리고 특별한 소원이 있다면 이루어지게 해달라고 부탁해."

"그러면 들어주셔?"

"물론이지." 소피아가 말했고, 대답이 성급했다는 것을 바로 깨달았다. 그건 신의 의지에 달린 거니까. 말한 것보다 더욱 복잡한 것이지만 앞서 한 말을 고칠 용기가 없었다. 소피아는 아빠가 이웃과 인사하고 수도꼭지 트는 소리를 들었다.

"멋지다." 오스카가 말했다. 정원에서 축축한 땅의 좋은 냄새가 방으로 날아들어 왔다.

다음 날 오스카는 소피아를 침대에서 끌어내 밖으로 데리고 나가서 동네 사내아이들을 공원에 모아놓고 대장 노릇을 했다. 소피아는 그에게 친절하게 대해줄 필요도, 친구가 되려고 노력할 필요도 없다는 것을 일찌감치 깨달았다. 아홉 살의 오스카는 야생 소년이었다. 헝클어진 머리칼은 햇빛에 비쳐 늘 반짝였고, 나이 차이는 있지만 자신이 아는 모험담을 들려주는 솜씨 덕분에 아이들은 그와 친해지고 싶어 했고 그를 대장으로 여겼다. 자라면서 소피아는 늘 마음이 쉽게 변하겠지만 열렬한 애정을 보여주는 그런 남자들과 사랑에 빠질 것이다. 1985년, 오스카는 해적에 집착했다. 이듬해 여름에는 아파치족에, 그다음에는 셔우드 숲의 도적들과 알래스카의 금광부에 차례로 꽂혔다. 어쨌든 올해는 해적의 해였고 라고벨로 공원은 그를 위해 존재하는 것 같았다.

소피아는 이야기의 이 시점에서 공중에 원을 그릴 것이다. 나무다리로 육지와 연결되는 작은 섬이 있는 연못을 만들 것이다. 섬에는 오두막집 한 채가 있다. 벤치와 가로등이 일정한 간격으로 설치된 비포장도로가 연못을 돌아, 양옆으로 나란히 나무를 갓 심어놓은 언덕 위로 이어진다. 사색의 장소로 설계한 인위적인 풍경이다. 이 또한 공원과 정원 카탈로그에서 그대로 따와 만든 것으로, 오스카의 손에서 18세기 초 유럽 식민지 세력들의 다툼이 벌어지고 범법자들이 우글거리는 카리브해가 된다. 부족함 없이 먹고 자랐으며, 아파트에 살고, 꽃가루와 햇빛 알레르기가 있으며, 꿀벌과 말벌을 구별하지 못하는 외동아이들 무리는 오스카의 지휘 아래 두 대로 나뉜 적의 군함에 탑승했다. 선원들은 일반 선원과 하사관, 장교로 이루어졌다. 이들은 오스카가 조타수, 포병, 감시병, 갑판장과 보급관의 역할을 부여한 군사 계급이 없는 선원들에게 맞선다. 선장 역할은 오스카가 맡는다. 규칙은 간단하다. 영국 해군은 토르투가섬을 점령하고 폭도들을 소탕하는 임무를 수행한다. 반면에 해적들은 저항하고 숨고 공격하고 도망가고, 운이 좋지 않아 섬을 빼앗기게 되면 유혈 사태를 감수하고라도 반드시 되찾아와야 한다. 여기가 바로 오스카가 가장 좋아하는 대목이다. 해적들은 언덕 꼭대기로 후퇴해 복수의 칼날을 간다. 반격을 위한 전략을 짜고 정찰대를 보내 적의 동태를 살핀다. 무기와 탄약을 확인하고, 공격하고 싶어 안달 난 사내아이들에게 마지막 명령을 전달한다. 잠시 후면 꺾은 나뭇가지를 들고 "악당을 물리치자!" "해적 만세!" 또는 "바다의 형제들이여, 공격하라!"라고 소리를 지르며 언덕을 내려오는 그를 보게 될 것이다.

소피아를 제외한 해적들은 모두 남자아이들이다. 여자아이들은 공원의 그네 쪽을 장악한다. 어느 날 저녁 두 사람은 토론을 벌인다.

"난 다른 역할을 해도 될 것 같은데." 소피아가 말했다. "부상자를 돌보는 일 같은 것 말이야. 연고나 붕대를 준비해놓는 것도 괜찮은 것 같아. 아니면 섬을 청소하는 일도 있고."

"그래도 괜찮겠어?"

"괜찮아."

"전투보다는 그런 걸 하고 싶어?"

"그걸 더 하고 싶다기보다 그게 더 정상적인 것 같은데, 안 그래?"

그러자 오스카는 사이드테이블 위의 전등을 켰다. 침대에서 일어나 책가방을 열고 책을 꺼냈다. 소피아가 절대 잊지 못할 보물이었다. 아무 그림 없는 검은색 하드커버, 금테가 둘러진 페이지, 빨간색의 책갈피용 끈과 인상적인 제목. 찰스 존슨 선장의 『**가장 유명한 해적들의 약탈과 범죄**

이야기』. 오스카는 책을 베개 위에 올려놓고 묵은 먼지를 털어내는 듯 어루만졌다.

"아주 오래된 책이야." 그가 말했다. "봐봐."

오스카가 천천히 책장을 넘기는 동안 소피아는 험상궂은 선장들의 묵화 초상화를 감상했다. 길게 땋은 수염, 험악한 눈빛. 한쪽 눈이나 팔 한쪽이 없는 사람들도 더러 보였고 모두가 큰 모자를 쓰고 금 귀걸이를 차고 있었다.

"이것 봐." 오스카가 마지막 장을 보여주려고 불빛에 책을 대며 말했다. 소피아의 눈에 비친 그림은 확실히 두 여자 해적의 초상화였다. 두 사람 모두 찢어진 셔츠를 입어서 가슴이 드러났는데, 너무 적나라한 게 소피아의 눈에는 음란해 보여 놀라지 않을 수 없었다. 한 여자는 총, 다른 여자는 검을 들고 있었다. 그들은 의기양양한 표정을 지었고 무기와 셔츠 상태로 전투에서 방금 승리했다는 걸 알 수 있었다. 그림 아래에는 이렇게 쓰여 있었다. **앤 보니와 메리 리드, 칼리코 잭 라캄의 두 애인.**

"그 책 읽어봐도 돼?" 몹시 놀란 소피아가 물었다.

"아무에게도 말하지 않겠다고 약속하면 읽게 해줄게."

"왜?"

"뭐가 왜야? 이거 안 보여?"

소피아가 약시 눈으로 그림을 보았다. 두 여인의 하얀 가슴과 **애인**이라는 말이 보였다.

"약속할게." 그녀가 그 보물을 향해 손을 뻗으며 말했다.

코르세어, 버커니어,* 해적. 식사 중에 오스카는 다른 이야기는 하지 않았다. 한 번도 들어본 적 없는 이름의 해적들의 생애에 대해 말했다. 헨리 에이버리, 새뮤얼 벨라미, 윌리엄 플라이, '검은 수염'이라는 뜻의 바르바네라라고 불린 에드워드 티치가 그런 해적들이었다. 그들이 해적이 되기로 결심하게 된 배경과 명성을 쌓은 무자비한 행적에 대해서도 이야기했다. 로사나는 중간중간 질문을 해야 한다는 의무감을 느꼈지만, 로베르토는 듣는 척도 하지 않았다. TV에서는 저녁 뉴스가 방송되었고 그는 접시 옆에 리모컨을 두었다가 중요해 보이는 장면이 나오면 볼륨을 높였다. 리라는 달러 대비 2,200포인트 급락했다. 광산에서 쏟아져 나온 진흙으로 트렌티노 알토 아디제에서 200명의 사람들이 목숨을 잃었다. 그 지역은 황폐해졌는데, 그 와중에 아홉 살배기 어린아이는 해적선의 규칙을 설명했다. 럼의 배급량, 전리품의 분배, 비겁한 짓이나 배신을 저지를 경우 받게 되는 신체적 처벌. 오스카의 말에 따르면 고된 삶이었다. 그럼에도 상선

---

* 코르세어는 프랑스 왕국 편에 서서 해적 행위를 한 사략 해적, 버커니어는 17세기 카리브해의 해적.

의 선원들은 공격을 받기 전에 먼저 반란을 일으켰다. 상선에서 그들은 노예이지만 해적선에서는 모두가 동등한 두목이 되기 때문이었다. 그래서 수평선에 졸리 로저*가 보이면 자유를 찾은 듯이 기뻐 날뛰었다.

"그런데 우리한테 없는 게 있어." 그가 다 식은 스파게티를 내려다보며 말했다. "그것만 없어. 짜증 나."

"뭐가 없다는 거니?" 몇 마디를 알아듣고는 로베르토가 물었다.

"졸리 로저요."

"그게 뭐니? 앵무새 말하는 거니?"

"깃발 같은 거예요. 해골과 뼈다귀가 그려진 거요, 뭔지 아시겠어요? 어떤 깃발에는 뼈가 그려져 있고 아닌 것도 있어요. 칼리코 잭은 차별화하려고 두 개의 검을 그려 넣었어요. 하지만 어쨌든 죽음의 왕은 항상 그였죠."

"죽음의 왕." 로베르토가 이마를 긁적이며 물었다. 뉴스를 보는 걸 중단했다. 어떤 이유에서든 어린아이의 입에서 죽음이라는 단어가 나온 것에 대해 꾸짖는 게 당연하다고 생각했다.

"문구점에 물어보면 될 것 같아." 로사나가 먼저 끼어들어 말했다. "있을지도 모르잖아."

---

* 해적기, 해골에 두 개의 대퇴골을 교차시킨 그림이 있는 깃발.

"졸리 로저는 사고파는 물건이 아니에요." 소피아가 말했다. "영국 국기나 프랑스 국기를 내리고 해적이 되기로 결심한 선원들이 직접 만들었어요."

오스카는 진지하게 고개를 끄덕였다. 소피아는 기대에 부푼 엄마의 얼굴을 보았다. 그렇게 다음 날 아침 로사나는 시내로 나가 흰색 천 1미터, 검은색 천 2미터를 샀고, 아이들이 보는 앞에서 작업을 시작했다. 그녀는 단추를 달 때 외에는 바늘과 실을 만져본 적이 없었지만 미술 아카데미에 다닌 적이 있어서 손재주가 제법 있는 편이었다. 매직펜으로 흰색 천에 해골과 두 개의 번개 모양을 그렸다. 오스카가 자신의 엠블럼으로 결정한 것이다. 가위로 그림을 따라 오려내고 검은색 천에 꿰매 붙였다. 막대기에 깃발을 묶을 때 필요한 끈 두 개를 모서리에 단 다음 아이들이 볼 수 있도록 탁자 위에 펼쳤다. 아이들이 의자 위로 올라가 깃발을 자세히 들여다보는 동안 그녀는 덜컥 긴장이 됐다. 가방에서 담배를 찾았지만 라이터가 없었다. 오스카는 손가락으로 바느질된 부분을 쭉 훑었고 손으로 당겨서 주름진 부분을 곧게 폈다.

"완벽해요." 마침내 그가 말했다. 오스카는 졸리 로저를 들고 로사나의 볼에 뽀뽀 세례를 퍼붓고 오두막집 지붕 위에 깃발을 높이 달아놓을 방법을 찾으러 밖으로 뛰어나갔다. 소피아도 뒤따라 나갔다.

그렇게 로사나는 쿵쾅거리는 심장을 안고 불을 붙이지 않은 담배를 든 채 부엌에 홀로 남았다. 사소한 일에 마음을 쓰는 것은 그녀답지 않았다. 언젠가부터 로베르토는 그걸 **오스카 효과**라고 불렀다. 그건 아내의 기분을 좌우했고, 퇴근하고 돌아온 그를 맞이하는 깜짝 선물 같았다. 어느 날 저녁에는 누군가의 생일상처럼 플라스틱 접시와 알록달록한 냅킨, 음료수와 감자튀김으로 잘 차려진 식탁을 보았다. 동시에 세 사람은 몸이 젖은 채 물뿌리개를 들고 정원을 뛰어다니고 있었다. 아침이면 로베르토는 오스카에게 옷을 입혀주고 뽀뽀를 하고 쓰다듬으며 그의 소원을 물어보는 로사나를 목격했다. 엄마의 손길 없이 자라게 될 오스카에게 부족할 수 있는 모든 것을 미리 보상이라도 해주는 듯이 말이다. 진짜 좋은 의도로 그러는 건지는 확신할 수 없었다. 하지만 그렇게 그녀는 결혼한 이후로 가장 평온한 여름을 보냈다.

예전에는 어땠지? 오스카가 오기 전의 생활은 어땠을까? 소피아는 지난겨울의 일을 절대 잊을 수 없었다. 로사나는 대낮에 겉창을 굳게 닫고 빛이라곤 꺼지다 만 담뱃불뿐인 어두운 방 안 침대에 누워 있었다. 공기 중에는 담배 연기가 자욱했다. 로베르토는 싸우던 중, 브레이크를 밟아 급히 차를 세운 다음, 화를 식히려고 차에서 내려 고속도로 갓길을 걸어갔다. 이 장면은 초등학교 1학년 때 보던 알파

벳 표처럼 소피아의 기억 속에 각인되었다. 'u' 알파벳 표에 그려진 포도송이, 'f'에 그려진 색색의 나비, **우울증**을 나타내는 어둠 속의 붉은 점과 누름 스위치, **분노**를 의미하는 아빠 머리에 올린 손. 자신에 관해서는, 바로 그때부터 운명으로부터 자신을 지키기 시작했다는 이야기를 할 것이다. "난 엄마와 똑같았어." 소피아가 말할 것이다. "그리고 난 엄마와 같은 여자가 되는 걸 배우고 있었어." 남자 같은 삶, 남자들과의 우정을 다지며 살기 시작한 건 그때부터였다. 오스카의 뒤를 따라 언덕 아래로 뛰어 내려가 검을 들고 싸우면서 말이다. 그녀는 칼리코 잭 라캄 옆에 있는 앤 보니와 메리 리드처럼 해적 애인이 된 상상을 하면서 그의 마음을 사로잡기 위해 있는 힘껏 용기를 냈다.

이 가족에게 둘러싸인 라고벨로는 평생에 한 번뿐인 시대를 살아간다. 부부는 라고벨로의 정착민이고 부동산 중개인들은 라고벨로의 음유시인이다. 매번 이삿짐 트럭의 경적 소리에 토요일 아침이 밝은 것을 알게 되었다. 그러면 마을의 아내들은 샤워 가운을 걸치고 모닝커피를 손에 든 채 새 이웃이 무슨 일을 하고 어디에서 왔으며 어느 빌라에 살게 될지 창밖으로 내다보았다. 남편들은 가전제품의 사용 설명서를 읽거나 연삭기, 네일건, 메탈호스, 전기톱과 제 기능을 하지 못해 겨우 한두 번 사용하고 지하실에 버려져 먼지만 쌓이게 될 도구에 정신이 팔려 무슨 일이 벌어지는

지 알아차리지 못한다. 이사 온 사람들도 지나면서 이쪽을 보았다. 몇 개월 전만 해도 모두 똑같았는데 이제는 주인을 닮아가기 시작한 정원을 살폈다. 화단의 꽃들과 깜박하고 잔디에 두고 간 장난감들은 대단한 이야기 소재였고 비치 체어, 라벤더와 로즈마리 화단, 접이식 의자가 네 개 달린 플라스틱 테이블, 해먹, 세발자전거, 개 밥그릇으로 새로운 이야기를 재구성할 수도 있었다.

밤중에 두 아이는 잠자지 않고 한동안 깨어 있었다. 어느새 화제는 해적에서 종교로 바뀌었다. 오스카가 이해한 대로라면 종교도 마찬가지였다. 모든 것이 죽음을 중심으로 돌아갔다. 죽음이 없다면 기도할 필요도, 교회에 갈 필요도, 어른들의 말을 들을 필요도 없었다. 욕이나 거짓말을 참을 필요도 없었다. 하지만 죽음이란 필연적이기 때문에 그 후에 어디로 가게 될지가 문제였다. 지옥인지 천국인지. 오스카는 이런 걸 무척 좋아했다. 이게 바로 살면서 행동거지가 중요한 이유였다. 신이 우리의 선행과 악행을 고려해서 우리를 어디로 보낼지 결정하기 때문이었다.

"맞지?" 그가 물었다.

"비슷해." 소피아가 말했다.

"그러면 영원히 거기에 사는 거야?"

"맞아. 그게 영생이라는 거야."

"천국은 어떤 곳이야?"

천국은 모든 사람들에게 똑같은 장소가 아니라 각자의 생각에 따라 다르다고 소피아는 설명했다. 만약 바다를 좋아한다면 천국은 항상 여름인 해변이고, 먹는 것을 좋아한다면 좋아하는 음식이 끊임없이 저절로 채워지는 식탁일 것이라고.

"그러면 우리 엄마의 천국이 뭔지 알 것 같아." 오스카가 말했다. "아마도 개울이 흐르고 꽃이 만발한 산 위의 초원일 거야. 그 주변에는 엄마가 좋아하는 사람만 있을 거고. 그런데 엄마는 사람을 별로 좋아하지 않아. 동물과 나무를 더 좋아해."

"그리고 우리 아빠의 천국은 F1 트랙일 거야." 그가 덧붙였다. "아빠의 페라리 한 대가 있을 거고 아빠는 그걸 타고 원 없이 질주하겠지."

"그리고 나의 천국은 열대 섬일 거야. 아니, 태평양 한가운데 있는 환상 섬이 더 좋겠어. 화산과 밀림, 그리고 주위에 절벽이 있을 거야. 20미터나 높은 파도도 칠 거야."

"내 천국도 그래." 소피아가 말했다.

그리고 악어와 비단뱀, 식충식물, 타란튤라 독거미와 검은 독거미를 넣어 천국의 그림을 완성하고 그다음에 가장 어두운 부분에 대해 이야기했다. 그러면 지옥은? 지옥은 어떨까?

소피아는 자신이 알고 있는 것이 정답인지 확신이 없었다. 지옥에 관해서는 아무도 그녀에게 충분히 설명해주지 않았다. 악마와 불길이 정말로 존재하지 않는다는 건 알지만 그 대신 뭐가 있는지 몰랐다. 지옥의 문제는 실제로 어떻게 생겼는지 모른다는 것이었다.

"내 생각엔 이럴 것 같아." 오스카가 단호하게 말했다. "천국과 비슷할 거야. 하지만 그 반대로 사람마다 지옥도 다를 거야. 세상에서 가장 두려워하는 것이 있을지 몰라. 깊은 골짜기에 떨어지는 꿈을 꿀 때 어떤 느낌인지 알아? 또는 물에 빠져 죽는 꿈을 꿀 때는? 바로 그거야, 끝없는 악몽을 꾼다고 상상해봐."

"네 말이 맞을지 몰라."

"네가 무서워하는 건 뭐야?"

"혼자 있는 거."

"무슨 뜻이야? 집에 혼자 있는 걸 말하는 거야?"

"정해진 장소는 없어. 어디든. 어렸을 때 슈퍼에서 길을 잃은 적이 있었거든. 뒤를 돌아보니 엄마가 보이지 않는 거야. 그래서 엄마를 찾아다니기 시작했는데 결국 못 찾았어. 판매원들이 방송을 해야 했지. 겁에 질린 나는 엄마를 보자 마구 때리기 시작했어."

"엄마를 때렸다고?"

"응."

"그러면 너의 지옥은 이럴 거야. 영영 길을 잃은 곳."

"그런 것 같아. 그럼 넌 뭐가 무서워?"

"난 아무것도 무섭지 않아." 오스카는 손깍지를 껴서 목에 대고는 천장을 쳐다보았다. 배 갑판에서 별이 수놓인 하늘을 바라보듯이. 그가 말했다. "가봐야 알 것 같아. 지옥이 어떻게 생겼는지, 가보면 알게 되겠지."

(소피아는 몇 년 뒤 극단에서 어린 시절 두려워하던 것들을 목록으로 작성하면서 이 대화를 떠올렸다. 당연히 가장 두려운 것은 **이혼**이었다. 두 번째로는 **납치**, 어떤 아이가 납치당한 사건 때문이었다. 그 아이의 사진은 1987년 뉴스에 도배되었다. 미소 짓는 사진이 실종을 알리는 데 사용되면 그 사진 속 미소는 완전히 다른 의미를 갖게 된다. 로베르토는 소피아를 놀리며 이렇게 말했다. "우릴 납치해서 뭘 하겠니? 부자도 아닌데." 그리고 로사나는 소피아가 잠을 자지 않으려고 핑계를 대는 거라고 생각했다. 세 번째 두려움은 **암**이었다. 자신보다는 부모님이 암에 걸릴까 하는 두려움이 컸다. 목록을 읽고 난 단장은 금방 눈치챘다. 그녀가 가장 두려워하는 것은 단 한 가지, 버림받는 것이라는 걸. 그리고 소피아는 이 밤을 떠올렸다. 오스카에게 이렇게 말한 것을 잊지 않았다. "난 혼자 있는 게 무서워." 그리고 어렸을 때, 가정생활이 얼마나 불안정했는지도 떠올렸다. 가족은 신과의 배틀십 게임* 중, 언제 불어 닥칠지 모르

는 불행의 사정거리 안에 있는 잠수함이었다. 그리고 잠수함은 신이 무작위로 쏘아올린 폭탄의 목표물이었다.)

기도는 그들의 비밀이었다. 오스카가 소피아를 바라보고 동작을 따라 할 수 있도록 침대의 양쪽 끝에서 마주 보고 무릎을 꿇고 기도했다. 오스카는 성호 긋는 법을 배웠고 주님의 기도를 전부 암기했다. 그리고 물었다. "다른 건 또 없어?"

"음, 많지."

"그럼 알려줘."

많이 아는 것이 핵심이 아니란 것을 그에게 이해시키는 건 쉽지 않았다. 기도의 힘은 기도를 얼마나 많이 아느냐에 좌우되는 것이 아니라고 소피아는 설명했다. 기도는 마법의 공식이 아니고 말뿐인 기도는 아무 소용이 없다고. 중요한 건 기도를 하는 나 자신이고, 온갖 잠념을 없애고 집중해서 오로지 신께 빌고 싶은 소원만을 생각한다면 신께서 내 소원을 들어줄 가능성이 커진다고 설명했다. 그러면 단 한 가지의 기도만으로도 충분했다. 수백만 가지의 기도를 할 수도 있겠지만 그건 벽과 대화하는 것이나 다름없었다.

＊   각자 원하는 위치에 함선을 배치하고, 상대의 함선이 위치한 행(숫자)과 열(알파벳)을 알아맞혀 격침하는 보드게임.

그렇게 오스카는 집중하는 훈련을 시작했다. 눈을 감고 침대 가장자리에 팔꿈치를 올려놓고 꼭 쥔 두 손을 이마에 댔다. 집중력이 흐트러진 사람은 소피아였다. "아버지의 나라가 오시며, 아버지의 뜻이 하늘에서와 같이" 부분을 욀 때 오스카의 입술을 보았다. "악에서 구하소서, 아멘"이라고 말할 때도 보았다. 반면에 오스카는 엄마의 병을 낫게 해달라고 열성적인 개종자의 마음으로 신께 빌었다. 소피아의 기도는 오랜 친구들과 수다를 떠는 것과 비슷했다. 작은 소원들이 더 이루어지기 쉽다는 것을 소피아는 알았다. 그래서 목표를 낮추어서 오스카의 소원을 정정했다. "제발, 엄마가 한 주만 더 살 수 있게 해주세요. 당신께 7일은 의미가 깊잖아요? 이렇게 엄마를 당장 데려가지 말아주세요. 저를 사랑하시는 걸 알아요. 저를 사랑하신다면, 엄마와 조금 더 함께 있게 해주세요."

그 기도들이 효과가 있었다는 걸 알게 되는 순간이 찾아왔다. 로사나가 창밖을 보고 있던 5시쯤 오스카를 찾는 전화가 왔다. 땀에 젖고 흙투성이인 채로 한창 전투 중이던 오스카는 코를 훌쩍이며 소피아에게 말했다. "여기에서 기다려." 그러고는 집으로 달려갔다.

그러자 아이들 사이에 뭔가 일이 벌어졌다. 놀이는 중단되었다. 키드 선장과 무디 선장, 한 명은 나무 타기 전문가이고 또 다른 한 명은 진흙 볼 명투수이고, 빨간 머리라는 이유로 언제나 영국 장교 역할을 하는 하메이나드 선박의 중위, 강아지 누렁이와 늘 붙어 다니는 현상금 사냥꾼 바넷, 그리고 서투르고 체격이 왜소한 데다 안경이 깨질까 봐 불안해서 둘째 줄에서 싸우는 평범한 선원들과 이름 없는 해적들. 이들 모두가 있던 자리에 그대로 멈춰 섰다. 심지어 서로를 보지도 않았다. 다행히도 오래 걸리지 않았다. 잠시 뒤에 오스카가 고개를 푹 숙이고 다리를 질질 끌며 나타났다. 그는 엄마와 전화 통화를 하고 나면 이렇게 의기소침해졌다. 집에서부터 연못까지의 그 짧은 거리가 잔인하게 변했다. 오스카가 다시 소피아 옆에서 막대기를 주워 들고 전쟁을 선포했다. 토르투가를 재탈환할 태세를 갖추고 진두지휘를 시작했다.

소피아는 이처럼 중요하지 않지만 또렷한 기억을 가졌다. 그리 특별할 것 없는 가족사진처럼 말이다. 가족사진은 언제, 왜 찍었는지 잘 모르지만 몇 년 후에는 생일이나 결혼 앨범보다 훨씬 가치가 있었다. 복도에 있는 로사나를 보며 부엌 입구에서 수건으로 손을 닦는 로베르토의 모습이 찍힌 사진이 있었다. 로사나는 오스카의 아빠와 통화 중이었다. 손에 라이터와 담배를 들고 작은 탁자에 앉아서, 말하기보다는 주로 듣고 있던 긴 통화였다. 마음을 터놓을 상대가 되어주는 건 원래 오랜 친구인 로베르토의 역할이었다. 그런데 사내들이다 보니 말보다는 행동이 우선이었다. 그들은 돈을 빌려주거나 서로의 자식을 돌봐주고 우정을 과시하기 위해 차를 타고 어딘가로 달려갔다. 인내심을 갖고 이야기를 들어주는 것밖에 할 수 없는, 대책 없는 문제들은 여자들이 나섰다. 언젠가부터 로사나가 그런 문제를 도맡았고, 로베르토는 존경과 자부심을 느꼈다. 겉보기에 약해 보이는 아내가 이처럼 용기 있는 사람이고 그런 사람이 바로 자신의 아내라는 사실 때문이었다.

소피아는 엄마와 함께 욕조에 있었던 기억도 떠올렸다. 엄마의 뒤에서 까칠까칠한 목욕 수건으로 엄마의 등을 문지르고 로사나는 소피아에게 오늘 병원에 갔던 이야기를 들려주었다.

"그러니까." 소피아가 거품을 내려고 목욕 수건에 비누를 문지르며 말한다. "오스카 엄마한테 이제 약을 주지 않는다고요?"

"전에 오스카 엄마한테 주던 약은 독약이나 마찬가지야." 로사나가 설명한다. "약은 종양을 없애는 데 필요하지만 사람에게도 안 좋은 영향을 미친단다. 약을 먹던 예전보다 먹지 않는 지금 상태가 더욱 호전됐지 뭐니."

"낫고 있다는 말이에요?" 화학요법을 중단하는 것은 그 반대의 뜻이라는 것을 알면서도 소피아는 물었다. 어깨가 굳고 한숨짓는 엄마를 보려고 가끔 이렇게 짓궂게 여덟 살이라는 나이를 이용했다. 엄마가 어떤 대답을 할지 궁금했다.

폭풍우가 몰아치는 8월의 어느 밤, 소피아는 잠에서 깼다. 이렇게 세차게 내리는 비는 처음 보았다. 밀라노에 있던 그녀의 방 창문은 이중창이고 위층과 아래층에는 다른 가구가 살아서 폭풍우 소리도 자동차 경보음이나 앰뷸런스 사이렌 소리처럼 차단할 수 있는 소음에 지나지 않았다. 하지만 이곳에서는 천둥이 치자 창문이 흔들렸고, 바람은 울부짖는 듯한 소리를 내며 배수구 파이프 관을 관통했다. 집 전체가 간신히 버티고 있는 장벽 같았고, 당장이라도 무너져버릴 것만 같았다.

하지만 소피아는 무섭지 않았다. 금방 적응이 되자 폭풍 소리는 그녀의 곁을 지키기 시작했다. 소피아는 어둠과 침묵이 싫었다. 이것들은 공허한 것들이고, 그런 공허함이 두려움에 떨게 만들기 때문이었다. 반면에 폭풍은 빈틈없이 꽉 차 있고 빛과 소리로 이루어져 생기 있었다.

소피아는 오스카와 대화하려고 반대편으로 몸을 돌려 전등을 켰다. 그런데 오스카가 침대에 없었다. 침대 시트가 어질러져 있었고 베개는 찌그러진 채로 한쪽에 밀려 있었다. 소피아는 의자 위에 놓인 그의 옷가지들을 보았다. 색바랜 파란색 티셔츠, 잔디 얼룩이 묻은 무릎까지 오는 청바지. 소피아는 오스카가 자신을 필요로 할지도 모른다는 생각에 그를 찾아 나섰다.

아래층으로 내려가서 부엌과 거실, 화장실, 세탁실과 아빠의 서재로 쓰일 방을 살펴보고 위층으로 돌아와 마지막으로 들러볼 생각이었던 부모님의 침실에서 오스카를 발견했다. 그는 침대 위, 부모님 사이에 누워 있었다. 로베르토는 입을 벌린 채 코를 골며 가슴을 위아래로 들썩거리며 침대의 반 이상을 차지했다. 로사나는 언제나 추운 사람처럼 벽을 바라보며 옆으로 누워 몸을 움츠리고 있었다. 오스카는 그녀의 등을 보며 웅크리고 잤다. 방에 들어가면서 오스카가 엄마 아빠의 잠을 깨웠을까? 엄마 아빠는 아이에게 뭐라고 물었을까? 소피아는 자라면서, 세상 모든 공포 중에 그 늙은 해적이 두려워한 것은 천둥과 번개 그리고 폭풍우 치는 바다였다고 말했다.

소피아는 이 광경이 보기 좋은 건지 아닌지, 그 침대에서 함께 자고 싶은 것인지, 소리를 질러서 원래대로 되돌려놓고 싶은 것인지 알 수 없었다. 그러다 보니 문 앞에서 남의 가족을 몰래 훔쳐보는 침입자가 된 느낌이 들어서 오스카를 그대로 두고 자신의 방으로 돌아왔다.

마지막 날에 대해서는 작별이 아닌 헤어지기 바로 전에 일어난 이야기를 하겠다. 매일같이 벌이는 전쟁의 끝이었다. 오스카는 다리 습격에서 살아남은 소수의 생존자를 진두지휘했다. 그러는 사이 소피아는 자신이 잡혀 있는 오두막에서 어디서 본 듯한 한 남자가 다가오는 것을 보았다. 멀리 보이는 모습이 아빠와 닮았기 때문이었다. 오스카와 그의 병사들은 포위되었다. 항복을 할지 대량 학살을 당할지 선택의 문제만 남았다. 하지만 소피아는 그 순간 전쟁보다는 낯선 남자에게 더 관심이 갔다. 숱이 적고 헝클어진 머리의 남자 얼굴에는 지친 기색이 역력했다. 점잖은 옷을 입고 있었지만 옷을 입은 채로 잠을 잔 것처럼 구김이 많았다. 그는 연못가에 다다르자 재킷을 벗어 벤치 등받이에 걸쳐놓고 앉았다. 그리고 셔츠 소매를 풀어 팔꿈치까지 말아올리고는 뛰어 노는 아이들을 가만히 바라보았다. 남자는 아이들이 노는 걸 중단시킬 마음이 없었다. 오히려 이 순간이 오래도록 지속되기를 바라는 것 같았다. 오스카가 해적 놀이를 즐기도록, 안 좋은 소식은 되도록 미뤄두고 햇볕을 쪼이며 잠시 쉬고 싶은 것 같았다. 그는 오두막 그늘에 있는 기둥에 몸이 묶인 여자아이가 자신을 보는 걸 눈치챘고 친구의 딸이라는 걸 알아차렸다. 아이는 한쪽 눈에 안대를 하고 있었다. 마지막으로 봤을 때보다 훌쩍 자란 모습이었다. 어째서 아이들은 사람을 뚫어져라 보는 걸까? 그리고 왜 어른들은 아이들에게 사람을 뚫어져라 봐서는 안 된다고 가르치는 걸까? 관심이 가는 것을 쳐다보면 안 되는 걸까? 멀리서 남자가 소피아에게 미소를 보냈다. 소피아도 그를 보고 미소를 지었다.

오스카가 떠나고 얼마 지나지 않아 파티가 있었다. 여름내 마지막 남은 집들이 팔리는 동안 라고벨로 지역은 토지 대장에 등록되었고, 공터였던 곳에는 이제 주인 있는 집들이 생겼다. 이 일을 축하하기 위해 몇몇 주민들은 야외 식사를 제안했다. 시간이 흘러 전통이 되면 좋을 거라고 사람들은 말했다. 그렇게 맞은 9월의 어느 일요일, 남자들은 공원에 긴 테이블을 세팅하고 여자들은 다 먹을 수나 있을까 싶은 엄청난 양의 음식을 준비했다. 점심 식사는 제법 괜찮았다. 누군가 꿈꾸던 마을 축제는 아니지만, 전에는 말한마디 하지 않았던 사람들이 악수를 하고, 커피를 마신 후에도 여럿이 남아서 대화를 나눴다. 누군가는 집에 가서 술을 들고 돌아왔다. 라디오 채널은 챔피언십 경기 중계에 맞춰져 있었다. 풀밭에는 빈 의자와 멀찍이 뚝 떨어져 카드 게임을 하는 소란스러운 테이블이 있었다. 그 주변에서 아이들이 뛰어 놀았다.

소피아는 아빠의 무릎에 등을 대고 테이블 아래에 숨었다. 어른들의 다리에 둘러싸였다. 여자들이 벗어놓은 신발, 남자들의 느슨하게 풀어놓은 벨트. 소피아는 친구들이 노는 것을 구경했다. 오스카가 떠나고 난 뒤, 아이들은 두어 번 해적 놀이를 했지만 예전만큼 재밌지 않았다. 전투를 외치는 소리에는 힘이 없었고 몸싸움을 할 때는 적극적이지 않았다. 모든 게 허무하게 변했다. 어느 순간 누군가 말했다. "축구 할 사람." 그러자 아이들은 안도하며 손을 들었다.

그러나 이날 오후, 경기 쉬는 시간이나 골문을 지킬 차례가 되었을 때, 또는 공이 멀리 있을 때, 모두가 멈춰서 오두막 지붕의 낡은 졸리 로저를 올려다보았다. 비를 맞고 햇볕을 쏘인 졸리 로저는 색이 바래고 해지기 시작했다. 며칠 뒤면 정원사가 졸리 로저를 걷어치울 것이다. 이날 죽음의 왕은 빈 병과 녹은 아이스크림, 잔디밭으로 날아간 냅킨, 찻잔에 남은 커피 찌꺼기 위에서 휘날렸다. 조금 떨어진 곳에 있는, 아직 페인트 냄새도 빠지지 않은 집 계단에는 전선이 널리고, 집 안 소파 뒤쪽에는 벽에 대고 남은 굽도리널 따위가 아무런 조치 없이 방치되어 있었다. 손보지 않는 이러한 것들은 이곳에 처음 왔을 당시의 증언 같은 것이 되어 유년 시절을 떠올리게 할 것이다. 세월이 지나고 연못에 애완 거북이와 금붕어를 풀어놓고 금지된 묘기 다이빙에 도전한다거나 벤치에 앉아서 고백하고 지루함을 느끼며 담배를 피우고 야한 상상을 한다 하더라도, 심지어 이곳을 **라고네로, 라고메르다, 라고부코디쿨로***라고 부르는 시기에도

---

* 라고벨로를 경멸조로 부르는 방식으로, 세 단어 모두 '빌어먹을 라고벨로' 정도의 뜻이다.

해적 놀이가 한창이던 초여름이 생각나지 않을 수 없을 것이다.

그날 저녁 로사나와 로베르트는 다시 다투기 시작했다. 두 사람 모두 술이 과해 불이 활활 타오르게 하는 데에는 작은 불씨 하나면 충분했다. 소피아는 엄마 아빠가 예전에는 하지 않았던 말로 언성을 높이며 싸우는 소리를 들었다. 부엌을 들여다보니 눈을 희번덕거리며 흥분한 엄마와 아빠가 있었다. 서로 죽일 듯이 달려드는 그들의 눈빛에 놀란 소피아는 위층으로 뛰어 올라갔다.

잠시 후, 소피아는 침대 옆에서 무릎을 꿇고 주님의 기도를 외다가 중간에 멈추었다. 뭔가 잘못된 것 같았다. **채무자**라고 했던가? 아니면 **부모**라고 했던가? 고함 소리가 여기까지 들렸고 소피아는 무슨 일이 일어나는지 보려고 주님의 기도를 이렇게 바꿔서 외었다. **저희가 부모님의 빚을 용서한 것처럼 우리의 빚을 용서하소서.** 자신이 신성모독적인 발언을 했다는 걸 알았지만 아무 일도 일어나지 않았다. 그저 말일 뿐이었다. 이런 생각이 들었다. 기도는 오스카 엄마의 병을 치료하는 데 소용이 없었고 오스카와 함께 지내게 해주지도 않았으니 지금 부모님을 진정시키는 데에도 효과가 없을 것이다. 소피아는 일어섰다. 기도는 소용이 없으니 다신 기도를 하지 않으리라 다짐했다.

소피아는 사이드테이블에 있는 전등을 가져왔다. 오스

카가 준 책을 침대 매트리스 아래에서 꺼냈다. 그 책은 소중한 선물이라기보다 쓰레기나 마찬가지였다. 떠나는 마지막 날 너무 화가 난 오스카는 지옥, 천국, 비밀, 그의 보물조차 알고 싶지 않았다. 『**가장 유명한 해적들의 약탈과 범죄 이야기**』. 소피아는 옷장을 활짝 열고 전등을 들고 이불과 걸린 옷 사이로 파고들어가 스웨터 더미를 베개 삼아 누웠다. 전등을 켜고 책을 펼쳤다. 한쪽 다리를 옷장 밖으로 쭉 뻗어서 문 하나를 닫고 나머지 문도 마저 닫았다. 그녀의 방은 텅 비고 어둠만이 남았다.

수평선 같은
두 아이

작은 여자아이는 침대로 엽서를 전부 가져다놓았다. 그걸 **수집**이라고 했다. 엽서를 이불 위와 베개 사이사이에 펼쳐놓았다. 가지런히 늘어놓고 위치도 바꿔보고 알파벳순이나 시대순으로 배열도 해보면서, 매트리스는 지도이고 엽서는 도시나 나라인 것처럼 펼쳐놓았다. 침대 밑, 바닥에 누운 큰 여자아이는 먼저 이 엽서들의 발신인이 단 한사람, 그녀의 아빠이기 때문에 진정한 **수집**이 될 수 없다고 설명했고, 그러고 나서 더 짓궂게 굴었다. 리놀륨 바닥에서 침대 위까지 있는 힘껏 한쪽 팔을 쭉 뻗어 연달아 있는 셋, 넷, 다섯 장의 엽서를 쓱 훑었다. 방은 온통 하얬다. 흰 벽, 흰 이불과 흰 베갯잇, 흰색 커튼, 작은 아이의 손목에 감긴 흰색 붕대. 큰 아이는 유빙 덩어리 때문에 눈이 부신 조난자처럼 힘겹게 오른쪽 눈을 떠서 우표와 날인을 확인했다. 그리고 엽서에는 암스테르담, 아오스타, 아테네, 방콕, 베를린이라고 쓰였는데, 어째서 전부 동부 베로나 우체국에서 발송된 건지 작은 아이에게 물었다. 그녀의 아버지는 고고학자나 탐험가, 전 세계를 돌아다니며 임무를 수행하는 비밀 요원이 아니라, 어쩌면 베로나나 혹은 근교에서 젊은 여자와 함께 새로운 인생을 살기 위해 아내를 버린 남편이 아니냐는 말이 튀어 나올 뻔했다. 그러다 남의 가족이지만, 가족이라고 생각하니 속이 메슥거려 이런 말을 내뱉었다. "나와 무슨 상관이람, 다들 죽어버려도 난 괜찮아. 난 토하지 않으려고 마지막 남은 힘을 끌어모으는 중이야."

작은 아이는 이해했을 수도 있고 아닐 수도 있다. 어쩌면 혼자서 이해했을 수도 있고 **죽다**라는 말에 상처를 받아 울음을 터뜨렸는지도 모른다. 그녀는 전 세계의 수도 위에 엎드려 딸꾹질을 하며 흐느껴 울기 시작했고 그 울음은 그칠 줄을 몰랐다.

"제발, 제발, 부탁이야." 큰 아이가 눈을 감고 관자놀이에 검지를 대고 말했다. "내 머릿속에는 이미 수백만 개의 불타는 못이 박혀 있어."

그러자 작은 아이가 더욱 심하게 울었다. 바닥에 있던 큰 아이가 무슨 일이든 진실을 말해야 직성이 풀리는 자신의 단점을 자책하는 동안 복도에서 또각또각 익숙한 소리가 들려왔다. 점점 가까이 다가오는 발걸음 소리였다. 소리는 복도를 쭉 걸어와 병실 바로 앞, 그녀의 머리와 겨우 몇 걸음 떨어진 곳에서 멈추었다. 큰 아이는 숨을 참았다. 귀를 문에 가까이 대고 간호사가 진찰을 할지 말지 고민하는 장면을 상상했다. 이 울음 섞인 딸꾹질 소리가 병실로 들어와 진찰을 할 만한 사유가 되는 것인지 아니면 별다른 조치 없이 저절로 멈추게 두어도 괜찮은 것인지 고민하는 듯했다. 그러다 작은 여자아이가 결단을 내렸다. 눈물을 참을 수 없었던 아이는 베개를 악물었다. 깨끗한 침구에서 나는 좋은 향기는 진정에 효과가 있었다. 세제와 섬유유연제, 다림질 냄새. 그 냄새는 30분간 계속되던 딸꾹질을 멈추는 진정제 역할을 했다. 큰 아이는 가만히 듣고 있었다. 밖에는 비가 창문을 두드리고 안에서는 시계가 째깍거렸다. 몇몇 경비원들은 승합차를 타고 포장도로로 내려가 숲을 통과하는 유일한 탈출구를 따라 그녀를 찾으러 갔다. 경비원들이 허탕을 치고 돌아왔다면 병동은 물론 병실까지 방이며 침대, 옷장 할 것 없이 구석구석 수색했을 것이다. 신발 소리가 방향을 틀어 왔던 길을 되돌아갔다.

"하느님 아버지." 간호사가 멀찍이 가버리자 큰 아이가 말했다. "담배를 피우고 싶어." 큰 아이는 허리가 부러졌거나 총알이 아슬아슬하게 폐를 비켜 갈비뼈에 박힌 듯한 자세로 바닥에 누워 있었다. 그녀가 말했다. "내 뇌 속에는 수백, 수십억 개의 날카로운 못이 박혀 있어."

"나한텐 담배 없는데." 작은 아이가 침대에서 베개 한쪽 귀퉁이를 빨면서 말했다.

"당연히 없겠지." 큰 아이는 저격수에게 노려진다는 듯이 신중하게 청바지 주머니를 향해 오른손을 뻗었다. 주머니에서 투명한 플라스틱 원통을 꺼냈다. 언뜻 보면 잉크 심이 없고 반으로 쪼개진 볼펜대 같았다. 아이는 그걸 엄지와 검지 사이에 넣고 입술로 가져가 깨끗한 공기 한 모금을 길게 빨아들이고, 상상의 연기를 내뱉기 전에 몇 초간 숨을 멈추었다. 그러다 마침내 머리를 좌우로 기울여 목뼈에서 우두둑 소리를 내며 뇌의 근육을 풀었다.

"볼펜을 피우는 거야?" 작은 아이가 물었다. 그녀는 여전히 베개 귀퉁이를 입에 물었지만 빠는 것을 멈추고 침대 아래에서 일어나는 일에 관심을 보이며 이따금씩 물어뜯기만 했다.

"이건 볼펜이 아니야." 큰 아이가 말했다. "형이상학적인 담배야."

"**형이상학적**이 무슨 뜻이야?"

"눈에 보이지는 않지만 존재한다는 뜻이야, 알겠어?"

"그런데 왜 **우리 모두는 죽어야** 하는 거야?"

"음, 그건 그냥 표현 방식이야. 난 늘 그렇게 말해. **죽어, 죽어라, 이제 나 죽어**, 또는 **없어져버려, 죽어버려, 다들 죽어버려**라고 말이야. 하지만 결과적으로 죽는 사람은 아무도 없어. 감정을 조금 분출하는 것뿐이야."

큰 아이는 한 번 더 빨아들였다. 대화를 하는 동안에도 그녀의 청력은 음파 탐지기처럼 여러 방향으로 향했다. 안뜰, 복도, 병실. 그 순간에는 이상한 소리가 전혀 들리지 않았다.

큰 아이가 말했다. "그건 그렇고, 넌 이름이 뭐야?"

"마르게리타." 작은 여자아이가 말했다.

"엽서에서 봤어. 훌륭한 아이에게 붙이는 멋진 이름이야, 너희 부모님이 지어준 이름인가 보네."

"몰라."

"인디언에 대해 아는 게 있니? 인도 사람 말고 아메리카 인디언들 말이야. 수Soux족이라고 알아?"

"조금."

"그럼 들어봐. 두 번 설명 안 할 테니까 잘 듣고 이해해. 수족 사람은 태어나면 부모가 임시로 이름을 붙여줘. 어렸을 때 쓰는 이름이야, 듣고 있어? 마르게리타와 마찬가지이지. 하지만 아이가 커서 본성이 드러나면 부족의 주술사가 얼마간 지켜보다가 마침내 그에게 어울리는 이름을 찾아줘. 주술사가 뭔지 알아?"

"당연히 알지. 마법사잖아."

"맞아. 그런데 주술사가 이름을 선택하는 것이 아니라 이름이 저절로 밝혀지는 거야. 주술사는 단지 훌륭한 관찰자일 뿐이야. 차이점을 알겠어? 네가 누군지 아무도 결정할 수 없다는 말인데, 이해했어?"

"그런데 난 마르게리타가 맘에 들어." 작은 아이가 말했다.

"맙소사. 대학에서 너를 연구해야 할 것 같아. 넌 스스로 손목을 그은 정신 나간 아이지만 적어도 **마르게리타**라고 불리는 건 좋아하는구나."

작은 아이가 침을 꿀꺽 삼켰다. **정신 나간 아이**라는 게 모욕인지 칭찬인지 알 수가 없었다. 그러나 호기심이 앞섰다.

"네 이름은 뭐야?" 그녀가 물었다.

"요나." 큰 아이가 대답했다.

"그건 남자 이름 아니야?"

"그건 별로 중요하지 않아."

"언제부터 그렇게 불렸어?"

"지금부터. 2초 전부터, 3초, 4초, 5초 전부터. 마르게리타의 병실 바닥에 누워 있는 나의 이름은 지금부터 요나이고 내가 생각을 바꾸기 전까지 요나로 불리고 싶어."

"전에는 어떤 이름이었는지 알려줄 수 있어?"

"말해줄 수 없어. 그 이름은 이제 존재하지 않거든."

"아쉽다." 작은 아이가 말했다.

큰 아이가 말하는 동안 그녀의 무척 예민한 귀는 안뜰에서 신호를 하나 받았다. 얼음, 웅덩이, 진흙 범벅이 된 잔디를 지나는 타이어. 수색을 마치고 돌아오는 경비원들이었다. 승합차가 멈추자 목소리가 들려오기 시작했다. 이제 시간이 별로 남지 않았다. 큰 아이는 다시 한번 원통을 빨아들인다.

큰 아이가 말했다. "어쨌든, 마르게리타, 멋대로 들어와서 미안해. 기분 전환이 좀 필요했거든."

"두통은 어때." 작은 아이가 물었다.

"나아졌어."

"나도 해봐도 돼?"

"뭘?"

"**형이상학적** 담배 말이야."

"꿈도 꾸지 마."

"죽어." 작은 아이가 말했다.

큰 아이는 다리의 관절을 쭉 늘려보려 시도했다. 발목을 원을 그리며 돌리려고 했는데 말을 듣지 않았다. 그게 더 나았다. 허위로 비상벨을 울린 결과를 책임질 준비가 된 것 같았다.

"이 소리 들려?" 그녀가 물었다.

침대에서 작은 아이는 귀를 기울이기 시작했다. 복도 끝에서 고무 밑창 소리와 높은 굽의 구두 소리가 들렸다. 몇 미터를 걸어서 어느 병실의 문을 두드리고 진찰을 하러 들어갔다. 안에서 누군가 **들어오세요**라는 말을 할 때까지 기다리지 않았다. 노크는 단지 예의를 차리는 것에 불과했다.

"응." 그녀가 말했다. "들려."

"8센티미터 정도 되는 보통의 굽 같아 보이지만 사실은 고문 도구야. 누가 그런 신발을 신는지 알아?"

"아니."

"잠시 후면 알게 될 거야. 저들은 진찰하기 전에 며칠 간 이곳에 너를 혼자 둘 거야. 그러면 넌 곧 사람을 만나는 게 좋아서 그 사람이 원하는 걸 모두 말하게 될 거야."

"왜, 뭘 알고 싶어 하는데?"

"네 생각에는 뭘 원할 것 같아?"

"네가 말해봐."

"무엇보다 사소한 집착에 매력을 느끼는 사람이야. 엽서에 열광적인 너를 무척 좋아할 거야, 장담해."

"정말이야?"

"정말일 리가 없지, 마르게리타." 큰 아이가 말했다. "맙소사. 네 생각에는 그 사람이 뭘 알고 싶어 하는 것 같아?"

작은 여자아이는 이불 가장자리를 잡고 주먹을 꼭 쥐었다. 또다시 눈물이 났지만 울고 싶지 않았다. 목까지 차오르는 흐느낌을 간신히 참고 말했다. "모르겠어. 뭘 원하는지 모르겠고 어떻게 대답해야 하는지도 모르겠어. 정말 알고 싶은데 모르겠어."

큰 아이는 한숨을 쉬고는, 간질 증세처럼 목덜미로 바닥을 천천히 내려치기 시작했다. 그녀의 계산에 따르면 의사와 간호사는 각 병실에 1분 이내로 머무른다. 이제 이곳에 오기까지 두 개의 병실이 남았다. 시간이 없었다. 원통을 한 번 빨아들이고 가능한 한 얌전히 있어보려고 했다.

그녀가 말했다. "있잖아, 원하는 이야기를 지어내. 정말로 네가 하고 싶은 대로 해. 전혀 중요한 게 아니니까. 정신 나간 것처럼 행동하지 않도록 해. 병이 다 낫고 상태가 좋아진 것처럼 보이는 게 먼저야." 이제 바로 옆방에서 의사와 간호사가 진찰을 하고 있다. 틀림없다. 옆방에서 그들의 목소리가 들렸다. 큰 아이는 자신의 방식대로 그들을 만날 준비가 되어 있었다.

"요나." 갑자기 작은 아이가 말했다.

큰 아이는 깜짝 놀랐다. 눈을 뜨니 침대에서 뒤로 젖힌 작은 아이의 얼굴이 주먹 하나 높이에 있었다. 큰 아이는 두 눈을 모두 뜨고 있었는데 약간은 사시인 것 같았다. 정면을 바라보는 작은 아이의 눈은 위협적이었다.

"너는 거의 다 나았지?" 작은 아이가 물었다.

"거의." 큰 아이가 대답했다. 오른손을 들어서 엄지와 검지로 크고 가느다란 'U'자 모양을 만들었다. 그리고 말했다. "이만큼 모자라."

그러자 작은 아이가 달려들었다. 병아리 부리처럼 탐욕스럽게 입을 아래로 홱 내렸고 이로 큰 아이의 이 사이에 있는 플라스틱 원통을 잡아챘다. 의도치 않게 서로의 입술이 살짝 닿고 말았다. 큰 아이는 팔을 침대로 쭉 뻗었지만 헛손질만 했고, 그 순간 병실 문을 두드리는 소리가 들렸다.

1994년 9월 10일, 이 병원 사건이 있기 3주 전, 한 남자 아이가 밀라노에서 30분 거리에 있는 주택지 라고벨로의 안뜰에서 혼자 놀고 있었다. 근처 안뜰에 모초라는 이름의 몸집이 크고 뚱뚱한 검은색 잡종 개 한 마리가 벚나무 그늘에서 졸고 있었다. 개의 이름에는 두 가지 사연이 있는데, 첫 번째는 새끼였을 때 보호소에서 귀 한쪽이 뜯어졌기 때문이고, 두 번째는 개의 주인이 선원들 이야기를 무척 좋아했기 때문이었다.* 대략 3시쯤 됐을 때였다. 아이가 공을 차서 울타리를 맞추자 개가 하나뿐인 귀를 쫑긋 세웠다. 그

---

* 'mozzo'는 '절단된'이라는 뜻과 '배에서 일하는 선원'이라는 뜻이 있다.

순간 개 주인이 녹이 슨 크림색의 빌라 1층에 있는 자신의 방에서 창밖을 내다보았다. 그녀는 방금 전 바륨 스물네 알과 아마로 몬테네그로 반병을 마신 상태였다. 벤조디아제핀 하나만 먹어서는 효과가 별로 없고 알코올을 섞어야 한다는 것을 알았던 그녀는 어쩔 수 없지만 부모님이 좋아하는 약물을 섞는 것이 끔찍하게도 옳다는 생각이 들었다. 약은 욕실 서랍에 숨겨져 있었고 술은 눈에 잘 띄는 거실 진열장에 놓여 있었다. 그녀는 이미 몬테네그로 때문에 취한 상태였지만 바륨이 효과를 내기를 기다리면서 엄마의 담배를 훔쳐 창가에서 피우기 시작했다. 오랫동안 몰래 피우던 흡연 습관 때문에 담배는 창밖으로 내밀고 있었다.

여름 방학의 마지막 토요일이었다. 지옥 같은 한 달이 지나고 무라토레 부부—소녀는 부모를 이렇게 불렀다—는 며칠간 일을 쉬기로 하고 그날 아침 바다로 떠났다. 이번에는, **제발**, 이번 계획은 완벽했고 자료 검색과 시간 엄수, 과학적 최신 연구 결과에 따라 계산된 복용량, 심지어 증인까지 있었다. 아이의 계획에 따르면 무라토레 부부는 주말 동안 정신 건강을 회복하고 일요일 저녁에 돌아올 테고, 애완견 모초의 눈이 슬픔에 잠긴 걸 눈치채고는 그를 따라 1층으로 가, 시대에 뒤떨어진 1980년대 침실의 침대 밑을 보게 될 것이다. 모초가 영원한 **안식에 든** 주인의 마지막을 지켜본 그곳 말이다.

이런 상상을 하면서 소녀는 어느덧 무너지고 있는 자신의 왕국을 생각했다. 토요일 오후 라고벨로의 유일한 생명체는 이웃집 꼬마였다. 혼자 투덜대며 플라스틱 공을 걸어차면서 현관문에서 대문을 왔다 갔다 뛰어다니는, 그녀가 예뻐하는 외로운 아이였다. 아이를 보면서 소녀는 게임 규칙을 파악했다. 갈 때는 현관문에서 대문까지, 아이는 담이나 울타리로 공을 차고 옆에서 누가 패스해준 공을 받듯이 팀플레이를 하고 있었다. 돌아올 때는, 드리블을 하며 혼자서 몸을 이리저리 흔들며 휙 돌기도 하고 지그재그로 움직이기도 했다. 그러다 슛을 날렸고 공은 현관문을 통과했다.

미지근한 거품 덩어리가 그녀의 몸을 덮는 것처럼, 어느덧 잠이 쏟아졌다. 소녀는 무척 강력하고 균형 잡힌 팀과 무척 약하지만 뛰어난 챔피언이 속해 있는 팀과의 대결을 관전했다. 아이는 강력한 팀의 선수 역할을 했고 동시에 다른 팀의 챔피언이자 흥분한 해설자, 심지어 골에 열광하는 관중이 되기도 했다. 그 순간 소녀는 달콤하면서도 우울한 깨달음을 얻었다. 그녀는 과거로 돌아갈 수 있다면 배우가 되고 싶다는 생각을 했다. 자기 자신으로 살지 않는 매혹적인 삶의 방식이었을 텐데. 하지만 이제 그러기엔 늦었다. 그건 영원히 가지 않은 길이 되고 그녀는 재능을 썩히고 말 것이다.

30분 정도 뒤에 모초는 불길한 기운을 감지했고 격렬

하게 짖어대기 시작했다. 라고벨로 주민들의 관심을 집중시킬 정도로 오랫동안 맹렬하게 짖었다. 몇몇 사람들은 정원으로 나왔다. 한 이웃이 무라토레 가족의 집 열쇠를 가지고 있었다. 부부가 떠나기 전에 맡겨둔 것이었다. 소녀는 이 사실을 몰랐다. 남자의 키스를 받지 않고도 그렇게 소녀는 잠에서 깨어났다.

7년 뒤, 겨울의 어느 늦은 오후, 로마에서 젊은 여배우가 방금 로비에서 찾은 봉투를 들고 자신의 아파트로 돌아왔다. 그녀는 장갑과 스카프를 벗고 현관에 코트를 걸었다. 고층 아파트의 움직이는 불빛이 집 안 곳곳을 비추었다. 상점의 간판들은 천장에 색색의 얼룩을 만들고 자동차의 헤드라이트는 벽을 훑고 지나갔다. 여자가 좋아하는 수족관 효과였다. 그래서 그녀는 강렬한 빛으로 이런 분위기를 망치지 않기로 했다. 부엌에 전등 하나를 켜고 봉투를 열어보았다. 아빠가 돌아가신 후로 예전에 살던 집으로 도착하는 몇 안 되는 우편물과 함께 그녀의 엄마가 보낸 것이었다. 한때 엄마는 손수 적은 메모를 넣기도 했다. 자기 연민에 빠져 몇 줄을 적고 애완견의 진단서를 동봉하곤 했다. 그러나 얼마 뒤 애완견마저 죽자 두 사람 간의 연락은 완전히 끊겼다. 여자는 봉투 안에 노란색의 뭔가가 든 것을 발견했다. 뒷면에는 이름 두 개가 적혀 있었다. 위에는 신경

질적인 흘림체로 **소피아 무라토레**라고 적혔고, 아래에는 괄호 안에 **요나**라고 쓰여 있었다. 이탈리아어가 공용어인 스위스 지역 주소는 펜으로 줄을 그어 삭제했고 다른 글씨로 라고벨로의 주소가 적혀 있었다. 엄마는 이것을 라고벨로에서 로마로 보냈다. 먼 길을 돌아온 봉투였다. 봉투를 불빛에 가까이 비춰 보니 단순한 노란 포장지가 아니라 포지티브 필름이나 그 비슷한 것 같았다. 어디를 보는지 파악하기 힘든 사시라서 오른쪽 눈은 봉투를 보는 것 같았고 왼쪽 눈은 허공을 보는 것 같았다.

전화벨이 울렸다. 정신을 차리고 벨소리가 나는 방으로 갔다. 주황색과 금색 커튼으로 장식된 더블 룸이었다. 선반 위에는 나무로 만든 코끼리가 일렬로 늘어서 있고, 인도 대마의 지독한 냄새를 덮어버리기에 역부족인 향냄새가 났다. 침대 위, 쌓여 있는 치마와 줄무늬 양말, 룸메이트 한 명이 크리스마스를 보내러 가족이 있는 시칠리아로 떠나면서 남겨두고 간 물건 더미 속에서 전화기를 발견했다. 전화기를 찾느라 침대 위에 있던 대부분의 옷들을 바닥으로 내동댕이쳤다.

"여보세요." 여자가 말했다.

"여보세요." 목소리가 들렸다. "장담하는데 넌 내가 누군지 모를 거야."

"선원." 여자가 말했다. 한편으로 정말 그이기를 바랐다. 한 달 전부터 데이트를 하고 있는 그 남자를 말하는 것이었다. 그녀는 순전히 육체적 관계라고 정의하고 싶지만 사실이 아니었다. 진실은 두 사람 모두 사랑에 빠졌다는 것이었다. 남자는 여자를 **선장**이라 부르며 이렇게 말했다. "선장, 네 생각이 나서 어떻게 지내는지 궁금해서 연락했어."

"이제야 내 생각이 난 거야?" 여자가 물었다. 그녀는 그를 **선원**이라고 불렀다. 마치 가학적인 배 위에서 역할 놀이를 하는 듯이 그는 사려 깊고 순종적이고, 그녀는 도도하고 권위적이었다.

"고백할게." 남자가 말했다. "하루 종일 네가 보고 싶었어."

부엌으로 돌아간 여자는 테이블 위에 놓인 봉투에서 시선을 뗄 수 없었다. 통화 중에는 생각하고 싶지 않았지만 그 생각뿐이었다. 남자는 공연 리허설이 어떻게 되어가는지 물었다. 그녀의 인생에 관심을 보이려 애쓰고 있었다. "잘돼가." 여자가 말했다. "리허설이 가장 좋아." 그녀는 식욕이 생길까 싶어 냉장고 문을 열었다. 어두운 부엌 안의 냉장고 불빛은 SF 영화 속 외계인 우주선의 헤드라이트처럼 그녀를 휘감아 삼켜버릴 것만 같았다.

"무슨 내용이야?" 남자가 물었다.

"운명과 복수." 그녀가 말했다. "그리스 비극이 그렇잖아."

냉장고 선반마다 소피아, 이레네, 카테리나라고 이름 적힌 세 개의 라벨이 붙어 있었다. 세 사람이 공유하는 음식이 있는 네 번째 칸에는 그러나 치즈 한 조각과 랩에 싸인 반쪽짜리 양파, 그리고 언제 먹다 남긴 것인지 모를 중국 음식 그릇이 있었는데, 그 냄새가 예전에 알던 익숙한 메스꺼움을 유발하며 식욕을 앗아가버렸다. 그녀는 이레네의 선반에 있는 요거트를 상표가 보이게 두 개씩 줄지어 정렬해놓다가, 냉장고 전체를 정리하고 싶어질 것 같아 문을 쾅 닫았다. 음료수 병들이 부딪혀 딸그락 소리가 날 정도로 세게.

"조금 들려줄래?" 남자가 물었다.

"뭐를?"

"글쎄, 독백? 독백은 꼭 있잖아?"

여자는 남자에게 극에는 물론 자신에게 주어진 독백이 없다는 것과 공연 내내 누워서 연기를 한다는 것을 설명했다.

"굉장하다." 남자가 말했다.

"뭐가?"

"누워 있는 널 상상하는 거." 남자의 목소리가 성적인 농담에 어울리는 허스키한 목소리로 변했다. 여자도 같은 어조로 대답을 해야 했지만 그러는 사이 다른 생각이 머릿속에 떠올랐다. 테이블로 돌아와 노란색 봉투의 가장자리를 살며시 만지며 말했다. "우리 엄마한테 인생은 중력에 맞선 투쟁이야, 알아? 보통 사람들이 일어나는 아침이면 엄마는 몇 시간 동안, 어쩔 때는 온종일 침대에 누워 있어, 어떤 무게가 엄마를 아래로 누르나 봐, 엄마를 떠올리게 하는 실비아 플라스의 시가 있어. 거기엔 이런 구절이 있지. '나는 수직이지만 수평으로 있는 게 좋아. 누워 있는 것이 내게는 더 자연스럽지.'"

남자는 당황했다. 처음 있는 일은 아니었다. 어떻게 해야 할지 몰라 망설이는 그 앞에서 여자의 인생 문이 갑자기 활짝 열렸다. 평상시에는 문이 굳게 닫힌 방이었다. 그래서 남자는 두려운 동시에 뿌듯함을 느꼈고 어떤 경우에도 결코 의견을 제시하지 않았다. 여자가 조언을 바라는 게 아니라 그저 이야기를 들어주길 원한다는 걸 알았다. 분위기를 가볍게 하려고 그녀에게 크리스마스 계획을 물었다. "크리스마스 계획을 알고 싶어."

여자가 대답했다. "목욕을 하고 잠을 많이 잘 거야. 늦게 일어나고 일찍 잘 거야. 전화도 받지 않고 『모비딕』을 읽고 마약에 잔뜩 취해서 크리스마스란 걸 잊어버릴 거야. 이거면 충분해?"

"혼자?" 남자가 물었다.

"몰라." 여자가 답했다. "앞으로 해결해야 할 문제야. 혼자서도 잘 지내고 싶어."

"내가 알기로는." 남자가 말했다. "혼자서도 괜찮은 건 두 가지뿐이야."

"말해봐."

"하나는 신이고 다른 하나는 자위야."

"그렇구나." 여자가 말했다. "후자가 더 끌리는데."

"나도." 남자가 말하며 웃었다.

그러다 결국 나중에 다시 연락하기로 했다. 여자는 외출이 싫지는 않지만 서두르고 싶지도 않아 말했다. "일단 좀 씻을게, 9시쯤 전화 줄래?"

"분부대로 하죠, 선장님." 남자가 말했다. "알람을 맞춰둘게."

"쉬게나, 선원." 여자가 말하고 전화를 끊었다.

그러고 나서 그녀는 테이블에 앉았다. 더는 도망갈 곳이 없다는 걸 알았다. 집에는 그녀와 봉투뿐이었다. 그녀는 손으로 직접 **소피아 무라토레**라고 쓴 발신인의 필체를 바라보았다. S와 f, M의 양쪽 세로선 그리고 t는 노란 종이에 찍힌 손톱자국처럼 보인다. 그리고 그 아래에는 가장 먼저 그녀를 놀라게 한 이름이 있다. **요나.** 놀랐다는 것은 정확한 표현이 아니었다. 정확히 어떤 기분이었을까? 유리, 얼음판, 달걀 껍데기 같은 매끄러운 표면에 틈이 갈라지는 것과 같았다. **갈라졌다**가 정확한 표현이다. 바로 그런 기분이었다. 이제 언뜻 봐도 그 틈이 벌어지고 있었다.

얼마 전까지만 해도 어떻게 해야 할지 알았을 텐데. 전화기를 들고 고모에게 전화를 걸 수도 있었다. 잠시 동안 고모를 스승이라고 생각했던 적도 있지만 이제 그런 시기는 지났다. 여자는 가르침을 거부하고 혼자 힘으로 살아가야 할 필요성을 느꼈다. 고모가 언제라도 전화하라고 허락, 아니 당부했음에도, 또 이 세상에서 그녀를 도와줄 수 있는 사람은 고모밖에 없는데도 말이다. 그녀는 잘 알았다. 한번 스승을 떠나면 되돌아 갈 수 없다는 것을.

그래서 봉투를 부엌 버너에 태워버릴 생각이었다. 또는 갈기갈기 찢어서 창 너머 로마의 밤 속에 던져버리거나. 아니면 잊어버리는 게 나을지도 몰랐다. 봉투를 어딘가에 두고 그 위에 잡지나 책을 올려놓는 거다. 그러다 보면 언젠가 시간이 흘러 책 더미에 가려 까맣게 잊어버리게 될지도 모른다. 그사이 아파트에서는 룸메이트들이 한둘씩 바뀌어간다. 누군가는 졸업을 하거나 약혼을 하고, 누군가는 대학을 그만두고 부모님과 함께 살거나 취직해 돈을 벌어 싱글 룸이나 원룸을 구해 나갈 것이다. 사소한 다툼으로 인해 오랫동안 친하게 지낸 친구들과 멀어지고, 그 자리를 새 친구들이 채운다. 그렇게 노란 봉투를 열어보지 않은 채로 소피아, 이레네, 카테리나라는 이름들은 잊히고, 인도풍 방은 색이 바래고 냉장고의 상표는 온데간데없이 접착제 흔적만이 남는 까마득한 미래로 보내질 것이다. 그러다 지하철 굴착 공사 중에 출토되는 질그릇 항아리처럼 어수선한 집 안에서 다시 발견될 것이다. 바로 지금 주인 없는 물건들이 집 안 곳곳에서 불쑥 튀어나오는 것처럼—욕실 서랍장의 **유통기한이 4년 지난** 알약 한 팩, 가끔 누군가 사용하는 현관에 걸린 밀짚모자, 사이드테이블 뒤 먼지 구덩이에서 찾은 '**안녕하세요 마녀! 당신의 마법에 충성스러운 서약을**'이라고 적힌 메모지—그리고 아무도 이런 유물 같은 물건의 주인을 추적할 수 없을 것이다. 수많은 세입자들이 기억에서 사라지듯이 노란 봉투도 같은 운명을 맞이할 것이다. 어느 신입생이 발견할 수도 있다. 토요일 오후 호기심에 집 안을 둘러보다 봉투를 발견하고는, 저녁에 이곳에서 오래 사신 할머니들께 물어볼 것이다. 직접 만난 적 있는 룸메이트들부터 이름만 들어본 사람들, 아파트에 대대로 전해 내려오는 성공을 거둔 전설적인 사람들까지 이름을 읊을 테지만 소피아나 요나라는 이름은 나오지 않을 것이다. 세 사람이든 네 사람이든 몇 명일지 모르지만 룸메이트들이 모두 모여 그날 저녁 그 노란 봉투를 함께 보고 또 서로의 눈을 바라보고 웃으면서 이렇게 말하겠지. "음, 주인이 없는데 누가 열어볼래?" 그리고 마침내 봉투는 주어진 임무를 완수할 것이다.

　마침내 여자는 도망치듯 나온 장소로 돌아가 어른스럽게 직접 부딪쳐보기로 한다. 욕실에 들어가 혀에 스무 방울의 렉소탄*을 떨어뜨린다. 욕조에 온수를 틀고 버블배스를 상당량 넣는다. 부엌에서 의자 하나를 가져와 의자 위에 담배와 라이터, 재떨이 그리고 노란 봉투를 놓는다. 그러고는 옷을 벗고 욕조에 들어간다. 매번 뜨거운 물에 놀라지만 렉소탄의 효과가 나타나기 시작하자 마치 단단한 몸이 거품 속 부드러운 물질로 변하는 것 같다. 이런 평온한 상태에 도달했을 때 노란 봉투를 집어서 손가락으로 가장자리를 뜯은 다음, 편지를 꺼낸다. 편지에는 이렇게 쓰여 있다.

소피아(요나)에게,

알코올 중독자들의 12단계 중에 "보상하다"라는 것이 있어. 열두 가지 중 아홉 번째로, 거의 마지막 단계에 해당되지. 보상한다는 것은 술이 취한 상태에서 기분을 상하게 했거나 배신했거나, 절도했거나 혹은 실망시켰던 사람을 찾아가 사과하는 것을 의미해. 자신이 보잘것없는 사람이었지만 지금은 신뢰할 수 있는 사람이 되고 싶다고 고백하는 거야. 그러기 위해서는 그들의 용서가 필요해. 용서는 삶을 바꾸고 싶은 사람이 양심의 가책에서 벗어나게 해주는 거야. 자책감은 유용한 감정이 아니거든. 자신이 어떤 사람이었는지 계속해서 상기시켜줄 테니까. 그런데 누군가 용서한다면 그

---

* 신경안정제.

사람은 가책을 느끼지 않고 자신이 원하는 사람이 되도록 노력할 수 있어.

바로 지금 내가 느끼는 기분이야. 나도 다른 사람들의 신뢰를 저버리거나 친구들에게 상처를 주고 수없이 많은 거짓말을 한 적이 있으니까. 생각해봤어. 앞으로 나아가고 싶다면 먼저 되돌아가서 제자리로 돌려놓아야겠지. 그래서 난 이렇게 편지를 써. 네 것을 돌려주려고. 그건 최근 힘들었던 순간에 무척 도움이 되었어. 하지만 이젠 필요하지 않아. 그 힘든 순간이 완전히 끝난 건 아니지만 이제는 스스로 헤쳐나갈 수 있게 되었어.

네게 물어볼 것이 있어. 최근에 성경을 처음부터 끝까지 읽었어. 난 신을 믿지 않지만 읽어볼 가치가 있는 중요한 책 같아. 적어도 다른 누군가가 내게 설명해주겠다고 고집 피우는 일은 없겠지. 요나의 이야기는 내가 좋아하는 부분 중 하나야. 알고 있니? 분량이 얼마 되지는 않는 이야기야. 너도 읽어봤는지 모르겠다. 단지 그 이름이 좋아서인지 아니면 좋아하는 아이의 이름이 요나여서인지 모르겠지만. 어쨌든 이야기는 이래. 어느 날 신은 요나를 불러서 명령했어. 대도시인 니니베로 가서 주민들에게 그들의 죄를 신이 듣게 됐다는 사실을 전달하라고 했지. 요나는 알겠다고 하고, 가방에 옷 몇 벌을 챙긴 후 아내에게 인사를 하고 집을 나섰어. 그런데 그는 니니베로 가지 않고 반대편 길로 들어서 타르시스로 가는 배에 탄 거야. 성경에서 신의 명령을 거역하는 것은 당연히 좋은 생각이 아니지. 요나가 배를 타고 가는 동안 무시무시한 폭풍이 일기 시작했어. 선원들은 무게를 줄이기 위해 짐을 물속으로 모조리 던져버렸어. 누군가는 기도를 하고 누군가는 울었는데 그 와중에 요나는 깊은 잠을 잤어. 자신이 옳다고 확신하는 게 틀림없었지. 선장은 그를 흔들어 깨우고 말했어. "어떻게 이럴 때 잘 수가 있소, 밖에 종말이 온 게 안 보이시오?" 그러자 요나가 말했어. "아, 네, 신께서 저를 찾고 있네요." 그는 선원들에게 강력하고 복수심에 불타는 그의 신이 자신에게 무척 화가 났다고 설명했어. 그리고 말했지. "당신들이 살 수 있는 유일한 방법은 나를 배 밖으로 던져버리는 것이오." 그러자 선원들은 당연히 그 조언에 따랐어. 그렇게 요나는 물에 빠졌고 익사하기 직전까지 갔지. 그런데 또 다른 기적이 일어났어. '신은 요나를 삼킬 거대한 물고기를 만들었어.' 바다 괴물, 그 이상도 그 이하도 아니야. 실제로 요나를 삼킨 동시에 그를 구했지. 3일 동안 배 속에 그를 넣고 바다로부터 그를 보호했어. 물고기의 배 속에서 요나는 신과 대화를 했어. 신께 자신을 살려준 것에 대해 감사를 표했어. 명령을 따르지 않은 것에 대해 용서를 구하고 임무를 완수하겠다고 약속했어. 마침내 물고기가 해변에 그를 토해내었어. 요나는 몸을 씻고 말린 다음 니니베 주민들을 개종시키기 위해 길을 떠났어. 난 궁금했어. 네가 내 병실 바닥에 누워 있었을 때, 그때 넌 어떤 요나였어? 배에서 자고 있는 요나였니? 세상이 무너지는데도 넌 그보다 더 평온할 수가 없었어. 그게 옳다고 어떻게 확신했어? 아니면 물고기 배 속에 있는 요나였니? 네가 잘못을 했다는 것과 잘못을 바로잡을 방법을 생각하고 있었니? 아니면 넌 해변에 있는 요나였니? 햇볕에 몸을 말리면서 옳은 것도 그른 것도 없고, 오직 한편에는 선택의 자유가 있다는 착각에 빠진 인간이 또 다른 한편에는 네가 어디에 숨든 찾아내 폭풍을 일으켜 익사시키려 하면서도 괴물을 보내 너를 구할 능력을 가진 신이 있다는 걸 깨달았던 거니? 그렇기 때문에 복종하는 것이 최선이고, 신이 지배하는 세상에서는 자유로울 수 없다고? 넌 이런 생각을 한 거야? 이름이나 네가 원하는 사람이 될 자유에 대해 이야기할 때 이걸 생각한 거야?

평범한 곳에서 너를 만나고 싶어. 노천카페 같은 곳에서 차 한 잔을 마시거나 크림빵을 먹거나 아주 가느다란 담배를 피우고 오랜 친구처럼 수다를 떨었으면 좋겠어. 그때까지 내가 애정을 갖고 너를 기억하는 만큼 너도 나를 기억해줬으면 해.

너의 마르게리타(마르고트)가.

편지를 두 번이나 다시 읽은 뒤 여자는 편지를 의자에

올려놓고 노란 봉투를 집었다. 봉투를 뒤집어서 잡고 흔들었더니 아까는 미처 못 봤던 물건이 물속으로 떨어졌다. 물건을 집어서 거품을 닦아냈다. 정확히 기억하고 있는 플라스틱 빨대였다. 손가락 사이에 끼우고 돌려보니 형이상학적인 담배가 조금 갈아 없어진 것 같았고 마지막에 봤을 때보다 조금 짧아진 느낌이었다. 다시 보게 되어 기뻤지만 이제 와 무슨 쓸모가 있을까? 빨대로 뭘 할 수 있을지 생각해보았다. 한쪽 발을 욕조 밖으로 꺼내고 작은 망원경을 들여다보듯이 빨대를 통해서 한쪽 눈으로 발을 보았다. 매니큐어를 칠한 엄지발가락과 오리 모양의 비누 받침의 우측면이 보였다. 여전히 기능을 하는지 보려고 입술 사이에 빨대를 꽂았다. 파이프를 물고 있는 선원이 보였다. 코로 숨을 들이마시고 입으로 내쉬면서 호흡을 반대로 하니 고래가 나타났다. **저 아래, 잡아! 저기, 저기 있다! 잡아라!** 진주잡이 어부가 빠졌다. 여자는 눈을 감고 두 손가락으로 코를 막은 다음 머리를 물속에 넣고 스노클처럼 빨대를 이용해 물 밖의 공기를 들이마셨다.

소피아는
언제나
검은 옷을 입는다

서로에 대해 이야기를 들은 지는 꽤 되었지만 두 사람
이 실제로 만난 건 결혼 행진곡이 흐르고 옷을 빼입은 친척
들이 있는 결혼식장에서였다. 로사나는 아버지의 팔짱을
끼고 마지막에 등장했고, 신랑의 여동생이자 증인으로 마
르타가 있었다. 1977년 당시 두 사람은 각각 스물두 살, 스
물세 살이었다. 로사나는 기숙학교 생활을 했고 그림과 노
래에 소질이 있어서 브레라 아카데미에 다녔지만 앞으로
닥쳐올 일로 인해 학업을 중단했다. 그리고 로베르토에게
들은 대로 마르타를 상상했다. 그의 말에 따르면 마르타는
늘 화가 나 있고 모든 것을 흑백논리로 바라보며 어릴 때부

터 세상과 대립하고 있었다. 마르타는 로사나에 대해 아무 관심이 없었고 생각할 시간도 없었다. 마르타는 국립대에서 역사를 전공했고 공산주의 라디오에서 허드렛일부터 시작해 자율주의 당원으로 활동했다. 토요일 오후 그 시각에는 급하게 치러진 결혼식의 하객이 아니라 동료들과 함께 시위 대열에 있어야 했다. 마을의 싸늘한 성당에서 얼마 떨어지지 않은 밀라노 시내에서는 시위가 더욱 거세게 일고 있었다. 로사나와 로베르토가 죽을 때까지 사랑과 헌신, 존경하겠다고 혼인 서약을 하는 동안 밖에서는 자동차가 불에 타고 바리게이트가 세워졌다. 두 사람이 반지를 교환하는 사이 경찰 병력은 최루탄을 발사하고 대열의 간격을 좁혀가며 공격을 시도했다. 신랑과 신부는 신부님 앞에서 키스를 나누고, 경찰들은 쓰러진 시위대를 무자비하게 공격했고, 마르타는 그런 경찰들을 단 한 명이라도 잡아서 골목으로 끌고 가 응징을 하게 해달라고 십자가에 못 박힌 예수님에게 기도했다. 성당에서 누군가 박수갈채를 보냈다. 키스가 끝나자 오르간 연주가 시작되고 양가 어머니들이 눈물짓는 가운데, 모든 식이 끝났고 로사나는 로베르토의 어깨 너머로 마르타를 보며 미소를 보냈다. 그녀는 틀림없이 마르타를 보며 웃었다. 마르타는 머리에 데이지를 꽂고 신비스러운 히피 스타일의 흰색 튜닉을 입고 있었는데, 앞날에 평화와 사랑을 기원하는 의미가 있었다. 가족, 가족이라,

마르타가 생각했다. 그녀는 나가서 담배를 한 대 피우고픈 마음이었지만 꾹 참고 미소로 화답했다. 로사나는 깜짝 놀랐다. 그 순간 **그것**, 미지근한 욕조 속에서 몇 주간 행복과 절망의 롤러코스터를 타던 작은 배는 탯줄에서 아드레날린이 솟구치는 것을 느끼고 낮잠에서 깨어나 엄마를 발로 찼다.

그해 가을 마르타는 산에서 과거 파르티잔*이었던 사람에게 사격 훈련을 받았다. 그녀는 숲속에 울려 퍼지는 사냥꾼들의 총성을 들으며 나무에 매달아놓은 표적을 사격했다. 누군가에게 총을 겨눌 일은 없겠지만 대단히 뛰어난 실력이었다. 반대로 겨울에는 여기저기서 생긴 총상을 치료해야 했다. 사람들은 그녀의 집을 의무실이자 창고처럼 드나들었고, 결국 그녀의 고집을 꺾지 못하고 시위에 참가하는 것을 허락했다. 그녀는 목에 손수건을 두르고 엄마가 일주일에 두 번 장을 보러 가는 슈퍼마켓을 털었다. 사람들이 파시스트 학대자의 집 앞에서 몇 날 며칠을 기다린 끝에 옆 건물에 드나드는 관리인의 도움으로 그를 잡아 박살 내는 동안 그녀는 차에서 기다렸다. 그들은 이웃 사람들, 여성, 노동자들과 여러 차례 접촉했다. 먼저 처벌을 피해 횡포를

---

* 제2차 세계대전 말 나치 독일에 맞서 조직된 이탈리아 독립군.

부린 소규모 공장 사장들의 자동차를 불태우고, 필요시에
는 창고에도 불을 질렀다. 무모한 삶이었다. 그런 일은 거
의 야간에 이루어졌다. 낮이 되면 마르타는 일을 병행하는
학생의 신분으로 돌아와 눈코 뜰 새 없이 움직이고, 커피의
힘을 빌려 하루하루를 버텼다. 로베르토에게 저녁 식사 초
대를 받은 그녀는 몰라보게 자란 소피아를 보고 마지막으
로 왔던 때가 언제였는지 가늠해보았다. 3개월 때 소피아
는 먹고 자고 울 뿐이었는데 1년이 되니 벌써 혼자 일어서
고 말도 하기 시작했다. 집에 들어가면 마르타는 무릎을 꿇
고 앉아서 소피아의 눈을 똑바로 보며 말했다. "그래, 잘 지
냈니?" 하는 말에 소피아는 겁을 먹고 로사나의 다리 사이
로 숨어버렸다. 그녀는 고모보다는 혁명가가 훨씬 잘 어울
렸다.

저녁 식사 동안 나눈 대화는 어려웠다. 로베르토가 알
파 로메오의 엔지니어로 한창 일하던 그 시기에 정리해고
가 시작되었다. 두 사람은 엄마의 건강이나 소피아의 성장
에 관한 이야기를 하며 그 주제를 비켜 가려고 애썼다. 하
지만 얼마 가지 않아 직장 얘기가 나오고 그러다 정치 상황
에 대해 말하다보니 말다툼이 시작되었다. 마르타는 로베
르토를 주인에게 충성하다 과로사하는 황소라고 비난했다.
반대로 로베르토는 마르타가 노동조합원같이 사고를 하고
온통 정치에만 관심을 쏟고 정작 본인의 일은 뒷전이라고

했다. 로베르토는 자신의 일은 자동차를 만드는 것인데 일을 열심히 하지 않을 이유가 없지 않느냐고 반문했다. 대화가 격하게 오가는 동안 로사나는 조용히 음식을 내왔다. 그녀도 뉴스를 챙겨 보았지만 시위, 파업, 희생자, 때때로 터지는 폭탄과 끝없는 재판과 같은 몇몇 용어는 이해가 가지 않았다. 기분이 언짢아진 로베르토는 어느 순간부터 말을 하지 않았고, 마르타는 들어주는 사람이 없는데도 하고 싶은 말을 계속하다가 어쩔 수 없이 화제를 돌렸다. 마치 로사나를 이제야 본 것처럼 그녀의 옷이나 헤어스타일, 식탁 위의 꽃과 타르트의 속 재료에 대해 칭찬을 했다. 관심 분야가 달라도 너무 다른 두 사람이었다. 한 사람은 심하다 싶을 정도로 외적인 것에는 무관심했고, 또 한 사람은 요리를 하거나 테이블 장식을 하고 옷을 입어보는 걸로도 반나절은 거뜬히 보낼 수 있는 사람이었다.

마르타가 로사나에게 새로 그린 그림이 있는지 물었다. 그러자 로사나는 늘 그렇듯 겸손하고 당황한 모습을 보였고 로베르토는 투덜거리며 식탁을 정리했다. 소피아는 자신의 작은 요새가 있는 식탁 아래로 숨었다. 결국 로사나는 어쩔 수 없이 학창시절에 쓰던 파일을 가져와 식탁보 위에 펼쳐놓았다. 단순한 작품이었고 언어와 코드가 사용되었다. 마르타는 이해해보려고 애썼다. 이런 그림을 그린 이유를 물었고 색깔과 모양이 저울접시 위에 놓여 있다는 상상을 하면서 균형을 맞추어 보았다. 손가락으로 사진기 모양을 만들어 그림 위에 대고 마음에 드는 부분에 가져다댔다. 마르타는 그 그림들의 가치가 얼마이든 간에 로사나에게는 용기를 주고 로베르토의 기를 꺾을 필요가 있다고 생각했다. "나를 원시인으로 만들지 마." 단둘이 있을 때 그가 이렇게 말했다. "난 요리사도 웨이트리스도 베이비시터도 되어달라고 요구한 적 없어. 로사나가 다시 공부를 시작한다 해도 난 상관없어." 하지만 그의 무관심은 그 반대를 의미했다.

식탁 아래에서 소피아는 고모 앞에는 엄마의 샌들을, 엄마 앞에는 아빠의 모카신을 놓아두고 그렇게 서로의 신발을 바꿔치기했다. 마르타는 소피아와 눈이 마주쳤을 때 이 아이가 어른이 되면 어떤 모습일지 궁금했다. 이런 가족 안에서 살아남을 수 있겠니? 좋은 생각이라도 있니? 아니면 너도 이미 보잘것없는 여성으로 낙인찍힌 거니?

"우리 좀 만나요." 1980년에 로사나가 전화를 했다. 두 사람이 따로 만난 적은 없었다. 그 시기에 마르타는 작은 소리에도 소스라치게 놀랐다. 동료 몇 명이 체포되었고 다른 동료들과도 연락이 끊긴 상태여서 조만간 자신의 차례가 올 거라고 확신하고 있던 차였다. 며칠간 전화가 울리지 않았고, 안 좋은 소식들은 그렇게 뜸할 때 날아들기 마련이었다. 그런데 다행히 로사나의 전화였다.

두 사람은 마르타가 일하는 신문사 근처 카페에서 만나기로 약속을 잡았다. 6시에 로사나는 이미 네그로니 칵테일 한 잔을 시켜놓고 앉아 있었다. 뺨에서 빛이 났고 알 수 없는 희열이 느껴졌다. 그녀는 일어나서 마르타에게 볼키스를 하며 마르타가 밀라노에 사는 청년들을 상대로 진행한 설문 조사를 모두 읽었고, 그 후에 상상도 못 했던 세상을 발견했다고 말했다. 그 일을 하느라 며칠 밤을 돌아다녔는지, 위험하지는 않았는지 물었다. 로사나는 아페리티보 한 잔을 다 마시고 두 잔을 더 주문했다. "아가씨는 자유로운 여성이에요." 그녀가 말했다. "존경스러워요, 알아요? 누구에게도 묶여 있지 않잖아요."

마르타는 술에는 입도 대지 않았다. 맨 정신으로 대화하고 싶었다. 네그로니에 입술만 축이고 나서 그녀는 생각하는 것만큼 그리 자유롭지 않다고 말했다. 그녀에게도 직장 상사, 집 주인, 자동차 할부금뿐 아니라, 그녀를 말뚝에 묶어놓고 매질로 길들여야 할 떠돌이 개 취급을 하는 남자들도 있다고. 로사나는 특유의 방식으로 웃었다. 주변 사람들 모두를 기분 좋게 만드는 웃음. 마르타는 그렇게 웃는 그녀를 처음 보았다. 일단은 그녀가 본론으로 넘어가기를 기다렸지만 빠를수록 좋다는 생각에 무슨 일이 있는 건 아닌지 물었다. 로사나는 고개를 저었다. 혼잣말을 하다 말다

반복하는 것처럼 바닥을 보며 엷은 미소를 지었다. 문제가 바보 같고 별거 아니어서 듣다보면 지루할 수 있다고 했다.

"이 일로 전화한 거예요." 로사나가 말했다. "스튜디오를 구하고 싶은데 아가씨라면 도와줄 수 있지 않을까 해서." 마르타는 그녀가 화실을 구하고 싶어 한다고 이해했다. 좋은 생각인 것 같았다. 로사나가 임대하려고 생각 중인 장소에 대해 설명하는 동안 마르타는 이미 월세와 집과의 거리, 참고할 광고지를 생각하고 있었다. 그녀의 머리는 빠르게 돌아갔다. 문제를 말하면 해결하려고 애를 썼지만 그냥 수다뿐이라면 지치는 스타일이었다. 곧 그녀는 로사나가 침대와 부엌, 소피아가 뛰어놀 수 있는 공간을 포함한, 결국 집이라고 해야 할 스튜디오를 생각 중이란 걸 눈치챘다.

"미안한데요." 마르타가 말했다. "알아듣게 설명해줘요. 내가 머리가 나쁘잖아요. 이혼 얘기를 하는 건 아니죠?" 로사나는 격렬하게 고개를 저었다. 이혼을 의미하는 게 아니었고 그 말을 듣고 싶지도 않다고 했다. 나긋나긋한 목소리로, 결혼은 **깨뜨릴 수 없는** 의무라고 말했다. 로베르토와는 아무 상관이 없고, 책을 읽거나 그림을 그리고 음악 감상을 하고 자존감을 회복하며 홀로 시간을 보낼 필요가 있는 사람은 그녀 자신이라고 했다.

"『자기만의 방』이라는 책을 읽어봤나요?" 로사나가 물었다.

"물론이죠." 마르타는 그렇다고 대답했지만 사실이 아니었다. 하지만 무슨 말을 하고 싶은 건지 알았다. 로사나에게 술잔을 건네며 말했다. "내 것도 마셔요, 나에겐 좀 독한 것 같네요."

그날 저녁, 잠들기 전에 이야기 조각들을 한데 모아보니 그걸 웃어 넘겨야 할지 비극적으로 생각해야 할지 난감했다. 이혼을 하고 싶지만 그럴 수 없는 여자. 그녀는 시누이 말고는 마음을 털어놓을 사람이 없었다.

마르타의 비밀스러운 삶이 위기를 맞는 동안 두 사람은 전화 통화를 하고 주말에 만나서 같이 아파트를 보러 다녔다. 여름에는 또 한바탕 체포 소동이 있었다. 체포당한 사람들 모두가 아는 이름이었다. 이제 연락하는 동료라곤 1년 전까지 함께 지냈던 남자가 전부였는데, 그가 바로 공중전화로 편집실에 있는 그녀에게 전화한 사람이었다. 신문사라면 미리 소식을 접했을 거라고 확신한 그는 무슨 일이 일어나고 있는지 그녀에게 물었다. 하지만 마르타는 아무것도 아는 게 없었다. 그녀는 장소를 이동할 때 강박적으로 백미러를 점검하고 멀리 돌아가는 것에 익숙했다. 집을 나서기 전에 창문으로 밖을 살폈다. 혼자 살았고 침대 옆 의자에는 체포될 경우 챙겨 갈 옷을 마련해두었다. 그녀는 적에 대해 잘 알았고 새벽 6시에 소총을 들고 그들을 기다렸다. 적어도 옷 갈아입을 시간만은 있길 바랐다. 그 순간을 기다리면서 야채 가게에서 장을 보고 로사나와 공원에서 아이스크림을 먹거나 창틀에 놓아둔 작은 화분에 물을 주는 일 같은 별것 아닌 행위가 지친 생명력을 되살아나게 해주는 것 같았다. 마치 영화 〈대탈주〉의 결말에서 사형을 몇 시간 앞둔 스티브 매퀸이 오토바이를 타고 질주할 때처럼 말이다.

스튜디오를 찾는 일은 진지하지 않았다. 로사나는 로베르토와 상의도 하지 않았고 돈도 한 푼 없었다. 하지만 1960년대에 화가들의 로망이었던 옥탑방을 비롯해 브레라에 있는 여러 곳을 돌아보았다. 부동산 중개인이 의심스러운 눈초리로 마르타에게 집을 이리저리 보여주는 동안 로사나는 하루 종일 아카데미가 내려다보이는 창가에서 지나가는 학생들을 관찰했다. 스튜디오를 얻을 만한 형편이 안 된다고 생각했는지 집주인은 석 달 치 월세와 또 석 달 치 월세에 해당하는 보증금을 요구했다. 그런 액수를 수중에 가져본 적 없는 로사나는 금액을 듣자 정신이 번쩍 들었다. 로사나가 집주인에게 액수는 문제가 되지 않지만 **이른 아침 직사광선**을 받는 것이 **중요**하다고 말했다. 그가 그림에 대해 뭘 안다고? 어디가 동쪽인지 알기나 할까?

맨발로 다니기엔 차가운 대리석 바닥도 별로였고 벽지는 보기 흉했다. 누가 검은색 가죽 소파를 고른 거지? 뭐지? 사회주의 의원의 아파트인가?

마르타는 믿을 수 없었다. 로사나는 중개인이 그들의 요구 조건에 맞는 것을 찾아주겠다고 약속하며 사과할 때까지 궁지에 몰아넣었다. 두 사람은 집을 보고 나오면서 그에게 가짜 이름을 알려주었고, 소녀들처럼 웃으며 달아났다.

마르타는 그녀의 무모함에 반했다. 로사나는 매주 헤어스타일을 바꾸고 과음을 하고 로베르토의 돈을 훔치고 그에게 전화로 거짓말을 하고 늘 어딘가로 황급히 소피아를 데리러 갔으며, 인사를 하고 떠나기 전 차 안에서 마지막으로 엉엉 울었다. 마르타가 동굴 같은 자신의 집에 초대했을 때 로사나는 화를 냈다. 스물일곱 살에 텅 빈 새하얀 방에서 산다는 건 있을 수 없는 일이라고 말했다. "여기에 그림들을 걸어둬요." 좁은 현관에서 말했다. "그리고 구닥다리 샹들리에를 떼어버리고 조금 세련된 것을 찾아보는 건 어때요?" 침실에서 마르타의 옷들을 본 로사나는 의자에 있는 옷은 온통 회색이고 소비에트 공무원 유니폼 같다고 말했다. 마르타의 만류에도 그녀는 옷장을 살펴보고 실망하고는 함께 쇼핑을 가기로 약속했다.

둘은 부엌에서 담배 한 갑을 피우고 6인용 커피 머신으로 끓인 커피를 나눠 마셨다. 얼마 전부터 마르타는 아카데미 졸업 시험을 보라며 로사나를 설득하는 중이었다. "가르치려면 학위가 필요해요." 그녀에게 말했다. "자신을 자유롭게 만드는 것은 모두 소중한 거예요. 그게 종이 쪼가리라 하더라도, 알겠어요?"

　　로사나는 항상 그녀의 말이 옳다고는 했지만 손가락 하나 까딱하지 않았다. "그런데 용기란 건 배울 수 있는 거예요, 아니면 타고나는 거예요? 제겐 전부 두려운 일투성이라는 게 말이 돼요?"

　　한번은 정말로 용기가 생긴 로사나가 다짜고짜 아이를 안고 신문사에 찾아와 두 시간만 아이를 맡아달라고 부탁했다. 이유를 설명할 수 없지만 믿어달라고 말하며 볼 키스를 하고 황급히 어딘가로 향했다. 마르타는 그녀가 남자를 만나러 가는 건 아닌지 의심이 들었지만 이내 그런 생각을 한 것이 부끄러웠다. 소피아를 어찌해야 할지 몰랐다. 다행히 편집장이 오후에 아이를 맡아줬지만 마르타는 여전히 기사 두 줄도 작성하지 못한 채였다. 타자기의 흰 종이를 뚫어져라 보며 어느 카페나 침대 위에 있을 로사나를 생각했다가, 색연필을 가지고 노는 아이를 보며 고개를 절레절레 흔들었다. 로사나가 돌아오고 나서야 그녀가 광고 삽화 스튜디오에서 면접을 봤다는 사실을 알게 되었다. 몇 점 가져갔던 그림이 면접관들의 마음에 든 모양이었다. 그녀에게 활기가 느껴졌고 그건 몇 잔 마신 술의 효과라는 걸 마르타는 알았다.

　　면접 결과를 물어볼 틈은 없었다. 어느 날 아침 신문사

부장이 그녀를 사무실로 불러 문을 닫고 앉으라고 한 다음 파리 특파원으로 보낼 생각이라고 말했다.

"저를요?" 마르타가 물었다. "저는 프랑스어를 할 줄 모르는데요."

"배워야지." 부장이 말했다. "자네는 지금 이탈리아에 머무를 수 있는 상황이 아니야. 날 믿게."

그는 수염을 만지작거리며 꺼진 담뱃대를 물어뜯었고 사방을 두리번거렸다. 40년 전에 그는 이탈리아 레지스탕스 운동에 가담했고, 편집 회의에서 종종 젊은 기자들에게 자율주의의 혼란한 세상에 대해 질문했다. 그들은 누구였나? 어떻게 조직된 거지? 공동 전략이 있었나? 그에 대해 어떤 입장을 취해야 할지 확신이 없어 보였다. 하지만 이제는 그리 중요치 않았다.

마르타는 살면서 로마나 베네치아, 어쩌다 바다에 갈 때를 제외하고 단 한 번도 밀라노를 떠나본 적이 없었다.

"언제 가야 하죠?" 그녀가 물었다.

"준비되는 대로."

"먼저 살 집을 찾아야 하지 않아요?"

"그건 내가 알아서 할 테니, 자네는 준비를 서두르게."

그가 어떻게 알았고 왜 도와주려 하는지, 그 이유는 마르타에게 항상 수수께끼로 남았다. 하지만 그 이후로 사람은 특별한 이유 없이도, 특히 이렇게 곤란한 상황이라면 도움 받아도 된다는 생각이 들기 시작했다. 절실한 순간에 누군가의 도움을 받은 사람은 곤경에 처한 다른 사람에게 손을 내밀고 그렇게 신세 진 빚은 또 다른 사람에게 옮겨가게 된다. 마르타는 이틀 뒤에 프랑스로 떠났다. 자신을 미행하고 도청하는 사람이 있을 게 분명해 아무에게도 전화나 인사를 하지 않고 떠났다. 얼마 되지 않는 소지품 상자를 어머니의 집으로 옮겨두고 어머니와 함께 저녁 시간을 보냈다. 아침에는 여행 가방처럼 보이지 않게 가방을 꾸리고 출근 복장으로 집을 나섰다. 아주 높은 곳에서 다이빙을 하는 느낌이었다. 숨을 참고 눈을 꼭 감았다가 뜨니 기차 안이었고 막 국경을 넘어간 상태였다. 열차 칸에는 휴가를 갔다 돌아오는 프랑스 청년들이 있었다. 마르타는 손짓으로 담배 하나를 달라고 했고 창 너머 멀어져가는 알프스를 바라보며 담배를 피웠다.

파리에서 그녀는 다른 사람의 사진들로 가득한 방에서 지냈다. 마치 유학생이 된 기분이었다. 스무 살로 되돌아간 것 같았고 이번에야말로 청춘이 무엇인지 알게 된 듯했다. 파리에 도착하고 일주일 동안은 내내 잠만 잤다. 자고 일어나자 눈, 코, 입, 피부 등 모든 감각 기관이 다시 깨어났다. 예전에 그녀의 몸은 수송 수단이자 무기에 불과했다. 지금은 동면에서 깨어나 햇빛과 공기, 음식, 와인, 화장실, 산책을 필요로 했다. 여기에 **쓰다듬기**를 추가할 용기는 없었다. 이리저리 둘러대고 변명하는 대신에 로사나에게 편지를 썼다. **언니가 내게 화장을 해주던 그때 같아요. 눈을 뜨니 난 다른 사람이 되어 있었잖아요? 가면을 쓴 평상시의 내가 아니라 원래 나인데 미처 모르고 살았던 그 사람.** 그녀는 이런 비슷한 일이 로사나에게도 일어나길 바랐다. 로사나 에게도 놀라운 일이 생기기를 원했다. 갑자기 떠나서 미안했지만, 그건 자신의 의지가 아니었다고 말하며 안부의 말을 적었다. 그리고 그녀와 함께 라탱지구를 산책하고 루브르 박물관을 함께 방문할 날을 기다리겠다고 했다. 로사나는 답장이 없었고 그다음 편지에도 답장은 없었다. 그래서 마르타는 기다리다 못해 혼자 루브르를 다녀왔다.

1년 뒤, 마르타의 어머니가 세상을 떠났다. 시장에 나갔을 때 발작이 일어났고 병원에 도착해 손을 써보기도 전에 숨을 거뒀다고 했다. 마르타는 밀라노로 돌아가야 할지 이틀 동안 고민했지만 무의미한 위험을 감수하는 일이고 그런다고 어머니가 살아 돌아올 것도 아니었다. 뒤틀린 다리로 인도에 쓰러진 어머니의 모습과 주위에 장바구니가 나뒹구는 장면이 그녀를 괴롭혔다. 어머니는 늘 절제되고 신중한 사람이었다. 몇 년이 지난 후, 마르타는 성당에 갔다. 기도를 하거나 초를 켜기 위한 게 아니라 조용히 어머니를 생각하고 혼자만의 슬픔을 달랠 장소가 필요했던 것이다.

며칠 후 로베르토의 편지가 도착했다. 그녀가 어머니의 묘소에 가고 싶어 할지 몰라 편지에 묘의 위치와 묘비에 넣은 사진을 설명해놓았고, 장례식에 참석해 조의를 표한 친척들의 명단도 함께 넣었다. 아직 집을 정리하는 문제가 남았지만 경비를 제외하고 나면 얼마 되지 않는 유산 분배와 집 문제는 차차 차분하게 정리해나가자고 했다. 마치 공증인이 작성한 편지 같았다. **오빠는 어떻게 지내?** 마르타가 로베르토에게 편지를 썼다. 뜻밖의 편지에 로베르토가 답장을 했다. 그는 어리둥절하고 조금 늙은 것 같다고 썼다. 어른이 되는 것은 차츰차츰 이루어지는 과정인데 순식간에 그 끝에 도달한 느낌이라고. 그는 어머니가 떠나고 난 뒤 마르타를 자주 생각한다고 썼다. 그가 모르는 마르타 인생의 비밀이 있었지만 이 시점에는 중요하지 않았다. 단 하나 중요한 것이 있다면 그것은 똘똘 뭉치는 거라고 했다. **넌 받아들이지 않겠지만, 언제나 난 네 오빠야**라고 마무리를 지었다.

마르타는 로베르토에게 파리 생활에 대해 이야기해주었다. 이탈리안 타운과 현재 살고 있는 집, 소르본 대학에서 수강 중인 인류학 강의와 그녀의 일상에 대해 들려주었다. 아직까지 프랑스어로 글을 쓰는 건 서툴지만 편집실의 한 여자아이가 자신의 기사를 모두 확인해주고 실력이 많이 늘었다고 진심 어린 말을 해주었다고. 프랑스는 살 만한 곳이라고. 모순이 없는 나라지만 프랑스에서 본 이탈리아는 고풍스럽고 마피아와 성직자들로 분화된 초목이 울창한 땅이라고. 그녀는 이탈리아는 물론 프랑스 친구들이 많아서 외롭지 않다고 했다. **오빠네 집 여자들은 어때?** 그에게 물었다.

　로사나의 기분은 종잡을 수 없다고 로베르토가 편지에 썼다. **현관에서 그녀가 나를 안아줄지 아니면 어둠 속에서 울고 있을지 마음속으로 생각하며 매일 저녁 집에 돌아와. 소피아는 초등학교에 입학했고 강아지를 좋아하고 개의 품종에 대해서라면 우리 둘보다 훨씬 잘 알아.** 편지에는 한 사람에 대한 걱정과 또 다른 사람에 대한 자랑스러움과 놀라움이 가득 담겨 있었다. 로사나는 수면장애를 앓았다. 낮에는 축 처져 있고 걸핏하면 화를 냈다. 오후에는 침대에서 보냈고 그림을 그리지 않은 지도 몇 개월이 되었다. 진료를 받기 시작했고 얼마 지나지 않아 로사나의 기분은 로사나의 문제가 되었고 그러다 로사나의 병이 되었다. 1985년 로베르토는 승진을 했다. 월급이 인상되어 도시 외곽에 로사나가 그토록 원했던 정원과 넓은 방이 있고 친하게 지낼 비슷한 또래의 이웃들이 있는 집을 장만하기로 결심했다. 로베르토는 이런 변화를 계기로 그녀의 상태가 나아질 거라 믿었다. 마르타는 그들이 드디어 미쳤고 지옥으로 떨어지려고 작정을 했구나라고 생각했다. 로사나가 집으로 돌아가기 전에 눈물을 흘렸던 것이 기억났다. 로베르토는 편지에 이렇게 썼다. **2층짜리 멋진 빌라야, 공원 한가운데 있어, 밀라노 근교에 위치한다고 하면 믿기 힘들겠지. 어서 빨리 네 눈으로 직접 봤으면 좋겠다.** 마르타는 개입하고 싶은 생각이 전혀 없었다. 옳은 일 같지도 않았다. 수녀가 되려고 속세를 떠나는 어린 시절 친구에게 하듯이 속으로 로사나의 행운을 기원하며 작별 인사를 했다.

1992년 그녀는 밀라노로 돌아왔다. 위험을 넘겼다고 생각해서가 아니라, 파리에 있는 동안 줄곧 이방인의 딱지를 벗지 못했다는 것을 깨달았기 때문이다. 파리는 인간적이고 아름다운 곳이어서 마르타는 그런 파리를 진심으로 사랑했지만 초대받은 손님이 된 기분을 떨쳐버릴 수 없었다. 이탈리아 사람들끼리는 서로를 **망명자**라고 불렀고 그녀는 장기 휴가를 온 것만 같았다. 1990년대 초 밀라노는 그녀가 기억하던 것보다 조금 깨끗했다. 나머지는 이전이나 다름없었다. 냉정하고 신경질적이며, 비우호적이고 워커홀릭에 빠진, 살아가기 쉽지 않은 곳. 마르타는 자신이 석조 건물에 갇힌, 꽃이 만발한 안뜰처럼 느껴졌다. 그녀는 자신이 태어난 어머니의 집으로 갔다. 그동안 세를 주고 있던 아파트였다. 마르타는 몇 주가 지나도록 이불을 장만하는 것이 끝이었다. 그녀는 정보부가 자신이 돌아온 것을 안다고 확신했다. 그러나 그녀가 이제 위험 인물이 아니란 걸 알았는지도 모른다. 그녀처럼 이제 누구에게도 도움이 되지 못하고 홀로 남은 별 볼 일 없는 사람들이 많았다. 살인을 저지르지 않아서 목숨만은 건졌지만 사람의 이마에 총을 겨눌 때의 그 떨림은 생생하게 기억했다. 그녀는 석 달간 조용히 기다렸고 그제야 자유로운 몸이 되었다는 생각이 들기 시작했다.

그녀는 방송 채널을 개설하자는 지역 라디오 방송국의 제안을 받아들였다. 그녀는 인터뷰에 상당한 재능이 있었고, 스튜디오에서 마주 앉은 상대를 편안하게 해주고 숨은 사연을 찾아내려 애썼다. 누군가와는 책장을 넘기는 것과 같았고 누군가와는 억지로 금고를 여는 것과 같았다. 하지만 그런 사람도 그녀가 보이는 무척이나 매혹적인 관심에 얼마 안 가 속마음을 털어놓았다. 시간적인 여유가 많아서 그녀는 저널리즘 학교 교사로 지원서를 제출했다. 빚을 갚는 그녀만의 방식이었다. 다른 사람들이 나무를 심고 병을 치료하는 것처럼 그 일에 임했다. 그녀의 제자들은 금방 알아차렸다. 그들 대부분이 타지에서 왔고 밀라노를 싫어했고 무일푼으로 여럿이 함께 살았으며 늘 배를 곯았다. 마르타는 그들을 집으로 데려왔다. 음식으로 배를 채워주고 양식으로 머리를 채워주었다. 부모님이나 선생님, 애인, 룸메이트 사이에 생긴 그들의 문제를 들어주었고 늘 끈기 있게 버티고 졸업을 하고, 부모님을 존중하고, 사랑이라는 이름으로 어떠한 희생도 하지 말고 일을 통해 자유를 쟁취하라는 조언을 아끼지 않았다. 마르타의 입에서 나온 보수적인 생각은 혁명적이었다. 적게 소유하고 방해가 되는 것들을 치워 없애는 데 익숙했다. 늦은 밤 남자아이들은 항상 책과 음식, 여자아이들은 책과 신발, 음식을 한가득 들고 그녀의 집에서 나왔다. 옆집 여자들은 그걸 보고 악의적인 소문을 퍼뜨렸지만 마르타는 신경 쓰지 않았다. 사랑 고백을 받거나 심지어 한번은 학교 화장실에서 제자에게 급습을 당하는 일도 있었다. 하지만 친절하고 단호하게 고백을 거절했다. 그녀는 그들에게 권력을 행사하는 법을 알았고 악용하는 건 그리 어려운 일도 아니었다. 몇 년간 연애를 하지 않았지만 그것도 그런대로 괜찮았다.

가끔 길에서 목소리만 듣고 그녀를 알아본 누군가가 이렇게 말했다. "실례지만, 마르타 무라토레 씨 아닌가요? 그 라디오 진행하는?" 유명 인사가 된 듯한 기분이 들지는 않았지만 그래도 자신이 하는 말을 누군가가 들어준다는 확신을 가질 수 있었다. 그녀의 일은 타인을 위한 것이었다. 사람들은 그녀에게 찬사를 보내고 생각했던 것과는 다르다는 말을 덧붙였다. 어떻게 다른지는 구체적으로 말하지 않았다. 더 나이 들어 보이겠지, 마르타는 생각했다. 흡연을 하는 데다 자주 튀어 나오는 구닥다리 이야기들 때문에라도 말이다. 사람들은 회색 머리의 페미니스트, 책은 많지만 가족은 없는 시몬 드 보부아르의 방송을 듣는 것 같다고 생각했다. 마르타는 어서 자신이 이상적이라 생각하는 나이가 되기를 바랐다. 그녀의 나이는 서른여덟, 제자들의 나이는 스물다섯이었고, 50대의 친구는 단 한명도 없었다.

1994년 로베르토는 떨리는 목소리로 전화기를 붙잡고, 소피아가 바륨 한 통을 한꺼번에 삼키고 병원에 입원했다고 말했다. 처음에 마르타는 그가 우울증을 앓는 로사나와 헷갈린 게 아닐까 생각했다. 그녀는 하던 일을 멈추고 급히 차에 타 소피아가 있는 병원으로 달려갔다. 병원이라기보다는 문제 있는 청소년들의 재활 센터 같은 곳이었다.

"무슨 짓을 한 거야?" 마르타가 면회실에서 소피아에게 물었다. 두 사람은 그날 처음 봤지만 언제나 같은 성을 가지고 살았고 같은 핏줄이라 그런지 왠지 모를 친밀감이 들었다.

"다 싫어요. 그중에서 제 자신이 제일 싫어요." 소피아가 말했다.

"네가 싫어하는 사람 중에 나도 있니?"

"누군지는 모르겠지만 경고하는데, 가까이 오지 않는 게 좋을 거예요."

그녀는 검은색 후드 티와 검은색 바지를 입었고 머리 반쪽은 삭발하고 왼쪽 귀에는 은색 링 피어싱을 하고 있었다. 평균 체중보다 10킬로그램 정도 못 미치는 것 같았고 손등에는 혈관이 선명하게 보였다. 하지만 마르타는 그런 걸로 놀라는 사람이 아니었다. 그녀는 정치나 영웅주의로 많은 희생양이 나오던 시대의 사람이었고 삶을 포기한 사람들이라면 무수히 봐왔다. 그래서 방관하지 않기로 결심했다.

"뭐 필요한 거라도 있니?" 마르타가 물었다.

"담배요." 갑자기 관심을 보이며 소피아가 말했다. 소피아는 마르타가 내민 담뱃갑을 집어서 주머니에 넣었다. "아주 크고 아주 까만 선글라스요. 사방이 온통 흰색이라 제 뇌가 타들어가는 것 같아요."

스스로 목숨을 끊으려 했던 사람치고는 필요한 게 많았다. 소피아는 워크맨, 바닐라 향 비누와 사용 금지인 면도기 대신 왁싱 테이프, 스타니슬랍스키*가 쓴, 배우라는 직업에 관한 책과 콘돔 한 통을 요구했다. 다른 것들은 괜찮았지만 마지막 물건에 마르타는 당혹스러웠다. 그녀는 슈퍼마켓 계산대에서 콘돔을 몇 번이고 유심히 보았지만 야채, 과자와 함께 그걸 산다는 것 자체가 우스꽝스럽게 느

---

* 러시아의 연출가이자 배우, 연극이론가.

껴졌다. 그래서 어느 날 30분간 운전해서 도착한 곳에 이중 주차를 하고 약국에 들어갔다. 나왔을 때는 마치 도둑질을 하고 나온 기분이었다. 그날 오후 종이 가방에 상자를 넣어 소피아에게 전해 주었다. 마땅히 할 얘기가 없어서 소피아에게 남자 친구가 클리닉으로 찾아오는지 물었다.

"**제** 남자 친구가 있으면." 소피아가 대답했다. "그러면 전 **그의** 것이네요, 맞죠? 고맙지만 사양할게요. 저는 단지 이 방의 침대를 춤추게 할 뿐이에요."

마르타는 웃음이 나왔다. 이렇게 뼛속까지 매력적인 아이가 어디에서 왔을까? 로베르토는 마르타에게 이렇게 경고했다. "소피아가 무슨 말을 해도 믿지 마. 병적으로 거짓말을 하거든." 마르타는 자유연애가 유행 지난 관행은 아닌지 물었고 소피아는 자신을 놀리는 말을 이해하지 못하고 말했다. 그녀는 이 세상의 대부분의 악은 좌절된 성적 충동에서 오는 것이고 전쟁이나 인종 차별주의, 종교 문제는 13세부터 90세까지 모든 사람들이 너나없이 모두 섹스를 한다면 금방 해결될 문제라고 생각했다. 그리고 이 **형편없는 사회**는 **가족**에 기초하고 있고 가족을 보호하기 위해 **결혼**이라는 이상한 제도가 만들어진 거라고 덧붙였다. 그렇다면 땅이나 동물, 사물은 말할 것도 없고, 다른 사람들을 갖고 싶어 하는 소유권이라는 것과 투쟁하지 않고 뭘 얼마나 바꿀 수 있겠는가?

거짓말이든 아니든 마르타는 그 추론이 틀린 것 같지 않았다.

"몇 명의 남자를 사귀어봤어요?" 소피아가 물었다.

"네 명." 마르타가 생각에 빠져 대답했다.

소피아는 웃음을 터트렸고 마르타는 놀라서 그녀를 보았다. 소피아는 놀라울 정도로 그녀의 엄마를 닮았다. 까르르 웃는 웃음소리가 닮은 걸까 아니면 머리를 뒤로 젖히는 행동이 닮은 걸까? 마르타가 뭐가 그리 웃긴지 묻자 소피아는 부모님이 고모에 대해 이야기하는 것만 들었을 땐 남자를 잡아먹는 여자, 그것도 일주일에 한 명씩 잡아먹었을 거라 생각했다고 대답했다. 마르타는 마치 그래서 뭐 어쩌라고? 라고 말하는 듯 어깨를 으쓱했다.

"내가 스무 살 때 사랑은 그리 중요한 게 아니었어. 오히려 나쁜 거라 생각했지. 다분히 개인적인 거야. 물론 내게도 친구들이 있었어. 무척 친한 친구들이었지. 그러다 잠자리를 갖는 경우라도 생기면 엉망이 되고 말았어."

"어떻게요?"

"그들의 소유욕이 강해졌거든. 폭력적이지 않았던 그 교양 있는 남자들에겐 상상할 수 없을 정도로 폭력을 휘두르는 잠재력이 있었지. 그들은 나를 때리지 않고는 못 배기는 것 같았어."

"그래서 그 남자들과 헤어졌어요?"

"헤어지기는. 오히려 위로해주었어. 그들이 다른 여자, 다음에 진짜 여자를 만나서 진지하게 사랑에 빠질 때까지 계속 그랬지. 그들은 내게 속마음을 털어놓았어. 난 언제나 그들의 친한 친구였으니까, 안 그래?"

"못 믿겠어요, 그러고 나면요?"

마르타는 소피아의 호기심을 자극하는 데 성공했다. 이제 소피아는 1970년대의 사랑에 대해 전부 알고 싶어 했다. 둘은 오랫동안 수다를 떨었고, 마르타가 구타당한 것과 사실이라고 믿었던 거짓말, 이용당하고 배신당하고 치욕스럽게 버려진 자신의 연애 경험을 연재 만화처럼 이야기하는 동안 소피아는 "그럴 수 없어요"라던가 "고모는요? 그 남자는요?" 또는 "제발요, 웃겨 죽겠어요" 하는 반응을 보였다. 소피아가 웃음을 터트릴 때마다 마르타는 그녀를 넋 놓고 바라보았다.

파리에 있을 때는 조카 소식을 자주 듣지 못했다. "끔찍하단 생각 안 드니?" 로베르토가 통화 중에 물었다. "들어봐." 소피아가 열 살 때, 처음으로 성찬식에 참여하던 날 엄마와 함께 미용실에 갔다. 로사나처럼 단발머리를 하고 마냥 울었다. 집에 돌아와서 화장실 문을 걸어 잠그고 가위로 자신의 머리카락을 자른 이후로 다신 다른 사람의 손에 머리를 맡기지 않았다.

중학교 1학년 때 소피아는 출석부에 적힌 이름이 틀렸다고 선생님들에게 말했다. 자기가 위탁 상태이고 **입양 절차**가 아직 마무리되지 않았다고 말이다. 그래서 선생님들은 **친엄마** 성이라는 이름으로 소피아를 불러야 했다.

"성이 뭐였는데?" 마르타가 물었다.

"그걸 누가 기억하겠어. 우리가 양부모라잖아? 말이되니? 웃긴 건 사람들이 소피아 말을 전부 믿었다는 거야."

열네 살 때 소피아는 일주일간 외출 금지를 당한 후에 가출해 온데간데없이 사라졌다. 경찰은 이웃들을 탐문했고 심지어 마을 연못 바닥까지 파헤쳤다. 아이가 연못에 빠져 죽을 거라고 말한 적이 있었기 때문이다. 나중에 친구들이 소피아를 다락방에 숨겨주었다는 사실이 밝혀졌다. 친구들은 그 아이를 부모로부터 보호하는 것이라 생각했다. 아이들은 로베르토를 난폭한 파시스트로, 로사나를 종교 광신도라 믿었다.

"음, 오빠가 파시스트인 건 맞잖아." 마르타가 말했다.

"그렇다고 내가 정치에 무관심한 기독교 민주주의자는 아니잖아?"

"있잖아, 내 생각에 오빠가 지나친 것 같아. 그 아이의 유일한 문제는 열여섯 살이라는 거야. 나도 그 나이 땐 그랬어."

"아니야." 로베르토가 단호하게 말했다. "넌 그렇지 않았어."

그럼 어땠는데? 라고 묻고 싶었지만 그러지 않았다. 마르타는 두 손을 자유롭게 쓸 수 있도록 귀와 어깨 사이에 전화기를 끼우고 집 안을 돌아다녔다. 오빠와 통화를 하면서 담배를 피우고 식기 세척기를 비우고, 행주로 테이블 유리에 찍힌 지문을 닦아냈다.

"가끔 무슨 생각하는지 알아?" 마르타가 말했다. "우리가 한 일에 대한 대가라는 생각이 들어."

"무슨 대가라는 거야?"

"이 모든 문제들이 20년 전에 우리가 한 일과 관련 있다는 생각을 떨쳐버릴 수가 없어."

"우리라니 누구? 마르타, 난 아무것도 한 게 없어. 있잖아, 오히려 내가 받은 것보다 훨씬 많은 것을 줬다고 생각해."

좋은 점이 있었다. 소피아에 대해 이야기하면서 로베르토를 더 잘 알게 되었다. 오빠는 평균 학점이 30점이던 대학 시절에 비해 많이 변했다. 벌이나 다름없는 결혼 다음으로 승진은 그의 인생에서 두 번째 실패였다. 회사에서 로베르토는 젊고 야망 있는 동료들이 자신보다 먼저 진급하는 것을 지켜보아야 했다. 그도 몇 번 진급할 기회가 있었지만 뭔가 결정적인 한 방이 부족했고, 이미 낮은 직급에 만족하기로 마음을 내려놓은 터였다. 그는 무척 진실하게 이야기했다. 그는 관용과 인내심이라는 장점을 재평가했다. 아내를 이해하지 못했다는 걸, 아내의 요구를 오해했고, 대화할 때 세상을 바라보는 자신의 시각이 협소하다는 것을, 한계가 있다는 걸 깨달았다. 하지만 적어도 아내의 이야기를 끝까지 들어주기는 했다. 마르타에게 동양 속담 하나를 인용했다. 대충 이런 뜻이었다. 만약 너의 집이 태풍으로 흔들린다면 문을 닫고 그 안에 숨지 말고 문과 창문을 열고 지나가게 두어라. 마르타는 깜짝 놀랐다. 황소고집인 오빠가 선종을 깨우쳤다니. 새로운 사람이 된 로베르토는 태풍의 가치를 잘 알고 있었다. 이제야 대화가 통하는 사람이 된 듯했다.

잠시 후 클리닉에 있는 소피아에게 전화를 했다. 동시에 볼륨을 최대한 높이고 정치 토론을 보면서 세탁기에 빨래를 넣었다.

"여보세요." 스타니슬랍스키를 읽고 있던 소피아가 말했다. "거울 앞에서는 신중해야 한다는 걸 기억하세요. 배우에게 외면이 아닌 내면을 보라고 가르치고 있어요."

"난 거울을 완전히 없애버리고 싶어." 마르타가 세탁기 전원을 누르면서 말했다.

"뭐 하세요? 세탁기 돌려요? 밤 10시에?"

"낮에는 할 시간이 없어."

"많은 신경증 환자를 봤지만 고모는 정말 유별나요."

"소피아, 무슨 말을 하는 건지 도통 모르겠구나."

"무슨 말이냐고요? 속옷 말이에요. 조금 더 자주 속옷을 벗으면 그렇게 자주 빨래할 필요가 없잖아요. 이해하셨어요? 종종 그렇게 해보세요."

"충고 고마워. 잘 자. 내일 연락하자."

마르타는 오랫동안 잠을 이루지 못하고 뒤척였다. 열여섯 살 때의 자신은 어땠는지 기억이 나지 않았다. 그녀가 투쟁하던 시절을 생각하면 다른 사람의 전기를 읽는 것 같았다. 기억 속에 있기는 하지만 실제로 경험한 것 같지는 않았다. 꿈속에서 이 모든 게 사실이라는 것을 깨닫게 될 때가 종종 있었고 그러면 잠에서 깨서 그 사실을 지워버릴 다른 뭔가를 찾았다.

그녀는 사라진 친구들과 로사나를 혼동했다. 누군가는 호되게 대가를 치렀고 누군가는 조금 덜했다. 무사히 빠져나간 사람은 아무도 없었다. 하지만 모두가 자유롭게 선택한 결과였고 그들은 자신들 운명의 결정권자였다. 반면에 소피아는 전혀 상관없는 사람이었다.

"고모의 문제가 뭔지 알죠?" 어느 날 저녁 소피아가 물었다.

"문제가 또 있어?"

"속은 공산주의자인데, 가톨릭 신자처럼 행동하는 거요. 미래를 믿으니까 열심히 일을 하는 거잖아요. 전 **지금** 행복해지고 싶어요."

☾

　클리닉에선 소피아가 나가기를 바랐다. 밤이면 병실을 돌아다녔고 몇몇 간호사들과 마찰이 있었기 때문이다. 규칙을 지키는 법이 없었고 다른 환자들에게는 최악의 본보기였다. 어느 날 아침 마르타는 클리닉으로부터 이번이 마지막 통보이니 진료비를 수납하고 이제 그만 소피아를 퇴원시키라는 연락을 받았다.

　"그게 뭐야, 폭동이라도 계획하고 있는 거야?" 주말 면회 때 소피아에게 물었다. "문제를 일으키지 않고는 하루도 못 배기겠니?"

　소피아는 일부러 그런 게 아니라고 대답했다. 병원에서 놔주는 신경안정제 때문에 자신이 엄마처럼 될 것 같은 불안에 시달린다는 것이었다. 가끔 엄마의 영혼이 느껴졌고 밖으로 튀어나오려 해서 있는 힘껏 내쫓아야 했다고. 뭔가를 박살 내는 것도 효과가 있지만 간호사들에게 못된 말을 하는 것 또한 도움이 된다고 했다.

　"네 엄마가 잘못을 했는지도 모르지." 마르타가 말했다.

　"어디서부터 시작해야 할지도 모르겠어요."

　"모르는 게 너무 많은 것 같구나."

　"그래요." 소피아가 대답했다. "비밀 같은 거 있잖아요? 엄마가 짐을 쌌다 풀었다 하는 걸 봤다고 제가 몇 번 말한

적 있죠? 그게 엄마가 자주 하는 협박이에요. '도저히 못 버티겠어, 떠날 거야, 알겠어?'라고 소리를 지르곤 했죠. 어느 날 엄마는 알약을 섞어 먹고는 열어놓은 짐 가방 옆에서 잠이 들었어요. 도망치려고 짐을 싸놓고 몇 시간이 흘러도 엄마는 일어나지 않았어요. 저는 문득 이런 생각이 들었어요. 아빠가 엄마를 발견하지 않았으면 좋겠다고요. 그래서 제가 짐을 모두 꺼냈어요. 옷과 신발. 아마 열두 살이었을 거예요. 마침 아빠가 퇴근하고 돌아왔고 엄마는 당황하며 일어났지만 그때는 이미 진정된 상태였어요. 우리는 아무런 이야기도 하지 않았어요. 고모도 이런 걸 알고 있었죠?"

"아니." 마르타가 대답했다.

"저는 그렇게 되고 싶지 않아요."

"넌 그렇지 않아. 그렇게 될 가능성도 전혀 없어, 걱정 안 해도 돼."

"정말 그렇게 생각해요?"

"당연하지."

"정말 그렇게 생각하는 거예요? 아니면 저를 안심시키려고 하는 말이에요?"

"너를 안심시키는 방법을 알면 내가 왜 기자를 하겠니?" 마르타가 대답했다. "조련사를 하는 게 낫지."

둘은 한바탕 웃었다. 마르타가 누군가를 그렇게 웃게 만든 것도 참 오랜만이었다. 소피아를 만나기 전엔 자신에게 유머 감각이라곤 없다고 생각했다.

"여기서 나가고 싶지 않니?" 계속해서 면회실에서 만나야 하는 것이 우스워 보였던 마르타가 소피아에게 물었다.

"매 순간 감시당하는 걸 끝내고 네 인생을 살고 싶지 않아? 하고 싶은 거 없어?"

"연기를 하고 싶어요." 소피아 주저 없이 말했다.

"밀라노에 있는 연극학교를 찾아볼게. 내가 아는 감독들이 몇 있어. 우리 집에 와서 지내도 돼. 이상한 행동을 하지 않겠다고 약속만 해준다면."

"일주일도 못 버티고 저를 쫓아내실걸요."

"난 재밌게 잘 지낼 것 같은데." 마르타가 말했다. 벌써 며칠 전에 생각한 것이었다. 20년간 혼자 살았고, 누군가와 다시 화장실을 공유하며 살아갈 수 있을지 장담은 못 하겠지만, 다른 뾰족한 수가 없었다.

그렇게 해서 어느 토요일, 차를 타고 늘 미뤄오던 여행길에 나섰다. 북쪽을 향해 밀라노를 가로질렀고 시내와 포르타 베네치아의 요새, 부에노스아이레스 거리, 로레토 광장을 지나 끝도 없는 외곽순환도로를 타고 나오면 예전에는 없던, 적어도 그녀의 눈에는 보이지 않았던 도시가 나왔다. 들판에 꽂힌 오두막 파편과 같이 빼곡한 건물들, 비행운처럼 일렬로 늘어선 빌라, 듬성듬성 패인 구덩이 같은 쇼핑센터가 보였다. 표지판은 보이지 않고 마르타는 길을 잃고 왔던 길을 되돌아가 도움을 청하려고 하다가 또다시 길을 잃었다. 라고벨로는 로베르토가 말한 그대로였다. 멀리서 보면 울타리에 둘러싸인 공원 같았다. 입구에는 카메라가 설치되어 있었고, 그녀는 신분증을 관리인에게 맡기고 로베르토가 주차장으로 데리러 올 때까지 기다려야 했다. 포장도로를 따라 가면서 마르타는 소피아의 이야기와 가족을 반대하는 그녀의 정치적 선언에 대해 곰곰이 생각해보았다. 소피아가 자란 곳은 잘 정돈된 정원과 아이들을 위한 넓은 공간이 있는 평온한 마을이었다. 집의 외관도 쾌적해보였고 공기도 맑았다. 이런 곳에 살 만한 사람들은 아이가 한둘 있고 애완견을 키우는 부부일 것 같았다. 그곳은 마르타 같은 사람이 있을 곳도 어쩌면 소피아와 같은 사람을 위한 곳도 아닐 듯했다.

로사나는 집에 없었다. 어쩌면 그게 나을지도 몰랐다. 로베르토는 마르타가 편하게 앉도록 거실로 안내했고 마르타는 거실을 장식한 손길을 알아보았다. 그녀가 좋아하는 색상—노랑, 보라, 주황—로사나는 이런 따뜻한 색상과 플라스틱과 금속 같은 차가운 물건을 좋아했다. 프랑스 창*뿐만 아니라 정원에도 꽃이 무성했다. 내부는 열대우림 같은 인상을 주었다. 가구와 장식품들은 마치 덩굴식물처럼 닥

---

* 마루면까지 열리는 쌍여닫이 창문.

치는 대로 공간을 차지하려고 팔을 쭉 늘어뜨린 것 같았다. 어쩌면 마르타가 텅 빈 공간에 사는 게 익숙해서 그렇게 느 꼈는지도 모른다.

그들은 몇 가지 사항을 논의했다. 로베르토는 양육권 포기서에 사인을 했고 마르타는 그가 건네는 돈을 거절했 다. 그사이 마르타는 어느새 상황을 이해하고 따라나서려 고 하는 소피아의 강아지와 친해졌다. 로베르토는 이따금 씩 복도를 보았다. 마르타는 집을 나서면서 뭔가 소리가 난 것 같았고, 걸어 나가면서 1층을 바라보지 않을 수 없었다. 창문 셔터는 내려져 있었고 철창살이 끼워져 있었다.

"엄마는 겁이 정말 많아요." 소피아가 말했다. "유일하 게 안전하다고 느끼는 곳이 침대예요. 저녁 식사 메뉴를 정 하는 것만으로도 공포에 사로잡히죠. 살면서 아무것도 선 택해본 적 없는 것 같아요. 결혼도, 자식을 낳는 것도요."

결국 로사나는 온전히 자신만을 위한 방을 갖게 되었 을 것이다.

불태운 종이, 금지된 이름, 이제는 따질 수 없는 잘잘 못들과 같은 많은 기억을 잃고 두 사람 사이에 남은 것이라 곤 로사나가 테이블 위에 유리병과 용기를 줄맞춰 늘어놓 았던 그 시간뿐이었다. 로사나는 마르타를 앉혀놓고 말했 다. "눈 감으세요, 눈을 감고. 날 믿어요."

그녀는 파운데이션을 손끝에 묻혀 고르게 펴 바르는 것부터 시작했다. 퍼프로 파우더를 바르고, 브러시로 블러셔를 발랐다. 마르타는 자신이 그림이 된 것 같은 기분이었다. 피부에 여러 가지 물질의 질감과 손끝으로 누르는 느낌, 전문가의 손길, 화가의 손놀림이 느껴졌다. 어쩌면 잠이 들었는지도 모른다. 그게 아니라면 마사지를 받을 때처럼 꾸벅꾸벅 졸았거나. 마음 편히 믿고 맡긴다는 뜻이었다. 노래를 흥얼거리며 화장을 해주는 그녀의 목소리는 수정같이 맑았다.

"눈 떠보세요." 로사나가 속삭이며 그녀를 깨웠다. 마르타는 시간이 얼마나 지났는지 감이 오지 않았다. 그 완벽한 순간을 망치고 싶지 않아 거울을 보지 않는 편이 낫겠다 싶었다. 예전에 혼자서 몇 번 화장을 해본 기억이 있어서, 자신이 저속하게 보일 거라 생각했다. 매서운 인상을 일부러 부드럽게 매만지려다 오히려 애처로워진 느낌일 것이다. 좋은 옷을 걸친 집 없는 소년이나 외출한 어느 점원 같은 모습일 것이다. 그러나 거울을 보지 않을 수는 없었다. 거기엔 새하얀 피부에 블랙홀 같은 눈, 핏기 없는 뺨에 툭 튀어나온 광대뼈를 가진, 남자도 여자도 아닌 사람이 보였다.

"내 모습이 지금 이런 거예요?" 그녀가 놀라서 물었다. "머리도 했어야 하는데." 로사나가 대답했다. "다음에는 스프레이와 드라이어를 가져올게요." 그녀는 가방에서 폴라

로이드 사진기를 꺼내 마르타의 사진을 한 장 찍었다. 얼마 후 그 사진을 잃어버려 기억 속으로 사라졌지만 사진은 며칠 동안이나마 그곳에 존재했다. 욕실 거울에 붙여놓은 사진은 매일 아침 마르타에게 그녀가 될 뻔했던 사람과 그녀가 어떤 사람이었는지를 상기시켜주었다. 어쩌면 그때의 기억을 간직하고 그 기억을 있는 그대로 생생히 유지할 수 있게 해준 건 사진 속 모습이었는지 모른다.

1994년 10월, 마르타가 욕실의 타일을 닦고 있을 때 계단에서 드럼 소리처럼 쿵쿵거리는 소리가 들렸다. 그녀는 계단으로 나갔고 놀란 이웃집 여자가 먼저 나와 난간에서 몸을 쭉 내밀고 있었다. 다섯 층 아래에서 머리부터 발끝까지 검은 옷을 입은 여자아이가 자기 몸보다 큰 가방을 질질 끌고 툭툭 부딪혀가며 한 계단 한 계단 올라오고 있었다. 뒷걸음으로 계단을 올라가며 노를 젓는 사람처럼 두 손으로 가방을 끌어당겼다.

"소피아." 마르타는 계단참에서 소리를 지르고, 웃으며 팔을 흔들었다. "제 조카예요." 이웃집의 나이 든 미망인에게 말하자 그녀는 투덜대며 집으로 들어갔다. "소피아, 여긴 엘리베이터가 있어."

소피아가 뭐라고 대답했지만 마르타는 알아듣지 못했다. 마르타는 어렸을 때부터 귀가 잘 들리지 않았다. 소피아는 가방을 내려놓고 손을 확성기처럼 입에 대고 소리를 질렀다.

"전 폐쇄공포증이 있어서 엘리베이터를 못 타요."

"그랬구나!" 마르타가 말했다. "내려갈게, 기다려."

"아니에요." 소피아가 대답했다. "혼자 할 수 있어요."

티셔츠에 달린 모자를 뒤집어쓰자 몸이 그 속으로 쏙 사라졌다. 마르타는 생각했다. 만약 누군가가 그녀를 움켜쥐려 했다면 손에 잡히는 건 공기뿐일 거라고. 엄마의 다리 사이로 숨어버리곤 했던 어린아이가 떠올랐다. 그리고 그 아이가 지금 여기 있다. 기관지염에 시달리는 그 아이가 그녀의 인생에 파고들었다. "빌어먹을 계단." 소피아가 기침을 하면서 말했다. "거의 다 왔어요."

소피아는 슬리퍼를 마다했지만 다행히 집은 맘에 드는 모양이었다. 가구가 몇 개 없고 휑한 벽. 침실에는 더블 침대 하나와 의자 위에 책 더미가 있었다. 전날 서재에서 책상을 한쪽 구석으로 밀어놓고 소파를 하나 가져다놓았다.

"저쪽에 있는 옷장에 네 공간을 만들어놨어." 마르타가 말했다. "나와 같이 사용하자, 어차피 난 옷이 별로 없어."

"여기서 일해요?" 소피아가 물었다.

마르타는 어떨 때는 학교나 라디오 방송국에서, 어떨 때는 집에서 일하지만 방해가 되지 않도록 조정하겠다고 대답했다.

"제가 방을 쓰고 고모가 이곳을 쓰는 건 어때요?"

"그건 안 돼." 마르타가 말했다.

그렇게 소피아는 자신의 새로운 방을 둘러보기 시작했다. 책장에 놓인 파리의 사진들을 보았다. 쭉 늘어선 가로수길, 자전거가 가득한 강변, 찢어진 포스터로 뒤덮인 벽, 프랑스의 유명 인사들처럼 보이는 남자들에 둘러싸인 마르타의 사진이었다. 소파 위쪽에 걸린 그림을 보았다. 아기와 함께 있는 성모마리아 그림이었다. 노란색 해바라기가 핀 들판이 배경이었는데 마치 불꽃이 터지는 것 같았고, 성모마리아는 가슴을 덮을 정도로 긴 머리에 벌거벗고 있었다. 그녀의 엄마를 조금 닮은 히피 성모마리아였다. 그러고 보니 남자아이가 아닌 여자아이였고 틀림없이 그녀였다. 소피아는 책상 위에 놓여 있던 담뱃갑에서 담배 하나를 꺼냈다.

"참치 좋아하니?" 마르타가 첫 데이트를 할 때처럼 설레어 물었다. "올리브와 토마토, 삶은 달걀을 넣고 샐러드를 만들자."

"여긴 소름 끼칠 정도로 깨끗해요." 소피아가 말했다.

"호박 오믈렛은 어떠니?"

이번에는 온전히 둘만의 시간이었다. 쫓아다니는 사람도 없었고, 우정을 방해하는 장애물도 없었다.

"저는 점심을 안 먹어요." 소피아가 대답하며 아래쪽에는 무엇이 있는지 보려고 창문을 활짝 열었다.

바람에 이끌려

엠마가 그를 떠나기 얼마 전 그들은 싱가포르에 갔었다. 이제껏 두 사람이 함께 가본 곳 중 가장 먼 곳이었다. 로베르토는 몇 주 동안 이 출장을 기다렸다. 엠마가 호텔에서 쉬는 동안 그는 비행으로 인한 노곤함을 떨쳐버리고 인도양을 볼 겸 관리인에게 길을 물어 밖으로 나갔다. 평원에서 태어나서인지 항구가 경이로워 보였다. 강변을 따라 강어귀까지 내려와 건물 공사 현장을 지나니 어느 순간 눈앞에 바다가 펼쳐졌다. 물이 성벽처럼 사방을 에워싼 요새 도시에 있는 느낌이었다. 1991년에서 다시 식민지 시대로 돌아가는 상상을 해보았다. 떼 지어 있는 학 무리와 호텔 선착장에 정박되어 있는 모터보트, 다국적 기업의 성공을 위해 허리가 부서져라 일하는 말레이시아 부두 인부들을 신고 센토사섬을 향해 떠나는 상선들이 보였다.

그날 저녁에는 중국 업체 사람들과 저녁 식사 자리를 가졌다. 이들은 알파 로메오를 아시아 대륙 전역에 유통했다. 레스토랑에 여덟 명의 이탈리아인과 여덟 명의 중국인이 마주 보며 식사할 대형 테이블을 요청했다. 체스 경기처럼 각자가 동일한 직급의 직원을 마주 보며 앉았다. 로베르토는 우측 비숍의 자리에 앉았다. 엠마는 왼쪽 끝 룩의 자리에 있었고 로베르토는 자리에 앉으면서 엠마가 어떤 젊고 우아한 남자와 악수하는 것을 보았다. 두 사람 사이가 그리 좋지 않았기 때문에 그녀가 딴 남자에게 미소 짓는 것을 보자 질투가 났다.

"당신이 164의 설계자이신가요?" 맞은편에 앉은 중국인이 물었다. 그의 머리카락은 잿빛을 띠었고 만성흡연자처럼 얼굴색도 잿빛이었다. 그는 웨이터를 기다리지 않고 버킷에서 샴페인을 꺼내 두 잔을 가득 따랐다.

"제가 일부 설계했습니다." 로베르토가 대답했다.

"정말 훌륭한 자동차예요." 중국인이 말했다. "굉장해요." 그는 알파 로메오 164를 위해 건배를 제안했다. 로베르토도 건배를 하고 샴페인을 한 모금 마셨다. 무척 달았다. 앞사람이 물을 마시듯 한 잔을 비워낸 데 반해 그는 잔을 그대로 내려놓았다. 중국인은 빨리 취하고 싶은 모양이었다. 또다시 잔을 채우고 그가 말했다. "1, 6, 4. 무슨 의미라도 있습니까?"

"별 의미 없습니다." 로베르토가 말했다. "프로젝트 코드일 뿐입니다."

"제가 생각했던 대로군요." 중국인이 테이블을 손으로 툭 치면서 말했다. "우리가 명칭을 바꿀 수밖에 없었단 걸 아시나요? 이 차를 사는 사람이 아무도 없어서."

로베르토는 몰랐던 사실이었다. 샴페인을 한 모금 더 마시고는 그의 말을 경청했다. 중국인은 그에게 초반 3개월 동안 주문량이 거의 파산 수준이었다고 설명했다. 그 이유를 알 수가 없었다. 다른 시장에서는 제법 잘 팔린 편이었고 말레이시아에 부자가 없는 것도 아니었다. 다만 그 부자들은 말레이시아인이 아니라 광저우 출신의 중국인들이었지만. 그는 웃으면서 이렇게 말했고 로베르토는 그의 치아도 회색이라는 것을 알아차렸다. 신경이 죽은 것 같은 어두운 색이었다. 흡연 때문만은 아닐 것이다. 중국인은 말을 이어갔다. 몇몇 구매자가 특이한 행동을 하는 것을 알게 되었다. 구매자들은 대리점에서 방금 나온 자동차에서 번호를 떼어냈다. 말라카와 쿠알라룸푸르에서 알파 로메오 164는 이름없이 돌아다녔다. 그래서 조사에 착수했고, 그렇게 하는 이유가 무엇인지 알아냈다.

"이유가 뭐였나요." 아픈 곳을 찔린 듯 로베르토가 물었다. 남모르게 그 자동차를 자식처럼 여기고 있던 터였다. 그와 엠마 사이에서 만들 수 있는 자식이란 자동차뿐이었다. 그들이 함께 일한 4년은 가장 행복한 시간이었다.

　"미신이죠." 마치 식인종들과 일하게 된 과학자처럼 경멸적인 어조로 중국인이 말했다. "광둥어의 각 숫자에는 아주 정확한 의미가 담겨 있어요. 그렇기 때문에 세 자리 숫자는 하나의 문장이 될 수 있어요, 내 말 이해하겠어요? 1은 정체성이에요. '나'라고 할 수 있죠. 6은 be 동사예요. 그래서 '나는 ~이다'가 되는 거죠, 아시겠어요?"

　"그러면 4는요." 로베르토가 물었다.

　"가장 나쁜 숫자예요. 맞춰보세요."

　"모르겠어요. 불운?"

　"그보다 더 안 좋은 뜻이에요." 중국인이 말했다.

　"파멸, 파괴."

　"더 심해요."

　"얼마나 더 최악인 거죠? 죽음?"

　중국인은 격하게 고개를 끄덕였다.

　"나는 죽었다." 로베르토가 중얼거렸고 중국인은 열광적으로 술잔을 들어 올렸다. "나는 죽었다!" 그가 외쳤다. "164!"

　그는 몸짓으로 건배를 제안했다. 웃음기가 사라졌다.

그의 이마에는 땀이 맺혔고, 술 취한 눈빛은 이글거렸다. 그 중국인이 바라는 것은 문명과 야만인의 투쟁에서 그들이 같은 편에 서 있다는 확신이라는 것을 로베르토는 눈치챘다. 테이블 끝 쪽에 있는 엠마가 지원 사격을 해주기를 기다렸지만 고개만 들어도 눈을 마주치던 시기는 이미 오래전 일이 되었다. 그녀는 뭔가 기술적인 내용을 설명하고 있었고 테이블보 위에 손가락으로 그림을 그려가며 이해시키려 애쓰고 있었다. 그 와중에도 비위를 맞춰야 하는 고객인 중국인은 잔을 들고 있었다. 로베르토는 단념하고 잔을 들어 그 잿빛 남자와 함께 끝까지 술을 마셨다.

그는 1975년 겨울 알파 로메오에 입사했다. 음악이 막 끝나자 파티에 도착한 사람처럼 말이다. 1950년대부터 60년대에 이탈리아 전역에 아스팔트가 깔리고 자동차가 공급되는 동안 ALFA는 날개 돋친 듯 잘나갔지만, 1969년의 노동조합 시위가 첫 번째 불길한 징조가 되었고 1973년의 석유 파동이 제동을 걸었다. 하지만 스물일곱 살의 로베르토 무라토레는 이런 것에 대해 잘 알지 못했다. 그는 버스를 타고 아레세 공장 앞에 내려, 휴가 중인 포병대 부사관 같은 짧은 머리를 하고 경직된 발걸음으로 출입구로 향하는 직원들과 노동자들의 행렬을 따라갔다. 하지만 공장 출입구를 지나자 바로 길을 헤매기 시작했다. 거기에는 명령을 하거나 사람들을 좌우로 이동시키는 사람이 없었다. 면접을 볼 때 **2만 명의 노동자**는 상상하기에도 너무 많은 숫자였는데 이제 그 숫자는 매우 구체적인 수치로 다가왔다. 공장 안은 하나의 도시였다. 로베르토는 주조소와 대형 프레스기, 차체 디자인부, 조립부 사이에서 길을 잃고 헤매었다. 그러다 마침내 정비소에서 처음으로 동료를 만났다. 그의 이름은 주세페 루소였다. 그는 시칠리아 산적처럼 검은 콧수염이 난 사람이었다. 그는 로베르토에게 잘못 왔다고 설명한 다음 기술센터로 데려가 비서에게 넘겼다. 그리고 자주 써먹는 농담을 던지며 그에게 인사를 했다. "이곳에서는 상황을 바라보는 두 가지 방식이 있어요. 가족 같은 분위기이거나 아니면 감옥이죠. 감옥으로 만드는 사람들은 딱 알아볼 수 있을 거예요. 주로 열 받은 사람들이죠. 나는 보수주의자이고 가족이에요." 그는 이렇게 말하고 로베르토의 등을 툭 치더니 호탕한 웃음을 터트리고는 교대 근무를 알리는 종소리가 울리기 직전에 부서로 돌아갔다.

이틀 뒤, 여전히 로베르토가 자신의 직무가 무엇인지 알아내려고 애쓰는 동안 사무실은 파란색 작업복을 입은 무리에 의해 점거당했다. 사람들은 호루라기를 불고 어깨에 짊어진 드럼통을 스패너로 두드리며 엄청난 소음을 유발했다. 책상 위의 물건들을 바닥으로 모두 내팽개치고, **비파업자들**이라고 소리를 질렀다. 로베르토는 그때 화장실에 있었다. 폭동 소리가 들리면 작은 부스 안에 몸을 숨기는 것보다 좋은 건 없었다. 그는 바이킹처럼 생긴 사람에게 발각되었다. 짚처럼 수염과 머리가 노란 그가 문을 벌컥 열고 그를 빤히 보며 말했다. "비파업자, 왜 동참하지 않는 거야?" 반사적으로 그 말에 복종한 로베르토는 뒤꿈치를 딱하고 맞부딪힌 뒤 차렷 자세를 취했다. 바이킹에게는 차라리 얼굴에 주먹질을 하는 편이 나았을지 모른다. 로베르토를 머리끝에서 발끝까지 훑어본 남자는 반쯤 정신이 나간 사람처럼 화장실에서 차렷 자세를 취한 그를 그대로 내버려두고 동료들이 난장판으로 만드는 위층으로 돌아갔다.

이것은 매일 겪는 놀라운 일이었다. 모든 숫자가 그에게는 엄청나 보였고 모든 환경이 거대했고 공장은 통제가 안 되는 세력에 휩쓸리는 것 같았다. 연간 20만 대의 자동차가 생산되었다. 자동차는 금속과 유리, 플라스틱으로 만들어졌고, 수십만 톤의 재료들이 화물 수송차에 실려갔다가 번쩍번쩍한 자동차로 변신해 돌아와 다층 주차장에 정렬되었다. 당시 주력품은 12년 동안 백만 대가 팔린 알파 로메오 줄리아였다. 조립라인은 현재에 충실했지만 디자인은 미래 지향적이었다. 시중에 유통되는 자동차들에 비하면 이곳에서 생산되는 자동차들은 우주선 같았다. 둥근 형태는 각이진 형태로 바뀌고 앞부분은 길어진 동시에 낮아졌으며 뒷좌석은 거의 바닥에 붙어버릴 정도로 납작해졌다. 그들은 변혁을 꾀했고 그도 미미하게나마 동참한다는 사실에 몹시 들떴다. 높은 RPM에서의 진동 문제와 새로운 전륜 구동 모델의 변속기 및 변속기 마모에 대한 연구도 했다. 로베르토는 일에 몰두할 때 자신을 완전히 고립시켰다. 독재자 같은 그의 상사와 사무실 내부의 소음, 교대로 공장을 어수선하게 만드는 파업 노동자들로부터 말이다. 설계도를 오랫동안 충분히 바라보면 그 깊이와 움직임이 보였고 빈 공간에 오직 그와 알파 로메오 트윈 캠 엔진*만이 있는 것 같았다. 모든 부분이 원인과 결과처럼 유기적으로 연결된 채. 멜로디를 파악하고 싶으면 오선보를 쓱 훑기만 하면 되는 작곡가처럼, 역학 구조를 연구하면서 모터의 움직임을 상상했다.

"우리와 같이 가지, 무라토레." 그의 동료들이 손가락으로 딱딱 소리를 내면서 말했다. "뭐 해? 식사해야지?"

"이것만 끝내고 갈게요." 로베르토는 제도 기계와 네온 불빛, 테스트 트랙을 향해 난 커다란 창문 사이에서 눈을 가늘게 뜨고 붐비는 사무실을 보면서 대답했다. 동료들은 고개를 끄덕이고 식당으로 갔다. 다들 비슷한 화이트컬러이자 야망 있는 청년들이었고, 로베르토는 그들과 공적인 관계 이상을 넘어선 적이 없었다. 대학과 군대에서도 마찬가지였다. 남자들 집단 내에는 행동과 계급의 규칙이 있었

---

*   고회전으로 성능을 높인 엔진.

고 그는 그 규칙에서 멀찍이 떨어져 있고 싶었다. 사람들은 그와 어울리려고 몇 번 헛된 시도를 한 뒤에 결국에는 로베르토를 자동차 꿈에 빠져 살도록 내버려두었다.

그에게도 친구가 한 명 있기는 했다. 어떤 노력에도 문제가 풀리지 않고 추상적인 패턴이 지겨울 때면, 로베르토는 책상에서 일어나 정비팀으로 내려갔다. 그를 엔진의 길로 인도한 사람은 주세페 루소였다. 로베르토는 현장에서 엔진은 뜨겁고 지저분하며 각기 나름의 소리로 윙윙대고 노래 부른다는 것을 배웠다. 때로는 소리를 들으면 엔진이 무슨 말을 하려고 하는지 알 수 있었다. 그는 사무실의 냄새마저 고맙게 여기고, 마주쳤던 노동자들의 이름을 기억하고 풀리아든 시칠리아든 방언을 해석하기 시작했다. 마치 대서양 반대편에 와 있는 것 같았고 2등석에서 3등석으로 내려온 기분이었다. 주세페의 말처럼, 공장은 머리에는 북쪽을 가슴에는 남쪽을 간직하고 있었다. 왜냐하면 고귀한 알파 로메오 엠블럼에는 밀라노 공국의 상징인 큰 뱀 문양이 있지만 그걸 착안한 사람은 나폴리 출신의 엔지니어 니콜라 로메오였기 때문이다. 그때부터 엠블럼의 미적 가치는 엔진의 효율성만큼이나 유명해졌다. 주세페는 식사 후 30분간의 자유 시간 동안 카드 게임을 하면서 로베르토에게 이런 이야기를 들려주었다. 로베르토는 헨리 포드가 직접 이렇게 말했다는 것을 알았을까? "알파 로메오가 지나가면 난 모자를 벗는다오." 두 명의 레이서가 알파 로메오 알페타 시리즈를 타고 어떤 사소한 기계 결함도 없이 몇 차례의 타이어를 교체하는 것만으로 노르웨이의 노스케이프에서 남아프리카공화국의 희망봉까지 갔다는 사실도 알았을까? 그리고 그 6밸브 엔진은 반바지를 입고 다니던 시절부터 있던 것과 똑같은 크로노미터라는 것도?

　"게임하세요." 로베르토가 트레세테 카드 게임 규칙에 익숙해진 뒤에 말했다. 이제는 독일 엔진을 뜯어 보고 분석하며 하루를 보냈고, 회사에 관한 신화적 소문이라면 믿지 않은 지 오래되었다.

　1977년 5월 그는 일주일간 휴가를 냈다. 크리스마스 때에도 일을 마다하지 않는 사람이 휴가를 낸다는 건 좀처럼 믿기 힘든 일이었다. 휴가를 마치고 돌아온 그는 책상 옆에 액자 하나를 걸었다. 액자 속에서 까만 머리의 아름다운 로사나가 사춘기 소녀처럼 활짝 웃고 있었다. 웨딩드레스 아랫부분이 의심스럽게 튀어나왔는데, 아닌 게 아니라 몇 개월 뒤 첫 번째 사진에 한 명이 추가되었다. 사진 속 작은 외계인 같은 주름투성이의 아이는 소피아였다. 로베르토 무라토레 같은 사람이 어떻게 결혼을 했을까? 아무도 그가 결혼한 사실을 몰랐고 누구에게도 아내를 소개시켜준 적이 없었다. 사생활을 드러내지 않는 로베르토의 고집은 절대 뛰어넘을 수 없는 벽이었다. 남편이자 가장인 그는 기차와 버스를 전전하는 생활을 마감하고 첫 자동차를 장만할 순간이 왔다고 생각했다. 매일 15킬로미터씩 밀라노와 아레세를 오갈 흰색 중고 알파 로메오 알페타를 광고판에서 찾았다.

그 시기에 방해 공작이 시작되었다. 감시에도 밤이면 사건이 일어났다. 공장을 가동하려는데 기계가 고장 나 있어 생산이 며칠 동안 중단되곤 했다. 아무 일도 없다는 듯이 왔다 갔다 하는 노동자들 사이에서 프레스 기계에 걸린 **노동자에게 공장을**이라고 적힌 현수막이 보였고 서명 대신 펜타클*이 그려져 있었다. 똑같은 상징이 몇몇 관리자의 이름과 직원 해고 중단, 초과 근무 폐지, 내부 통제 구조 종료와 같은 매우 구체적인 요구 조건이 적힌 전단지에 그려져 있었다. 관계된 간부들은 이러한 협박들이 말뿐이기를 바랐다. 가장 먼저 사무실에 화재가 발생했고 두 번째로 자동차로 이어졌다. 이 시점에서 누군가는 겁을 먹고 전근 요청을 했고 다른 누군가는 경호원을 대동하고 일을 계속했다. 강경하게 대응하다가 총으로 위협을 받는 사람들도 있었다.

동료들은 투쟁을 무시했지만 그는 마음이 편치 않았다. 공장은 매일 아침 그가 다녀가는 피난처였는데 불안감

---

*   5각의 별 모양.

에 점심 먹은 것을 토해낼 만큼 속이 불편했다. 그는 창백한 얼굴로 기진맥진해 집에 돌아왔다. 로사나가 질문을 하면 로베르토는 화제를 바꾸거나 화를 내며 대답했다. "신문을 읽어봐요." 그가 말했다. "밀라노를 돌아다니면서 벽에 뭐라고 쓰였는지 좀 봐요. 또 뭘 알고 싶어요?"

어떤 간부가 자신의 집 앞에서 납치된 것을 알고 싶었을까? 아침이면 대문 앞에 경찰이 지키고 있다는 것? 그럼에도 도색부 매니저는 다리에 총탄을 열 발이나 맞았다는 걸? 그것도 바로 **사무실 안**에서 말이다. 그리고 식당에 있던 노동자들은 그 소식을 듣고 축배를 들었다는 걸 말인가?

남편의 인생 절반에서 제외된 로사나는 공장을 자신의 적으로 취급하기 시작했다. 그녀는 구실을 만들어서 그의 직장에 전화를 했고 응답하는 그의 어조는 짜증이 잔뜩 섞여서 통화부터 싸우는 일이 잦았고, 그건 겨우 잠시 후 집에서 벌어질 일의 예고편에 불과했다. 로베르토는 그녀의 계획적인 방해를 따져 물었다. 그녀는 이렇게 말하는 자신의 목소리를 듣는 걸 좋아하는 듯했다. "저는 로베르토 무라토레의 아내예요, 제 남편과 통화할 수 있을까요?" 로베르토가 가성으로 그녀의 말투를 흉내 내자 화가 난 로사나는 그에게 너무 안일하게 생각하지 말라고 말했다. 언젠가 되돌려 받을 것이라고, 어느 날 저녁 아내도 딸도 누구도 곁에 없을지 모른다고 말이다. 언제 손을 들어 올렸는지도 모르게 두려움과 분노 가득한 손찌검이 날아왔다. 결혼한 이래로 처음이자 마지막 있는 일이었다. 로베르토도 자신이 폭력을 사용했다는 것에 흠칫 놀랐다.

로사나는 그 후로 다시는 전화를 하지 않았다. 전화번호는 언제나 전화기 옆에 꽂혀 있었지만 시간이 지나면서 그 전화번호는 알고는 있어야 하지만 절대 사용하는 일이 없어야 하는 구급차 번호와 다름없어졌다. 그녀가 새롭게 좋아하게 된 표현은 **집에서는 일 얘기를 하지 않기**였다. 그리고 로베르토는 절대 함께할 수 없는 두 사람을 분리해놓을, 큼직하고 튼튼한 걸쇠 달린 문이 필요했다.

1980년 9월 19일 저녁 식사 후에 그는 자리에서 일어나 재킷을 챙겨 입고는, 설거지를 하는 로사나의 적대적인 침묵을 무시한 채 어린 소피아에게만 굿 나이트 인사를 하고 차를 몰고 공장으로 갔다. 주세페와 약속이 있었는데, 생각했던 것보다 훨씬 많은 사람들이 있어서 서로를 찾기 힘들었다. 무수히 많은 노동자들이 그날 아침 무대를 설치하고 의자를 길게 늘어놓은 6번 창고로 물밀듯이 몰려갔다. 침투 요원이 된 것처럼 그도 합류했다. 두 시간 동안 에두아르도 데 필리포의 연극 〈필루메나 마르투라노〉를 보았다. 공장의 임원이 그해 대량 해고 사태를 겪은 노동자들에게 선물하고자 마련한 것이었다. 일주일 전 토리노에서 피아트가 만 오천 명의 해고를 예고하자 즉각적으로 총파업이 시작되었다. 미라피오리 공장의 노동자들은 정문에서 밤낮으로 피켓 시위를 벌였다. 그들 차례가 될 것이라는 것을 잘 아는 아레세에서는 노동조합의 내부 채널을 통한 알력 싸움이 이어졌다. 그 모습이 마치 어디까지 밀어붙일 수 있고 어떤 벌을 받게 될지 보려고 형과 아버지의 싸움을 염탐하는 둘째 아들 같았다.

그날 저녁 로베르토는 연극보다는 관객들을 수시로 관찰했다. 웃음소리는 천둥소리 같았고 박수 소리에 창고가 흔들렸다. 그 안에는 만 명의 사람들이 있었다. 심지어 침묵도 빈 공간에서 느껴지는 평범한 침묵이 아니었다. 필로메나가 마지막 독백을 할 때 감격에 겨워 아무도 꼼짝하지 않았고, 로베르토는 주위에서 깊고 강렬한 고함 소리가 들리는 듯했다. 공장의 숨결이었다. 이 이야기를 로사나에게 해주고 싶었다. 그는 잠든 하마의 배 속에 들어와 있는 느낌이었다. 주변은 온통 어둡고 바로 옆에서 만 명의 사람들의 습하고 따뜻한 숨결이 느껴졌다. 공연이 끝나고 에두아르도는 퇴장을 할 수가 없었다. 모든 노동자들이 그에게 다가가 감사의 인사를 하고 악수를 청했기 때문이다. 그러나 로베르토는 마지막 박수갈채가 이어질 동안 밀라노로 향하는 텅 빈 길을 달려 집으로 돌아왔고, 조용히 옷을 갈아입고 불도 켜지 않은 채 침대에 누워, 잠든 로사나 곁에서 한

동안 잠을 이루지 못했다.

10월 14일, 파업 35일째, 4만 명의 피아트 직원들은 토리노 거리에 나와 동료들에 맞서서 복직을 주장하는 시위를 벌였다. 공장은 두 동강이 났고 노동조합은 항복하지 않을 수 없었다. 사흘 뒤, 조립라인이 가동되고 자동차가 다시 생산되기 시작했다. 엔지니어들은 계산을 하고 설계를 했고 비숙련 노동자들은 금속판을 압축시키고 실업자들은 새로운 일자리를 찾아 다녔다. 몇 개월 뒤, 1970년대는 역사 속으로 사라졌다.

엠마 디 로렌초는 1982년 컴퓨터와 함께 등장했다. 그녀는 스물네 살이었고 매번 의자 등받이에 걸어두고 깜박할 것 같은 파란색 코트를 입고 있었다. 복도를 헤매는 신입 사원들을 안내하는 일은 미로를 잘 아는 로베르토가 담당했다. "여기에서 나갈 방법이 있나요?" 커피 머신 앞에서 처음 만난 날 그녀가 짜증스럽게 물었다.

"부서장에게 서면으로 요청해야 돼요." 로베르토가 이렇게 대답했지만 그녀는 전혀 웃질 않았고, 순간 그녀에게 농담하고 싶은 마음이 싹 사라졌다.

대신 그는 그녀의 최고의 제자가 되었다. 다른 엔지니어들은 제도 기계를 포기하고 초등학교 1학년들처럼 원과 선을 긋는 것부터 시작해 모니터에 그림을 그리는 방법을 배우려들지 않았다. 반면에 로베르토는 며칠 뒤 잉크펜보다 능숙하게 전자펜을 잡았다. 엠마는 설계 프로그램의 놀라운 3차원 속으로 그를 안내했다. 생각했던 것보다 훨씬 더 많은 가능성이 있었고 그의 일에 상당한 변화가 일어날 것이 분명했다. 배울 생각만 해서 그런지 그녀가 바로 눈에 들어오지는 않았다. 그녀는 기차의 앞좌석에 앉아 있을 법한, 그리고 기차에서 내린 뒤에는 앞에 누가 앉았는지 기억조차 나지 않는 그런 사람들 중 한 명이었다. 그녀는 낮은 굽의 구두를 신고 머리를 항상 묶은 채 밤새 책 보는 것에 익숙한 학생처럼 두꺼운 검정 테 안경을 쓰고 있었다. 하지만 목소리는 나긋나긋하고 아름다웠다. 둘이 컴퓨터 앞에 앉아 일하던 어느 날, 로베르토가 재킷 소매에 담뱃재를 떨어뜨렸고 엠마는 그것을 손가락으로 쓸어내렸다. 그는 그녀와 오래전부터 알던 사이 같은 느낌을 받았다. 그러자 그에게 설명을 해주는 그녀의 목소리가 듣기 좋아졌다. 컴퓨터 화면에 비친 그녀의 모습을 몰래 훔쳐보았다. 프로그램이 명령을 실행하지 못할 때면 그녀의 안경 코걸이 너머로 두 개의 성난 주름이 생겼다. 피곤할 때는 이마에 주름이 생겼고 그녀는 눈꺼풀을 문지르며 창밖을 바라보았다. "저런 차를 가지고 있는데 어떻게 운전하는 즐거움을 마다할 수 있지?" 어느 날 저녁, 그녀는 한 간부가 기사가 운전하는 알파 로메오 몬트리올을 타고 가는 것을 보고 의아해했다.

그리고 로베르토는 그녀가 무슨 말을 하는지 완벽히 이해했다. 그 껍데기 안에는 진주가 들어 있었고, 그는 그 빛을 보았다.

그때는 로사나의 문제가 그녀의 **고약한 성격**을 가둬둔 둑을 무너뜨리고 더 넓고 불안정한 지대로 퍼져가던 시기였다. 갑자기 로사나는 그를 떠나겠다고 협박을 하더니 다음 날에는 눈물로 용서를 빌었다. 3일 연속으로 잠을 못 자더니 그나마 잠시 붙어 있는 일요일에는 하루 종일 잠만 잤다. 그녀는 일자리를 찾거나 이사를 해야 한다는 둥, 둘째를 갖고 싶다는 둥, 더 많은 시간을 그와 함께 보내고 싶다는 둥, 유일한 친구인 다섯 살배기 딸아이와 떨어져 혼자만의 시간을 갖고 싶다는 둥의 말을 늘어놓곤 했다. 그러다가 어느 토요일에는 새 옷을 사 입고 머리를 하는가 하면, 온 집 안을 꽃으로 장식하고 멋진 저녁상까지 차렸다. 구름 한 점 없는 4월 하늘처럼 모든 게 말끔히 해결됐다는 듯이 말이다. 로베르토는 어느새 그것이 어른들의 사랑이라는 걸 인정했다. 그건 관대해지고 인내하는 연습이자, 상대방의 단점에 익숙해지고 자신의 결점을 탓하며 불행의 무게를 감수하는 일이라는 것을 말이다. 그런데 그에게 생각지도 못한 일이 일어났다. 아침 일찍 눈이 저절로 떠졌고, 한시라도 빨리 출근하고 싶어 안달 난 듯이 침대에서 일어났고, 사무실에 들어가자마자 엠마가 있는지 확인하려고 공기 냄새를 들이마시는 자신을 발견했다. 하루 종일 그녀를 보지 못하고 일하지만 매 순간 그녀가 있는 곳을 알고 어떻게 하면 우연을 가장해 마주칠 수 있는지 알았다. 그녀가 부끄러워하거나 재채기를 하게 만들곤 했다. 어쩔 때는 연달아 열 번이고 그렇게 했다. 신체 언어에 있어서는 무감각하지 않기에 자신이 감정에 응답을 받았다는 것을 깨달았다. 그런데 두 사람 모두 대범하지 못했고 적당한 기회가 없는 한 로베르토는 그렇게 사소한 매너를 베풀면서 더 탐욕스러운 약탈자가 그녀를 낚아채 가기 전까지 그녀를 쫓아다녔을 것이다.

다행히도 회사가 그들을 도와주었다. 가을에 그들은 포밀리아노 다르코에서 생산을 시작한 알파 33의 설계를 컴퓨터로 전송하기 위해 2주간 나폴리로 출장을 가게 되었다. 운명의 신호였다. 엠마의 고향은 알파 로메오가 두 번째 공장을 설립한 곳이었다. 그들이 도착했을 때는 이미 날이 어둑해진 뒤였고 장시간 기차를 탄 탓에 허기졌다. 택시 기사에게 호텔 주소를 알려주고 저녁 식사할 만한 장소를 추천해 달라고 했다. 택시 기사는 그들을 옛 성벽과 바다 사이에 있는 관광객들이 많이 드나드는 레스토랑인 산타 루치아로 안내했다. 기사가 레스토랑 주인과 이야기를 나눴고, 로베르토는 바가지를 면치 못할 것 같은 느낌이 확 들었지만 그날 저녁은 아무래도 상관없었다. 에피타이저인 생선 요리를 앞에 두고 피로 때문인지 와인 때문인지 엠마가 처음으로 자신의 이야기를 시작했다. 그녀가 태어난 곳은 나폴리라고 했다. 부모님은 그녀가 불과 몇 개월 안 된 갓난아기였을 때 밀라노로 이사를 했다. 결혼식 사진을 보면 임신 전 그녀의 어머니는 건강하고 표준 체격이었는데 아이를 낳고 나서는 계속해서 살이 쪘다고 했다. 그녀의 아버지는 오랫동안 막노동 일을 하셨고 트럭을 살 만큼의 돈을 모으자 바로 일을 그만두었다. 아버지 주변에는 트럭 운전하는 친구들이 많았고 그가 꿈꾸던 자유도 그것이었다. 그는 아내가 살이 찌고 딸이 수학에 흥미를 보이던 시절에 북유럽의 도로를 달렸다. 엠마가 만점으로 고등학교를 졸업했을 때 아버지의 여행은 몇 주간이나 계속되고 있었다. 그녀가 공대를 졸업했을 때는 완전히 종적을 감추고 이따금씩 돈 몇 푼을 보내는 게 전부였고, 어머니는 병적 비만 상태에 이르러 외출하는 것조차 힘겨웠다. 이제 엠마가 어머니를 돌보았다. 여기까지가 그녀의 고달픈 인생 이야기였다. 웃으면서 말했지만 동시에 감정이 울컥했고 로베르토는 그녀의 손을 잡아주었다. 두 사람은 순식간에 가까워졌다. 그들은 서로를 껴안았다. 비록 그게 그들이 정확히 원하던 게 아니었지만 말이다. 식탁보와 컵 때문에 다소 자세가 어정쩡했다. 웨이터들은 그들을 지켜보고 있었다. 그의 손가락에 끼워진 결혼반지를 보았고 그렇게 될 것을 예상하고 있었다. 1분 정도 포옹을 하고 나서 로베르토가 솔직하게 털어놓았다. "이제 뭘 해야 할지 모르겠어요."

"키스를 해보는 건 어떨까요." 엠마가 제안했다. "그러고 나서 생각해요."

"좋아요." 그가 말했다. 두툼하고 부드럽게 키스를 하는 로사나의 입술에 익숙한 그는 그날 저녁 근육과 치아를 이용한 거친 키스를 알게 되었다. 침대에서도 모든 게 정말 달랐다. 로베르토는 섹스를 아내의 흥분 상태에 따라 줄타기를 하는 아크로바틱쯤으로 생각했다. 아내가 위아래로 움직이고 오직 그녀가 리드를 할 때만 절정에 달하고 어쩌다 살짝 삐끗하기라도 하면 완전히 무너지고 마는 그런 것이었다. 반면에 엠마는 온전히 그에게 몸을 맡겼다. 그녀의 피부는 언제나 옷에 싸여 있는 듯이 거칠었고 몸은 아무런 저항을 하지 않았다. 로베르토에게 이렇게 말하는 듯했다. 당신이 원하는 대로 하세요. 그리고 나를 책임져요.

그들은 출장 기간 내내 붙어서 떨어지질 않았다. 시간이 지나고 당시의 출장은 그들만의 비밀스러운 신혼여행으로 기억되었다. 레스토랑에서 저녁 식사를 할 때나, 밤을 함께 보내거나 짧은 여행을 갈 때와 같은 행복한 순간에 그들은 이렇게 말했다. "꼭 나폴리에 있을 때 같아요." 그들은 그때를 여러 번 이야기하고 상상하면서 완벽한 장면으로 기록했다. 이런 농담도 했다. "아가씨, 이보다 더 신선했다가는 물고기가 헤엄쳐 다닐 거예요." 엑스트라로는 미심

쩍은 택시 기사, 음치 바이올리니스트, 살아 있는 척 농어를 잡고 흔드는 웨이터, 두 사람을 곱지 않은 시선으로 바라보는 호텔 지배인, 아무것도 눈치채지 못한 동료가 있었다. 레스토랑의 계산서를 본 로베르토는 웃음을 터트렸다. 어느 따스한 가을날이었고 밤에는 모두가 거리로 나왔다. 두 사람은 늘 졸음이 밀려왔고 한낮에 서로가 하품하는 것만 봐도 사랑스러워 어쩔 줄 몰라 했다. 그리고 매일 밤 사용하는 척만 하는 엠마의 숙소의 침대와 **강도 차량**이라는 별명이 생길 정도로 번개같이 빠른 알파 로메오 33의 인기에 관한 내용도 있었다. 카프리에서 보낸 일요일은 완벽한 하루로 그들만의 추억이 되었다. 모든 걸 선명하게 기록해두었고 힘들 때 꺼내볼 수 있게 되었다. 그리고 그들은 밀라노로 돌아왔다.

처음이 가장 힘든 거라고 로베르토는 생각했다. 현관에서 로사나는 미심쩍은 표정을 지으며 손으로 그의 머리를 감싸고 안과 의사처럼 가까이에서 그의 눈동자를 바라보며 "무슨 짓을 한 거죠?"라고 물을 수도 있었다.

그런데 그녀는 너무 행복해 보였다. 그날 아침 시장에서 포르치노 버섯을 발견하고 그가 좋아하는 요리인 소시지와 버섯을 넣은 리소토를 만들었다. 남편이 출장 간 사이 그린 그림을 보여주었고 소피아의 학교 친구들을 파티에 초대한 이야기를 했다. 그 답례로 하루는 엄마들 중 한 명이 소피아를 맡아주어 전시회에 다녀왔다고 했다. 로베르토는 아내가 이 모든 일을 해내고 2주 동안 별 탈 없이 잘 지낸 스스로를 대견해 한다는 걸 알아차렸다.

"내가 없으니까 더 잘 지내는 것 같아요." 로베르토가 농담하듯 말했다. 실제로 로사나는 농담으로 받아들였다. "당신 정말 멋있어요. 내가 어떻게 이렇게 멋진 남편을 만난 거지? 노력할 테니 나를 조금 더 너그럽게 받아줄 수 있어요?"라고 말하면서 그의 목을 끌어안고 키스를 퍼부었다.

그날 저녁 로베르토는 욕실 거울 앞에서 오랫동안 서 있었지만 그건 자신의 외모를 평가하기 위해서가 아니었다. 심호흡을 하고 마음을 편히 먹으면 그의 얼굴은 어떤 감정도 드러나지 않는 포커페이스가 된다는 걸 알았다. 그는 이마에 진실이 써 있을까 봐 두려웠지만 거울 속에 비친 사람은 대단한 열정이나 끔찍한 비밀도 없는, 물론 거짓말도 할 줄 모르는 평온한 서른네 살의 평범한 남자였다. 다른 사람들 눈에 그렇게 보인다면 걱정할 게 없었다.

엠마와 그는 은밀한 연인 생활을 시작했다. 사무실에 와서 그들은 알파 로메오 164 프로젝트를 진행했고 하루 종일 옆에 붙어 있었다. 문제는 회사 밖에서 만나는 것이었다. 밤에 만나거나 심지어 하룻밤을 함께 보내는 것은 두 사람 모두에게 불가능한 일이었다. 딱 한 번, 반나절 동안 모텔에 간 적이 있지만 어느 누구도 즐겁지 않았다. 그 후로 두 번 다시 가지 않았다. 프런트 여자, 방 안의 가구, 케케묵은 공기와 손님들의 나쁜 습관은 그들의 관계를 초라하게 만들고 굴욕감을 주었다. 그래서 그해 겨울 그들은 퇴근 후 날이 어두워졌을 때 미성년자들처럼 아레세 주변 들판에 숨어 차 안에서 사랑을 나눴다. 그러다 초반의 조바심은 사라지고 봄이 되었고 위험을 감수하는 짓은 더는 하고 싶지 않았다. 엘리베이터 안에서 키스하는 게 전부였고 그 외에는 출장 갈 날만을 기다렸다. 무엇보다 그들은 이성적으로 사랑했다. 로베르토는 누군가와 생각을 공유할 수 있다는 상상은 해본 적이 없었다. 하지만 엠마와는 그런 일이 가능했다. 그들은 식당에서도 프로젝트에 관해 토론을 했다. 한 사람은 큰 소리로 생각을 표현했고 다른 한 사람은 그 생각의 약점을 밝혀 관점을 뒤집고 생각의 범위를 넓혀서 언제나 더 좋은 아이디어를 냈다. 이때가 가장 친밀한 순간이었고 잠자리로 이어지지 않도록 가장 인내하는 순간이었다.

2년 만에 여러 개의 특허권을 등록했고 사업을 확장했다. 1983년에는 아테네로, 1984년에는 요하네스버그로 출장을 갔다. 전부 3주 동안, 약 20일간 둘은 실제 연인처럼 지냈다. 1985년 그는 상당한 빚을 내서 아레세 근교의 주거 단지에 빌라를 하나 구입했고 시골에서 자라 도시 생활을 힘겨워하던 로사나를 기쁘게 해주었다. 그동안 저축한 돈을 모두 써버리기 전에 백만 리라 정도는 다른 은행에서 개설한 계좌에 넣어두었다. 그 돈은 엠마나 그녀의 어머니가 필요할 때를 대비한 비상금이었다. 매월 조금씩 저축해나갔다. 생활비에서 일부 떼어낸 그 돈은 그가 생각하는 정의를 충족시켰다. 초반에 엠마와의 관계가 위태로워질까 봐 그리고 이중생활을 감당하지 못할까 봐 두려웠다면 시간이 지나면서 자신이 이중생활에 자질이 있다는 걸 알게 되었다. 자신이 불륜을 저지른 사람이 아닌 두 아내에게 헌신하는 남자처럼 생각되었다. 두 여인을 사랑하는 것은 그에겐 마치 매일 집에서 공장을 오가는 것처럼 자연스러운 일이 되었다. 어느 한쪽의 사랑이 다른 한쪽의 사랑을 끝내라고 강요하는 일은 생기지 않았다. 그는 반대의 경우를 전혀 생각하지 못했다. 즉 둘 중 어느 누구도 사랑하지 않을 수 있다는 가능성 말이다.

게다가 엠마는 그에게 많은 것을 묻지 않았다. 남편 역할을 바라거나, 자식을 낳거나, 무엇보다 정원이 딸린 빌라는 생각도 하지 않았다. 사무실 밖에서 그녀의 삶은 어머니를 돌보느라 바빴다. "기억나요?" 그에게 물었다. "딸에 대해 이야기했던 거 말이에요. 아이는 인큐베이터에 있고 당신은 밖에서 아이를 바라보았을 때 가장 힘든 것은 자신이 아버지가 됐다는 사실이었다고 했죠? 세상에서 당신의 위치와 익숙하던 순서가 바뀌기라도 한 것처럼 말이에요. 당신이 그랬죠. 지도를 처음부터 다시 만들어야 했다고. 그게 무슨 뜻인지 알겠어요. 난 딸이 아닌 다른 누구로도 나를 생각할 수 없으니까요. 이해돼요? 엄마를 돌봐야 하는 한은 말이에요. 그게 제 위치예요. 벌이라고 생각하고 살든가 현실을 인정해야겠죠. 아빠의 역할도 그런 거겠죠?"

그날, 엠마가 그를 과대평가하고 있다는 사실에 로베르토는 깜짝 놀랐다. 그는 아빠의 역할을 엄마에게 넘겼다. 로사나가 그에게 멋있다고 할 때처럼 그런 존경을 받을 자격이 없다는 걸 알고 있었다. 여자들은 상대의 이미지를 만들어내고 그 이미지를 사랑했다. 그 이미지에 싫증이 나거나 믿기 힘들 정도로 현실과 차이가 나기 전까지는 말이다. 로베르토는 그렇게 되는 순간은 상상도 하고 싶지 않았다.

1986년 이탈리아 정부는 일부 기업 투자를 중단하기로 결정했고, 몇 개월간의 협상과 정치 간섭, 노동조합 사전협약을 거쳐 알파 로메오는 피아트의 유력한 경쟁자들에 의해 호가에 매각되었다. 밀라노를 토리노에 팔아넘긴 장본인은 로마였다. 주세페 루소의 말에 따르자면 프랑스 레스토랑을 피자 체인점에 팔아넘긴 것과 같은 일이었다. 그는 경차인 판다, 우노와 같은 낮은 클래스의 차를 만들지는 않을까 겁이 났다. 하지만 계획은 가구를 불태우고 요리사와 웨이터들을 해고한다거나 건물 매각을 고려하고, 트로피라도 되는 양 간판을 떼어가는 것과 같이 매우 잔인했다. 다만 지금 당장은 그렇게 할 수 없다지만 그런 분위기가 조성되고 있는 건 엄연한 사실이었다. 1987년 6천 명의 직원이 해고되었고 대부분이 노동자들로 이들은 모두 은퇴할 때가 된 연장자들이었다. 주세페 역시 명단에 있었다. 그는 마흔아홉 살이었고 어렸을 때, 직업학교를 통해서 이곳에 고용된 이후로 35년을 일했다. 그는 평상시 하던 일을 하면서 마지막 한 주를 보냈지만 이따금씩 사무실 출입구를 돌아보았다. 누군가를 기다리는 것 같았다. 금요일 저녁, 근무 기록 카드를 제출하던 날, 그는 수색 절차를 피해갈 수 없었다. 노동자들은 그만두는 날이면 스크루 드라이버부터 식당의 포크까지 훔쳐 갔기 때문이다. 관리인은 그의 옷 주머니와 가방을 확인하고 나서야 명단에서 이름을 지웠고 다음 사람으로 넘어갔다.

"내가 뭘 기대했던 거지?" 로베르토가 집으로 찾아갔을 때 주세페가 말했다. "내게 감사의 인사라도 하기를? 나는 남은 날을 세고 있었어. 빌어먹을 금요일 5시에 그렇게 조용히 끝낼 수는 없는 일이었어. 난 뭔가 깜짝 놀랄 일을 기대했는지도 몰라. 사람들이 모두 옆방에 숨어 있는 그런 파티 알지? 그래, 바로 그런 거 말이야. 내가 문을 열면 사장과 이사는 물론 부서장까지 모두 툭 튀어나와 '루소 씨,

감사합니다. 수많은 세월 동안 당신과 함께 일할 수 있어서 영광이었습니다'라고 말해주는 거지. 상상만으로 멋지지 않나? 얼간이 같으니."

그들은 갈라라테세 건물 7층의 응접실에 있었다. 꽃무늬 천을 씌운 소파, 자식들의 사진으로 도배된 벽. 주세페의 아내는 엔지니어의 등장에 놀란 모습으로 은쟁반에 커피를 내왔고 바로 부엌으로 사라졌다. 주세페의 커다란 손 안에서 찻잔, 찻잔 받침, 티스푼, 이 모든 것들은 소꿉놀이용 소품 같았다. 퇴직자에게는 어울리지 않았다.

"지금 있는 그 사람들이 옳아." 로베르토에게 설탕을 건네며 그가 덧붙여 말했다. "5년마다 일자리를 바꾸고 월급을 더 많이 주는 곳으로 옮기는 사람들. 젠장, 그게 자네 공장이라고 생각하는 거야? 절대 그렇지 않아. 자네 것이 아니라는 거 잊지 마."

그들은 몇 개월 후 또 한 번 전화 통화를 했다. 주세페는 처남의 공장에서 일을 했고 예전의 활기를 되찾은 듯했다. 로베르토는 그에게 인사를 하러 가겠다고 약속했지만 갈 수가 없었다. 주세페가 없는 사이 알파 로메오 164가 성공해 임원으로 승진했다는 사실을 말할 용기가 없었다. 옛 동료 6천 명이 꽃무늬 소파에 앉게 되고 개를 산책시키고 아침 방송을 보면서 멍청이가 되어가는 동안 그의 월급은 두 배로 뛰고 회사로부터 차량과 비서는 물론 사무실까지 지원받았다. 그게 잘못은 아니지만 주세페에게 그런 얘기를 어떻게 한단 말인가? 화물차 아래 누워서 서스펜션과 브레이크를 검사하며 행복해하는 그가 생각났다. 그 후로 그를 만난 적은 없었다.

승진을 기념해 저녁에 외식하러 나갔을 때 로사나는 그에게 진지한 약속을 하나 했다. 1977년에 멈춰 있는 그녀의 삶을 다시 시작하고 싶다고 말했다. 가장 먼저 그녀는 운전면허를 따고 그 축복받은 집에 덜 얽매이고 자유로워지고 싶었다. 아카데미에서 놓친 시험을 보고 반나절짜리 일자리를 찾겠다고 했다. 친구가 꽃집을 차리는데 일손이 필요할지 모른다는 것이었다. 열심히 일하고 일한 대가를 거두어들이는 로베르토를 보고 자극을 받았다고 했다. 처음에는 조금 질투가 났지만 이제는 좋은 에너지와 목표가 생겼고, 거기에 고마움을 느낀다고. "내 남편이 되어줘서 고마워요." 그녀가 말했다. 로베르토는 웃으면서 와인 잔을 채워주었고 그렇게 생각해줘서 기쁘다고 말하며 그녀의 계획에 보탬이 되겠다고 약속했다. 속으로는 단 한 마디도 믿지 않았지만.

가을에 그는 엠마와 함께 프랑크푸르트에서 열리는 모터쇼에 참석했다. 그들은 프랑크푸르트가 냉정하고 적대적인 도시라고 생각했지만 이곳저곳을 돌아다니다가 우연히 이탈리아 이민자들이 모여 살고, 바를 가득 메우는 학생들과 유명한 레스토랑이 밀집한 베르거 슈트라세 중심가에 가게 되었다. 로베르토는 엠마가 실린더에 하나가 아닌 두 개의 점화플러그가 있는 듀얼 점화 엔진 개발 업무를 맡게 되었다는 것을 발표하기 위해 가장 비싼 술을 주문했다. 그 엔진은 피아트나 란치아, 알파 로메오에 공급될 것이었다. 스무 명 정도 되는 사람을 뽑아서 작업팀을 꾸리고 그녀가 자신의 오른팔이 될 거라고 넌지시 비추었지만 그녀는 생각보다 기뻐하는 기색이 없었다.

"저를 낙하산이라고 생각할 거예요." 그녀가 말했다.

"그렇지 않아, 능력이 뛰어나다고 생각할 거예요. 누가 뭐라던 뭐가 중요해, 내게 그럴 권한이 있는데."

"그러면 당신에게 고마워하지 않아도 되는 거죠? 제겐 그럴 만한 자격이 있는 거니까요."

로베르토는 선물을 인정받지 못해 실망했지만 "당연하죠"라고 말했다. 그는 충분한 감사를 받지 못하는 것에 곧 적응이 되어갔다. **상사의 고독**이라 부르는 것보다 더 포괄적인 감정이었다. 먼저 출근해서 나중에 퇴근하고 다른 누구보다 열심히 일하는 것을 말하는 게 아니었다. 부정적인 감정을 훨씬 많이 얻게 되는 것을 의미했다. 의심이 들 때도 확신을 표출해야 했다. 심지어 토할 것 같더라도 화장실에 가는 동안에 흔들림 없는 태도를 유지해야 하고 주머니에는 항상 민트 사탕을 넣고 다녀야 했다. 어쩌다가 이해되지 않는 것이 있으면 자신보다 뛰어난 동료에게 설명을 부탁하면 그만이었는데 이제는 아무 내색도 하지 않는 게 상책이었다.

1988년 열한 살이 된 소피아는 학교에서 **아빠에 대해 이야기하기**라는 숙제를 받았다. 소피아는 아빠를 몰라서 숙제를 할 수 없으니 괜찮다면 강아지에 대해 이야기하고 싶다고 썼다. 자발적으로 한 일이었다. 선생님이 알기론 소피아는 이혼한 가정의 아이가 아니었기 때문에 숙제를 부모님이 보도록 집으로 보냈다. 그 종이는 로사나의 손을 거쳐 저녁에 로베르토에게 전달됐고 그는 마음이 아팠다. 안색이 어두워져 씁쓸하게 방으로 들어갔다. 다음 날 그는 회사에 견학 허가를 신청하고 한 주 뒤 월요일에 소피아를 공장에 데려갔다. 아빠가 무슨 일을 하고 어디에서 시간을 보내는지 보여주기 위해서였고 이렇게라도 조금이나마 아빠가 어떤 사람인지 알게 되리라 기대했다.

그들은 가장 먼저 디자인 센터로 갔다. 그곳에는 나무나 점토, 석고로 차량 운전석의 부품을 만드는 직공들이 있었다. 항상 주목받는 부서였고 소피아와 함께 갔을 때도 그랬다. 차체 디자인부와 조립부에서 아이는 노동자의 존재를 알게 되었다. 그들은 좌석과 대시보드의 부품을 조립했고 손을 보지도 않고 수다를 떨면서 작업하는 것에 익숙했다. 그들 중 한 명이 로베르토에게 큰 소리로 말했다. "로베르토, 따님이 정말 예쁘네요! 엄마를 닮았나요? 아빠를 닮았나요?" 모두가 웃었고 그는 농담을 거두라며 손짓을 했다. 마치 그들끼리는 익숙한 농담이라는 듯이 말이다. 대형 기계가 놓인 조립라인에 반해 사무실은 소피아를 실망시켰다. 하얗고 텅 비어 여느 대기실과 비슷했다. 하지만 이제 적어도 그녀는 특정 장소에 있는 아빠를 상상할 수 있게 되었다.

"이 아이는 누구예요?" 벽에 걸린 자신의 사진을 가리키며 소피아가 물었다. 특허상과 빈티지 자동차 사이에 있는 사진에 관심을 보였다.

"예전에 같이 살던 아이야." 로베르토가 대답했다.

"그 아이는 어땠어요?"

"늘 실망만 시켰지."

"배고파요." 소피아가 말했다. "집 한 채도 먹을 수 있을 것 같아요." 그렇게 잠시 동안 둘은 사이가 좋았다.

그들은 식당 테이블에 앉아서 식사를 했다. 젊은 엔지니어들 사이에 엠마도 있었고 소피아는 즉시 그녀에게 질문 공세를 퍼부었다. 개 좋아하세요? 응. 순종요? 잡종요? 당연히 잡종이지. 큰 개요? 작은 개요? 언제나 큰 개를 좋아했어. 소피아는 만족한 듯 고개를 끄덕였다. 둘은 개에 대해 조금 더 이야기를 나눴고, 둘 다 남동생을 원했던 것과 외동딸로 살아가는 고충, 언제나 부모님의 간섭을 받으며 살아가는 것에 대한 대화를 나눴다. 소피아는 마지막으로 이렇게 많은 남자들 사이에서 어떻게 일하는지 물었고 엠마는 여자보다는 남자들과 훨씬 잘 맞는다고 대답했다. "저도 그래요." 소피아가 말했다. 누군가가 자신을 동등하게 대우해주고 의견에 관심을 기울여주는 게 좋았다. 둘은 함께 케이크를 가지러 일어났다.

로베르토는 둘의 만남을 피하고 싶었다. 엠마는 곧 있으면 서른 살이 되었다. 엄마를 보살피는 딸이자 직장 상사의 애인 역할이 버겁게 느껴지기 시작했다. "많이 컸네요." 엠마가 멀리서 소피아를 바라보며 말했다. 사무실 사진 속 소피아는 세 살이었고, 그래서 엠마에게 소피아는 언제나 빨간색 옷을 입고 그 또래 아이들처럼 배가 툭 튀어나온 모습으로 기억되었다.

견학 후의 부작용은 그것만이 아니었다. 어디선가 소피아의 귀에 그 망할 단어가 들려왔다. **팀장님**. 아마 딴 곳도 아닌 식당에서 젊은 엔지니어들이 그를 부르는 소리였을 것이다. 다른 무엇보다 기억에 남아, 소피아는 사춘기에 그 말을 부적절한 무기로 사용할 것이다. 아빠의 면전에 대고 이렇게 심한 말을 할 것이다. 당신은 내 **상사**가 아니에요, 알겠어요? **엔지니어 무라토레 씨**, 알겠느냐고요? 당신은 여기에서 아무것도 명령할 수 없어요.

1991년 싱가포르에서 그들은 마지막 밤을 함께 보냈다. 방에는 표백제와 담뱃재 냄새가 났고 예전에 가본 어느 호텔방과 다름없었다. 잠자리에 들기 전 로베르토는 집에 전화를 하고 엠마는 오랫동안 샤워를 했다. 그녀는 비누 포장지를 벗기고 일회용 샴푸를 뜯고 뜨거운 물로 목 마사지를 했다. 그녀가 욕실에서 나왔을 때도 로베르토는 여전히 통화 중이었지만 그때는 영어로 말을 하고 있었다. 누군가와 마감 기한과 지연에 대해 논의하고 있었다. 풍경을 감상할 생각으로 커튼을 연 엠마 앞에 호텔의 또 다른 모습이 나타났다. 몸에 수건을 두르고 눈빛에는 즐거움이라곤 느껴지지 않는, 제 나이인 서른세 살보다 더욱 늙어 보이는 한 여자가 거울처럼 자신을 바라보고 있었다. 호텔방, 사무실, 비행기, 레스토랑이 그들이 유일하게 공유하는 공간이었다.

그녀가 여전히 좋아하는 게 하나 있다면 그것은 밤에 그와 대화하는 것이었다. 두 사람 모두 불면증으로 침대에서 뒤척이는, 날이 밝기 직전의 깊은 밤에 말이다. 잘 생각을 하지 않고 멀뚱멀뚱 수다를 떨며 동이 트기를 기다렸다. 둘 사이를 방해하는 전화도 오지 않았다. 얼마 지나지 않아 창으로 빛이 새어 들어오기 시작했다. 둘 중 한 명이 잠시 졸기도 했는데 그럴 때면 중간중간 대화가 끊겼고 꿈속 대화와 실제 대화가 섞이거나 나중에는 내용이 기억조차 나지 않는 경우도 있었다.

"우리 아빠에게는 의자가 하나 있었어요." 그날 밤 그
녀가 말했다. "심지어 팔걸이에도 쿠션이 들어간 크고 푹신
한 의자였어요. 트럭에서 내려와 편하게 앉는 것은 아빠에
겐 커다란 즐거움이었어요. 내가 열네 살인가 열다섯 살 때
인가 아빠는 일주일 내내 밖에 있었고 금요일 밤에만 집에
돌아왔죠. 나와 엄마는 우리끼리의 삶을 살았고 또 아빠와
공유하는 삶도 있었어요. 주중에 우리의 삶은 학교, 약, 의
사, 저녁 외출로 인한 다툼, 음식과 관련된 엄마의 문제들
이 전부였죠. 좋았던 순간도 있었어요. 친구처럼 수다를 떨
던 순간들요. 그런 세상도 금요일 밤이면 끝이 났고 이틀
동안의 삶은 오로지 아빠와 트럭, 아빠의 기분 상태를 중
심으로 돌아갔어요. 그리고 아빠가 다시 떠나면, 그 자리에
는 의자만 남았죠. 아빠를 거의 보지 못했지만 없다는 생각
이 들지 않았어요. 보이지는 않지만 함께 있는 것 같았거든
요."

그러고 나서 그녀는 말했다. "아빠가 집에 돌아오지 않
았을 때 어떤 기분이었는지 알아요? 엄청난 해방감을 느꼈
어요. 처음에 아빠의 빈자리는 볼 수도 만질 수도 있는 거
였어요. 마치 빈 의자처럼요. 그런데 의자를 갖다 버린 후
에 기분이 홀가분해졌죠."

잠시 후, 어느덧 아침이 되었고 그녀는 이렇게 말을 했

거나 말하는 상상을 했다. "내가 지금 아이를 갖는다고 하면, 똑똑한 남자의 아이일 필요는 없어요. 강한 남자이거나 일을 열심히 하는 사람일 필요도 없고요. 단지 옆에 있어주는 사람이면 좋겠어요. 필요할 때, 내 곁에 있어주는 그런 사람요. 제가 지나친 걸 요구하는 건 아니잖아요?"

전근 제안을 받아들인 그녀는 결국 그에게 헤어지자는 말을 하지 못했다. 차츰차츰 아레세 공장은 철거에 들어갔고, 엠마와 같은 중간관리자들에게는 토리노나 나폴리로 전근을 갈 경우, 월급 인상과 승진이 보장되었다. 그때 그녀는 생각했다. 내가 지금 여기서 뭐하고 있는 거지? 나폴리로 가기로 했다. 집으로 돌아가는 게 엄마를 위해 좋을 거라고 생각했다. 그녀가 자신의 결정을 로베르토에게 이야기했을 때 그는 마음이 아팠지만 그녀의 생각을 돌리려 애쓰지 않았다. 이렇게 끝나리라는 것을 애초에 알고 있었다. 독립할 시기가 된 딸처럼, 성장한 그녀가 그에게 작별 인사를 하리라는 것을. 이것이 그녀에게 느끼는 사랑의 형태였다.

샴페인과 각종 케이크, 동료들의 축하 인사가 끝나고 단둘이 남았다. 두 사람은 종종 적막한 사무실에 늦은 시간까지 있곤 했다.

"우리는 당신이 그리울 거야." 그는 복수형 주어를 사용해서 말했다. 그걸 알아차리고는 덧붙였다. "특히, 내가 말이야."

"정리되면 전화할게요." 엠마가 말했다. "며칠 걸릴 거예요, 기다려줘요."

"키스하고 어떻게 되는지 볼까?" 로베르토가 제안했다. 함께하는 내내 서로의 오해를 풀어준 마법의 공식이었다. 한 사람이 이렇게 말하면 다른 사람은 순식간에 기분이 상했던 이유를 잊었다.

"지금은 아니에요." 엠마가 말했다. "미안해요. 전화할게요."

로베르토는 역사 박물관에서 그녀의 선물을 구입했지만 마지막 순간에 바보 같은 선물이라는 생각이 들어 전할 용기를 내지 못했다. 1910년대에 생산된 최초의 알파 자동차, 24HP 토르페도라고 불리는 전설적인 모델이었다. 선물은 로베르토의 책상 서랍에 보관되다가 나중에는 책상 위 서류를 고정하는 데 쓰이며 그녀에게 전해주지 못했던 기억을 상기시켰다. 엠마를 주려고 따로 모은 돈도 그대로 있었다. 그 계좌에는 약간의 자금이 모여 있었다. 어떻게 해야 할지 잠시 고민했고 투자를 해볼까도 생각했지만 언젠가 소피아에게 필요할지도 모른다는 생각에 결국 그대로 두기로 결정했다.

얼마 전부터 사람들이 이야기하던 세기말이 되었다.

공장은 철거됐다. 밀라노 전체가 해체된 것 같았다. 내연기관도 곧 골동품 가격으로 전락할 거라고 누군가 말했지만 로베르토는 그런 말을 믿지 않았다. 공장에서 친환경 자동차에 대한 조사를 시작했지만 그는 그것이 노동조합을 흥분시키지 않으면서 공적 자금을 받아내고, 아레세의 알파 공장에 아직 미래가 있다고 생각하게 만드는 교란 작전일 뿐이란 걸 알았다. 그들은 프로젝트를 위해 10번 창고 전체를 사용했다. 노동자들 사이에 그곳에는 단 두 사람만 일한다는 농담이 나돌았다. 한 명은 보도 자료를 쓰고 나머지 한 사람은 돌아다니면서 불을 켜고 끈다는 것이었다. 로베르토는 다리를 쭉 펴고 자신이 설계하는 엔진을 눈으로 확인하기 위해 수시로 사무실로 내려왔다. 이제 노동자들은 그보다 젊은 사람들이었고 열정도 분노도 없이 일했으며 적당히 자리보전만 할 생각을 가지고 있었다. 그는 모두에게 인사를 하려고 했다. 만약 누군가 핑계처럼 기름 얼룩이 묻은 손바닥을 보여주며 주저하면 70년대에 유행하던 농담을 던졌다. "일하느라 지저분해진 손과 악수하는 건 영광이죠." 그가 자리를 뜨면 사람들은 서로를 보며 의아해했다. 무슨 뜻일까? 진심일까? 아니면 우리를 놀리는 걸까?

그는 싱가포르의 자동차 꿈을 꾸기 시작했다. 알파 로메오 164의 형태에, 테스트 차량의 색상이었던 불투명한 검은색 차였다. 시리즈 모델에는 없었던 그을린 검은색 차. 이 자동차는 로베르토의 꿈속을 돌아다녔지만 꿈의 대상은 아니었다. 장소와 상황은 다양했다. 집 정원이나 외국 도시에 엠마, 로사나와 함께 있었고, 그녀들보다 더 자주 함께하는 여자가 있었는데, 그녀는 엠마인 동시에 로사나였다. 어쨌든 그들은 상점에서 나오거나 164가 출시됐을 때 야외 레스토랑에서 점심 식사를 했다. 번호판은 붙어 있지 않았고, 얼어붙은 호수에 난 구멍이나 줄지어 선 사람들 사이에 빈자리 하나가 나면 눈에 확연히 띄는 것처럼 차량들의 불빛 사이에서 그 무광 검은색은 눈에 띄게 도드라졌다. 행인들에게 가로막힌 로베르토는 목을 쭉 뺐지만 번호판의 숫자는 물론 운전자의 얼굴을 보지 못했다.

"뭐가 있어요?" 엠마인지 로사나인지, 동시에 두 사람인지 그 여자가 그에게 물었다. "뭘 봤어요?"

로베르토는 이렇게 대답하고 싶었다. 난 본 게 아니라 **보지 못한** 거예요. 한낮에 그림자가 옆을 쓱 지나가는 게 느껴질 때가 있죠? 그러면 그게 새인지 구름인지, 뭐였는지 보려고 위를 올려다보지만 그땐 이미 늦었죠. 그게 뭐든 간에 이미 지나갔잖아요?

하지만 그건 로베르토와 같은 사람에게 들을 수 있는 말이 아니었다. "아무것도 아니에요." 그는 대답했다. "그냥 자동차예요." 상대방이 이해할 수 없는 것은 말하지 않는

편이 더 현명한 거라고 생각하면서, 그는 언뜻 본 장면을
혼자만 간직했다.

무정부 상태가
언제 올까

세미나가 끝나면 레오는 각각의 학생들에게 영화의 장면을 배정했다. 너에게는 성인 남자와 사랑에 빠진 어린 소녀 역이 주어졌다. 열두 살의 고아에 이 세상에는 가족을 몰살하고 너를 납치한 킬러를 제외하고는 친구가 아무도 없다. 너는 방금 무대에서 사랑을 고백했다.

"사랑해본 적이 없는데 그게 사랑이라는 건 어떻게 알아?" 레오가 어둠 속에서 물었다.

"느껴져요"라고 대답했다.

"어디서?"

"배 속에서요." 눈을 감고 배에 손을 댔다. 끓는 물병을 안고 침대에 있다고 상상해본다. "따뜻해요. 여기에 항상 매듭이 있었는데 이젠 없어요."

레오는 말이 없다. 그는 엄격하고 열의가 넘치는 남자였다. 살면서 그는 수많은 일을 해봤다. 극단에서 일한 만큼 공장이나 건설 현장에서 일했고, 사상 때문에 구타를 당하거나 체포된 적도 있었다. 최근 네가 바라는 가장 큰 소망은 적어도 한 번, 단 한 번이라도 연습이 끝나고 그가 너를 보고 찌푸렸던 이마를 펴고, 눈썹 사이에 20년간의 정치 생활과 두통약 때문에 패인 주름을 드러낸 채 "그래 바로 그거야, 그렇게 하는 거야"라고 말해주는 것이다. 하지만 단 한 번도 그런 적이 없다. 그는 네가 눈을 뜨기도 전에 다가와 뒤에서 손으로 너의 배를 꾹 눌렀다. 힘이 들어간 전문가의 손길이다.

"여기서 느껴져?" 그가 말했다. "느껴지는 곳이 여기야? 아니면 여기?" 가장 아픈 가슴뼈를 누른다. 긴장과 저녁에 마신 커피 때문에 이미 뒤틀려 있는 복부까지 내려온다. 네가 빠져나오려고 하자 그는 또 한 번 누른다. 조금 위로 올라가서 찾는다. 다리에 힘이 풀리고 숨이 턱 막히는 바로 그 지점.

"여기구나." 그가 말한다. "여기 맞지? 두려움과 분노 근처. 필요하면 여기에서 찾아." 놓아주면 너는 줄이 끊어진 꼭두각시 인형처럼 바닥에 고꾸라지는 느낌이 든다.

사랑은 배 속에 있고 그 사랑은 네가 집을 떠난 이후 애타게 너를 그리워하는 눈먼 늙은 개를 향한다. 일요일마다 그를 만나러 라고벨로에 간다. 10시에 지하철을 타고 밀라노를 가로질러 지하철이 지상으로 나와 도시가 모습을 감추면 딸의 역할로 돌아간다. 아빠가 종점에서 기다리는데 이제는 마치 기차역의 일부가 된 듯하다. 마르고 키가 크며, 병이 살을 갉아 먹고 있어 헐렁한 겨울 재킷을 입고서 목줄을 맨 개와 함께 개찰구에 서 있다. 모초가 네 냄새를 맡고 흥분하며 30킬로그램의 근육과 행복을 몰고 네게 올라탄다. 모초가 낑낑거리며 혀로 얼굴을 핥고 발길질하는 와중에 너는 아빠를 껴안는다. 모초는 목줄로 두 사람을 칭칭 감는다.

라고벨로까지는 차로 15분을 더 가야 하기 때문에, 내년 가을에 입학하고 싶은 로마 학교에 대해 말하기에 적절한 순간이다.

"또 다른 학교?" 아빠가 묻는다. 그리고 말한다. "로마." 리우데자네이루나 봄베이*처럼 로마가 생소하게 들린다는 듯이 말한다. 아빠는 늘 세계 여행하는 꿈을 꿔왔지만 출장

---

*　'뭄바이'의 전 이름.

이 아니고서는 거의 여행을 다녀본 적이 없다.

"이번엔 영화학교예요. 달라요"라고 말하며, 차이를 설명하려고 애쓴다. 그곳에서 가르치는 유명한 배우들의 이름을 언급하고 하루 여덟 시간의 수업과 일주일 내내 치러지는 입학시험에 대해 이야기한다.

"제대로구나." 아빠가 운전에 열중하며 말한다. 아무 질문을 하지 않지만 이제 이건 아빠에게 중요한 문제가 되었고 잊어버리지 않을 거란 걸 안다. 아빠는 이 문제에 대해 생각하고 나름대로 정보를 모을 것이다. 준비가 되면 이 이야기를 다시 꺼낼 것이다.

집에는 엄마와의 관계를 지배하는 저주가 있다. 방금 엄마가 방에서 나왔다. 주로 방에서 잠을 자고 약을 먹고 너의 자리를 대신해 후원하는 브라질 아이들에게 편지를 쓰거나 교회에 보낼 축하 카드를 만들면서 하루를 보낸다.

"이제 아침에도 담배를 피우니?" 엄마가 묻는다.

"아침이라고 정해놓고 피우지는 않아요." 네가 대답한다. "정확히 말해서 제가 피우고 싶을 때 피우는 거예요."

"그렇게 말하는 건 고모한테 배웠겠구나."

"그만해." 아빠가 말한다. "제발 부탁이야."

"늘 그렇듯이 혼자 터득한 거예요." 네가 말한다.

"철 좀 들어라." 엄마가 마무리한다. "우리가 너를 성인으로 대접해주길 바라니? 그러면 이제 네가 어리지 않다는 걸 증명해봐."

하지만 너는 아직 아이다. 이게 문제다. 엄마 말이 맞다. 이 집에 발을 들여놓을 때마다 넌 아이가 된다.

정오에 엄마가 식사를 차리는 동안 넌 스카프와 베레모를 쓰고 모초와 함께 공원 산책을 나간다. 예전처럼 너와 개 단둘이. 마을 연못에서, 친구들에게 마리화나를 받아서 몇 모금 빨아들인다. 마약에 손대던 사춘기 시절과 떠올리고 싶지 않은 어느 토요일 저녁의 그 사건 후에도 남은 오랜 친구들이다.

"모초는 사랑에 빠졌어." 모초가 네 손바닥을 핥기 시작했을 때 친구 중 한 명이 말했다. "하는 행동을 봐."

집에 돌아오니 부모님이 식탁에 앉아 있었다. 너는 작은 냄비에 물을 끓여 커피 한 잔을 타고는 그 옆에 앉는다. 쌀밥과 삶은 야채가 있다. 일요일의 점심 식사가 간소하게 바뀌었다. 하지만 아빠는 그것마저도 잘 먹지 못하고 겨우 몇 술을 뜨고 나서 자리에서 일어나 화장실에 간다. 엄마는 아빠를 향해 한숨을 쉬고 물 내려가는 소리를 기다렸다가 식탁을 정리한다.

"왜 그래요, 싸웠어요?" 네가 없을 때 두 사람이 싸우는 건 질색이었다. "저 때문에 싸운 거예요? 그럴 필요 없어요." 엄마는 손에 접시를 든 채 가만히 있었다. 접시를 네 얼굴로 던져버리고 싶은 충동을 참는 것 같았다. 잡고 있던 것을 접시를 모아둔 곳에 두고, 있는 대로 싫은 티를 내며 식기세척기 문을 세게 닫았다.

5시쯤 아빠가 기차역에 바래다주었다. 30분 동안 모초와 놀아주고 배와 귀를 쓰다듬으며 금방 다시 돌아오겠다고 약속하지만, 결국엔 정원에 가둬둘 수밖에 없다. 집을 나설 동안 칭얼대는 소리가 신경 쓰인다.

"모초를 보러 오지 않는 게 나을 것 같아요." 집에서 어느 정도 떨어졌을 때 말했다. "도움이 안 돼요."

"하지만 난 널 봐서 기분이 좋단다." 아빠는 점심시간 이후로 줄곧 계속된 통증 때문에 얼굴을 찌푸리며 말한다.

"우리가 아빠의 속을 많이 썩였나 봐요, 그렇죠? 죄송해요. 제 성격이 지랄 맞잖아요, 용서해주세요."

"난 어려운 여자가 좋단다." 애써 웃으며 아빠가 말했다.

인생의 영화에서 이 부분은 네가 스무 살이 되고 새로운 눈으로 도시를 바라보는 순간이다. 너는 군중을 사랑한다. 자동차 사이로 길을 건너고 티켓도 없이 대중교통을 타고 돌아다닌다. 너는 어느 버스 정류장에서 목격되었고 트램의 마지막 칸에서 선로 위로 떨어지는 비를 바라본다. 1월의 어느 차디찬 아침, 하킴 베이의『임시 자율 구역』을 읽으면서 에스컬레이터를 타고 지하철에 나타났다. 미션 선장이 마다가스카르에 세운 해적 식민지인 리베르타티아의 역사를 읽으며 웃음 짓는다. 인도 음식점에서 치킨 카레와 밥 1인분, 부드러운 빵, 맥주 한 캔, 망고 주스를 산다. 힘들게 모아둔 동전으로 계산을 한다. 너는 인도 사람들과 빈털터리인 네 앞에서도 상냥함을 잃지 않는 그들의 차분함을 좋아한다. 도로 하나를 더 올라가면 나오는, **작업 중**이라고 쓰인 곳을 지나 연구실의 오래된 안뜰로 들어간다. 현재 건물 한 채는 카페로 사용되고 있고 안뜰에는 지난여름 네가 연기를 했던 무대가 있다. 외관은 30년 전과 크게 다르지 않다. 철망이 쳐진 커다란 창문, 콘크리트에 묻은 기름때, 벗겨진 벽과 겨울에 무너져 내려 임시방편으로 덧대어놓은 천장. 레오의 연구실에서 나는 콤바인 엔진 소리 때문에 다른 소리는 전혀 들리지 않는다. 초록색 작업복을 입고 머리에는 톱밥이 잔뜩 묻은 그를 뒤에서 놀래킨다. 그의 목덜미에 키스를 하자 그는 깜짝 놀라고 너를 보며 웃는다. 너에게 인사를 하려고 기계 전원을 끈다.

"뭐 해요?" 네가 물었다.

"마루판이야."

"누구 줄 거예요?"

"친구가 집을 샀거든. 내가 수리해주는 거야. 대신 그 친구는 컴퓨터를 가르쳐주기로 했어."

"보여줘요." 너는 그가 자신이 하는 일을 설명해주길

좋아한다는 걸 알기에 이렇게 말한다. 연극에 관해서는 이런 걸 가르쳐주었다. 사람, 여행, 장소 이야기, 냄새를 맡거나 맛을 보고 손으로 만질 수 있는 물건이 더 중요하다는 것을. 그리고 배우의 연기는 오직 마지막에 나오고, 되도록 말을 많이 하지 않는 게 좋다는 것도. 그렇게 쓰레기장에서 찾은 나무, 습기와 진흙으로 검게 변해버린 판자를 깨끗이 씻고 대패질하고 다시 색을 칠한 뒤에 어떻게 변하는지를 보여준다. 그는 재활용한 재료만을 사용한다. 새 물건은 병원 복도만큼 그를 공포에 질리게 했다. 연구실 반대편에는 책상, 어두침침한 방에 어울리는 화장실, 매트리스와 타자기, 책들이 놓인 다락방이 있다. 그는 두 가지 이상의 기능이 없는 물건이나 오직 한 가지 일밖에 하지 않는 사람을 좋아하지 않았다. 이곳은 그의 임시 개인 공간이고 3개월 뒤면 비워줘야 했다.

"하킴 베이 책을 가져왔어요"라고 말했다. "크로포트킨 책은 아직 읽고 있어요."

"그런데, 아무것도 안 먹을 거야?" 그는 맥주를 한 모금 마시고 부드러운 빵으로 닭고기를 한 움큼 모으면서 묻는다.

너는 과일 주스 빨대를 입에 물고 별로 내키지 않는다고 손으로 대답한다.

"술도 안 마시지?"

"한 번 먹어본 걸로 족해요." 이런 상황에서 자주 하던 농담을 던진다.

"얼마나 맛있었기에." 레오가 재밌단 듯이 말한다.

잠시 후, 둘은 위층으로 올라간다. 조각상에 덮인 천을 벗기듯이 그의 옷을 벗기고 몸을 보려 한다. 마흔 살의 남자 알몸을 본 건 그가 처음이었고, 그의 피부는 네 또래 아이들과 달리 탄탄하다. 그 후 오랫동안 등 마사지를 해준다. 그는 네 손길에 잠에 빠져들 만큼 몸이 나른해진다. "네 사진을 찍고 싶어." 그의 몸 위에 올라가 있는 너의 얼굴을 손가락으로 쓰다듬으면서 그가 말한다. 엄지로 광대와 눈썹 위를 훑고 코까지 내려온다. 공중에서 네 얼굴 윤곽을 본뜨는 듯이 말이다.

아무것도 안 먹는다는 건 사실이 아니다. 아무도 보는 사람이 없을 때만 먹는다. 이 규칙에 유일하게 예외가 있다면 그건 마르타 고모 앞에서다. 두 사람은 이렇게 지낸다. 매일 저녁 마르타는 접시 하나, 컵 하나, 수저 한 쌍을 세팅하며 자신의 저녁 식사를 차린다. 앉아서 혼자 먹기 시작하면 조금 있다가 말동무라도 되어주겠다는 듯이 네가 부엌에 나타난다. 너는 물을 한 잔 따르고 담배를 피운다. 고모는 네게 학교는 어땠는지 묻고 넌 고모에게 라디오에서 일하는 것이 어떤지 묻는다. 둘은 친한 친구처럼 수다를 떤다. 대화가 시작되는 바로 그때 넌 정신이 딴 데 가 있는 사람처럼 무심코 손을 뻗어 빵 한쪽을 집어 든다. 또는 삶은 감자나 마르타가 접시 앞에 놓아둔 사과 한쪽을 집는다. 고모도 자신도 모르는 사이에 네게 먹을 것을 주고 너도 아무 생각 없이 그 음식을 먹는다. 가끔 마르타는 냉장고에 뭔가가 떨어진 것을 알아차리고 네가 먹을 모차렐라 치즈와 바나나 아이스크림을 사놓는다. 4년째 둘은 그렇게 지내고 있다.

"이론 수업이 있어요." 커리큘럼을 살펴보며 네가 말한다. "영화의 역사, 영화 언어 이론. 사진과 음향 기술의 요소. 120시간."

"일반 문화." 마르타가 말한다. "적당한 것 같은데."

"스타니슬랍스키 기법, 60시간. 음성교육 60시간."

"수업이 네게 큰 도움이 될 거야." 그녀가 말한다.

너는 종이에서 시선을 떼고 혀를 쭉 내민다. 그리고 생당근을 깨문다. 엄마가 이걸 본다면 믿지 못할 것이다. 너는 열여섯 살 때 두 가지 이유로 집을 나왔다. 표면적인 이유는 도시로 연극을 공부하러 간다는 것이었고 진짜 이유는 집에서 가능한 멀리 떨어져 있기 위해서였다. 처음에는 무의미한 손바닥 때리기와 정신 분석을 포함한 다양한 기술을 연습했다. 마르타가 집을 나오는 게 어떤지 제안했을 때, 미처 생각지 못한 확실한 해결책인 것 같았다.

"춤." 네가 말한다. "젠장. 춤은 배워서 뭐한담?"

"발레리노가 어떻게 걷는지 봤니?"

"왜요, 어떻게 걷는데요?"

"파리에서 누레예프*를 본 적이 있어. 생제르맹 거리에 서였던 것 같아. 사람들이 북적이는 그 길에 유독 그만 보였어. 지상에서 10미터 높이의 줄에 매달려 있는 것 같기도 했어. 균형감이 느껴졌지, 무슨 말인지 알겠니? 절대 떨어지지 않는 고양이처럼 말이야. 자신이 걷는 것을 절대적으로 인식하고 있는 것 같았어, **은혜나 조화**라는 말의 의미를 제대로 이해하려면 그걸 봐야 돼."

"또는 **섹스**." 요점을 이해하며 네가 말한다.

"그걸 말하는 게 아니야." 그 단순화에 당황하고 불쾌감을 드러내며 마르타가 말한다.

"맞아요, 그걸 말하던 거였잖아요." 너는 담배 몇 개비와 라이터를 가져온다. "알겠어요. 그럼 이렇게 해요. 춤을 배우는 건 섹스를 잘하기 위해 필요하다. 알려줘서 고마워요, 고모."

마르타는 콧방귀를 뀌며 일어났다. 섹스라는 말 외에 고모라는 말도 그녀는 어색했다. 깨끗한 재떨이를 건네주고 돌아서면서 웃음이 터진다. 보통 이럴 때 너는 "저 없으

---

* 구소련 태생의 무용가·안무가.

면 어떻게 살아요?"라고 말하고, 그러면 마르타는 "예전처럼 살지"라고 답한다. 이제는 그 가능성이 너무 현실적이라 농담에 그치지 않을까 봐 두렵다.

"그리고요." 네가 묻는다. "누레예프는 어떻게 됐어요?"

"그러고 나서 그 역시도 무너졌어." 마르타가 말한다. "그는 HIV 양성이었어, 90대 노인처럼 보이던 쉰 살의 나이에 세상을 떠났어. 참 안타까워."

밤에는 레오가 교외로 데려갔다. 불법 채소밭, 트램 차고, 철도 차량기지, 농장, 폐공장 사이에 난 길을 따라 걸었다. 네가 계획도시에서 태어났다는 걸 안 뒤로 그는 20세기 도시의 가이드를 자처했다. 도심에 관심이 없는 그에게 건물과 교회는 생명 없는 돌무더기에 불과했다. 진정한 도시는 우회도로 너머에 숨겨져 있었다. 귓가에서 살랑거리는 1월의 공기를 맞으며 그의 주머니에 손을 넣고 그의 등에 뺨을 기댄 채 오토바이를 타고 밤에 보비사와 니구아르다를 돌아다니는 것은 경험해본 것 중에 가장 순수한 즐거움이었다. 성지순례를 하듯 각 지역의 명소를 방문했다. 파르티잔의 묘비, 비스콘티 감독이 〈로코와 형제들〉을 찍었던 절벽, 버펄로 빌이 저녁 식사를 했다는 식당, 길 한가운데에서 자랐지만 벌채당할 위험 없이 잘 가꾸고 손질된

살구나무. 레오는 어두운 길 중간쯤에 있는 가로등에 오토바이를 세워두고 네 손을 잡고 구리 도둑들이 벽에 파놓은 구멍을 통해 옛 가스 공장 안으로 들어갔다. 이곳이 바로 그가 자신의 일부를 찾으러 오는 곳이었다. 이 거대한 녹슨 구조물이 어디에 쓰이는 건지 묻자, 그는 대답 대신 올라갈 수 있겠냐고 도전적으로 묻는다. 한때 도시의 무정부주의자였던 그는 자신이 플라타너스, 느릅나무, 칠엽수 등 라고벨로의 모든 나무를 정복한 여자를 만났다는 것을 아직 모르고 있다.

지상에서 40미터 떨어진 그 위에서 너는 처음으로 밀라노 북부 교외 지역에는 철길이 얽히고설켜 있다는 것을 알았다. 선로가 육교 위와 공장 옆을 지나 어둠 속으로 갈라져 들어가기 전에 가로등 불빛에 비쳐 반짝인다.

"이 아래에 석탄이 쌓여 있었어." 레오가 가스탱크 안쪽을 가리키며 말한다. "석탄이 특정 산성 물질과 반응하면 천연 가스를 방출하는 거야. 이 주변의 땅이 오염된 이유가 이 때문이야. 열기구처럼 부풀어 오르는 이 새장 같은 것 안에 커다란 공이 하나 있었어. 가스가 차면 압력을 가해서 발전소에 주입하고 전 지역에 가스를 공급하는 거야. 상상이 돼?"

새장 안에 있는 열기구, 태어났을 때의 기분이 꼭 이럴 것 같았다. 레오는 팔로 네 어깨를 감싸고 두 사람의 다리

는 공중에 떠 있다. 가스탱크는 관람차이고 밀라노는 놀이
공원이 된다.

　　지하철 주차장, 차 안에서 아빠가 물었다. "열 살 때 머
리를 빡빡 깎았던 거 기억나니?"

　　"당연히 기억나죠." 첫 영성체를 받기 싫어서 했던 반
항이었다. 학교에서는 머리에 이가 생긴 줄로 알았지만, 그
렇게까지 한 보람이 있었다. 엄마와 신부님, 선생님이 상의
한 끝에 종교 활동은 그날로 중단되었으니까.

　　"아빠도 그렇게 했단다." 아빠가 모자를 벗고 머리를
숙여 머리카락이 없는 두상을 보여주었다.

　　"아빠." 목에 뭐가 걸린 듯했다. 그런데 아빠는 임명식
을 기다리는 사람처럼 정중하게 머리를 숙이고 그대로 멈
춰 있었고 너는 한 손을 뻗어 손바닥을 아빠의 민머리에 가
져다 댔다. 매끄럽고 부드러웠다. 아빠의 머리였다.

　　"아빠 어떠니?" 아빠가 물었다.

　　"머리에 점이 있네요."

　　"봤지? 이렇게 나이를 먹어야 머리에 점이 있는지 없
는지 알 수 있다니까?"

　　"저는 늘 생각했어요. 아빠한테 비밀이 많다고요."

　　그러나 머리카락과는 별개로 항암치료는 아빠의 건강
을 되찾아준 것 같았다. 아빠는 다시 식사를 하기 시작했고

시골집에 관한 잡지를 한 무더기 샀고 사진과 디자인을 공부했다. 그러고 나서 정원에 있는 금속판으로 된 천막 대신 벽돌 기둥과 테라코타 널빤지로 베란다를 새로 만들기로 결심했다. 그 천막은 여태껏 그다지 쓸모가 없었다. 시간이 갈수록 비가 오면 물이 새고 햇볕에 뜨겁게 달궈지는 천막쯤이라고 생각하는 게 당연스러워졌다. 아빠가 철거하기로 마음을 먹은 그날 오후까지 그 천막은 집이 지어졌을 때부터 있던 결함이었다. 정원에 앉아서 아빠가 일하는 것을 지켜보았다. 엄마도 1층 방 창을 통해서 아빠를 지켜보고 있는 것 같았다. 금속판과 썩은 나무 말고도 잔디로 떨어지는 것들이 있었다. 한 아이의 한밤중 가출, 젊은 여자가 손수 야외에 차린 점심상, 아빠를 제외한 너와 엄마 두 사람에게만 보이는 파편들. 아빠는 앞만 보았다.

잠시 후 아빠는 플라스틱 양동이에 물과 모래를 넣고 반죽했다.

"아빠, 이런 건 언제 배웠어요?"

"오늘 아침에." 아빠가 어깨를 으쓱하며 대답했다. "베란다 하나를 만드는 데 대단한 능력이 필요할 것 같니?"

"글쎄요. 지난번에는 그리 잘 만들지 못했잖아요."

"시행착오지." 아빠가 말했다. "안다고 똑똑한 게 아니란다. 배워간다는 게 똑똑한 거야. 그렇지 않니?"

그러더니 아빠의 얼굴이 창백해진다. 얼굴을 찡그리며

입술을 깨문다. 주걱을 내려놓고 양해를 구한 뒤, 뛰거나 문에 부딪히지 않도록 조심하면서 서둘러 집 안으로 들어간다. 이런 상태에서도 아빠의 첫 번째 걱정은 침착함을 유지하는 것이다. 너는 넘어진 양동이를 바로 세우고 엄마와 눈이 마주칠까 봐 시선을 들지 않는다.

그날 저녁 실습실에서 너는 절망에 빠졌다. 손수건에 코를 풀고 눈물범벅이 된 얼굴로 꺽꺽 우는 그런 여자가 아니지만 영화에서 쓰이는, 비를 내리는 장치처럼 눈물을 흘리는 일이 가끔 있다. 눈물을 주룩주룩 쏟는다. 레오의 새로운 모습을 알게 된다. 그는 우는 사람을 좋아하지 않는다. 네 목소리가 갈라지면 그는 작업대에서 담배를 말기 시작한다. 그러면서 울고 있는 이상한 여자아이를 유심히 본다. 네가 진정될 때까지 기다렸다가 담뱃불을 붙이며 말한다. "이럴 때 난 어떻게 해야 되니? 가서 널 안아주기라도 해야 돼?"

"뭐라고요?" 손가락으로 눈가의 눈물을 닦으며 묻는다.

"진실 되게 우는 방법은 단 하나야. 혼자 우는 거지. 사실 그렇게 하는 경우는 드물어."

"무슨 말이 하고 싶은 거예요? 내가 가짜로 울기라도 한다는 거예요?"

"아니, 넌 보란 듯이 우는 거잖아. 동정심을 얻고 싶어서. 동정심을 유발하는 가장 쉬운 방법이 우는 거고, 태어나면 배우는 게 그거야."

"미안한데요, 저는 그냥 슬퍼하면 안 되는 거예요?"

"소피아, 너는 배우잖아. 내 말이 무슨 뜻인지 잘 알 거야."

그는 책상에 등을 기대고 팔짱을 낀 채 담배를 피운다. 그의 말이 무슨 뜻인지 확실히 이해되진 않지만 재판을 받는 느낌이 드는 건 싫다.

"알겠어요." 서둘러 대화를 끝내려고 이렇게 말한다. "오늘 저녁에도 하나 배웠네요. 참 운도 좋지."

"할 말 있으면 해도 좋아." 빈정거리는 네 말에 개의치 않고 레오가 말한다. 그는 군 복무를 하지 않으려고 감옥에 갔던 때처럼 완고하다. 기본적인 자유에 관해서는 엄격한 사람이다. 그런데 지금 소피아는 마음대로 울컥할 자유를 침해받았다. 그가 말했다. "안그러면 넌 울고, 난 물건을 부수기 시작할 거야. 그러면 우리 둘 중 누가 상대의 사랑을 더 갈구하는지 보자."

그렇게 처음으로 끝을 생각하게 된다. 어렸을 때 자주 하던 놀이다. 모든 관계를 시작할 때 애써 이런 장면을 상상했다. 어떤 남자가 네게 키스를 하는 동안 넌 그것이 **사과**하는 것인지 **그럼 잘 가**라고 하는 것인지, 아니면 **걷어 차버리는** 것인지, **친구로 지내자**는 것인지 생각했다. 이런 일이 침대에서 일어날지 길 한복판에서 일어날지, 또는 그의 얼굴 표정에서 드러날지 생각했고, 그 사람이 네게 욕을 하거나 애원하고, 또는 입을 꾹 다물고 있을 사람인지 아니면 주먹으로 벽을 한 대 치고 너를 증오하는 것으로 끝낼 사람인지 생각했다. 그러고 나면 마음이 한결 편안해졌다. 읽지도 않은 책의 결말을 이미 알고 있는 것과 마찬가지이다. 불안에 떨지 않고 집중해서 책을 읽을 수 있다.

밤중에 채광창에서 쏟아지는 밀라노의 오렌지 빛 하늘 아래, 알몸으로 자는 레오를 향해 몸을 돌렸다. 그의 부드러운 배는 편안하게 천천히 부풀어 올랐다가 가라앉았다. 오직 이 시간에만 이렇게 그를 볼 수 있었다. 날이 밝고 일상을 시작하기 전까지. 그의 배꼽 주위를 쓰다듬다가, 의도치 않게 그를 깨우고 만다. 그는 눈을 뜨면서 네가 누구이고 자신의 침대에서 뭘 하고 있는 건지 기억해내기까지 시간이 조금 걸린다.

"그런데 너희 고모는 네가 집에 안 들어가도 걱정 안 하시니?"

"걱정 안 해요." 네가 말한다. "전화 드리거든요."

그날 저녁 마르타와 함께 시험에 가져갈 자료를 점검했다. 철길에서 레오가 찍어준 사진 두 장을 골랐다. 전신 사진과 클로즈업 사진이다. 전신 사진은 플랫폼에 서 있는 모습이다. 클로즈업 사진에서는 추워서 코트 깃을 세우고, 오토바이를 타고 달려 헝클어진 머리로 카메라를 들여다본다. 뒤편에는 선로와 엉킨 케이블 선들이 아웃포커스로 흐릿하게 보인다.

"정말 너는." 마르타가 사진을 보며 말했다.

"정말 바보 같다고요?"라고 물었다. "정말 못생겼다고요?" 요즘 넌 네 얼굴을 보면 짜증이 났다.

"이중적이구나." 마르타가 말했다. "이거 보이니? 눈뿐만 아니라 눈썹, 입술 끝, 뺨에 있는 작은 흉터. 네 얼굴은 심한 비대칭이야."

"제 얼굴이 그래요? **비대칭**이에요?"

"잠깐만." 마르타가 종이 한 장을 가져와서 사진의 오른쪽 부분을 가렸다. 얼굴의 왼쪽 절반은 냉소적이고 오만하며 웃고 있다. 스스로 길을 헤쳐나갈 능력을 갖춘 여자의 자신만만함이 드러난다.

"이것이 사람들 눈에 비친 네 얼굴이야." 마르타가 말했다. "보이니? 네가 다른 사람들과 함께 있는 방식이고 사람들 앞에 나서는 것을 배우는 방식이야. 가면이라고 하지는 않겠지만 한 벌의 아름다운 옷 같아. 억양이 사라진 말투 같아. 이건 외출할 때 입는 옷 스타일이야, 그렇지? 그리고 이건 집에 있을 때 입는 옷이야."

마르타가 종이를 왼쪽으로 옮기자 순간 사진 속 여자

는 다른 사람 같았다. 미소가 사라졌다. 위협적일 정도로 회의적이고 피곤해 보였다. 그곳에 있거나 사람들이 쳐다보는 것에 싫증 난 듯이 레오와 함께한 그날을 기억하려 애썼다. 두 사람 사이에 이미 변화가 생긴 건지 아닌지.

"봤지?" 마르타가 말했다. 종이를 들어 올리자 전혀 다른 두 사람의 모습이 동시에 있는 건 있을 수 없는 일 같다.

그렇게 네게는 옥신각신하는 자매 같은 두 가지의 정체성이 있다. 한 명은 앞으로 달려 나가고 다른 한 명은 완강하게 버틴다. 코를 밖으로 내놓고 입까지 스카프로 돌돌 싸매고, 머리에는 시베리안 양털 모자를 쓰고 행렬의 중심에서 티치네제의 건물들을 바라본다. 네게는 새로운 이미지이다. 교통이 혼잡한 도시의 이미지. 도로 한가운데에서 동료들이 노래를 부르는 동안 너는 발코니와 창문, 처마, 지붕을 보며 넋을 잃는다.

토리노 길에서 행렬이 중단된다. 레오는 무슨 일인지 확인하려고 승합차가 있는 앞쪽으로 간다. 실습실 사람들이 경찰 두 명과 이야기를 하며 경로를 합의한다. 원래는 시청으로 가려고 했으나 경찰들이 시청이 나오기 전에 우회하라고 한다. 아이들 중 한 명이 큰 소리를 지른다. 경찰이 난감하다는 듯 두 팔을 벌린다. 그들이 협상하는 동안 행렬 뒤쪽에서는 계속 밀어붙이고 주변에 사람들이 몰려들기 시작한다. 몹시 흥분한 사람들이 몸을 밀어붙이고 격해질 것 같다. 노래 소리가 잦아든다. 방금 전에는 눈치채지 못했던 것들이 세세하게 눈에 들어온다. 부푼 주머니, 헬멧, 깃발. 이렇게 시작하는 건가? 궁금하지만 레오에게 물어볼 용기가 없다. 준비된 건가?

그러다 다시 행렬이 움직이기 시작한다. 앞쪽에서 합의를 본 모양이다. 승합차에서 누군가 확성기에 대고 소리를 지르며 한데 붙어서 선두를 잘 따라오라고 한다. 급히 셔터를 내린 부동산, 금세공점, 부티크, 보험회사와 은행들 사이를 방금 전보다 더욱 천천히 서로 밀착해서 조용히 걸어간다. 위쪽을 올려다보니 창 너머로 보고 있던 직원들과 눈이 마주친다. 위협적으로 느끼기는커녕 점심시간에 활기를 돋우려고 1960년대 복장으로 퍼레이드를 하는 카니발을 보듯 한다. 지금은 그들의 시간이고 그들의 도시이며 너희는 외계인이다. 두 블록 아래, 골목길 가장자리에는 경찰들이 지키고 서 있었고 거기부터 대성당까지는 빠져나갈 구멍이 없다는 것을 알아차린다. 총 한 발이면 대참사가 벌어질 것이다.

"누구를 위한 참사예요?" 레오에게 위협적이면서도 슬픈 어조로 묻는다. 너는 폭력에 관한 생각이 그에게 어떤 고통을 주는지 알고 있다. 그의 손을 꼭 잡아준다. 그는 성가신 듯 바로 손을 뿌리친다. 두오모 광장 입구에 도착하니

폭동 진압 경찰 기동대들이 방패와 경찰봉을 꼭 쥐고 대열해 있다. 행렬 끝에서부터 욕설과 돌이 날아왔다. 진정하라는 확성기 소리가 들리고 잠잠해졌다. 화를 조금이라도 삭이려고 합창을 시작했다. 그러고 나서 승합차는 합의한 경로를 따라 왼쪽으로 차를 돌렸고 사람들의 행렬은 천천히 그 뒤를 따랐다.

두 시간 뒤 레오의 욕조에서 물을 가득 받고 목욕제를 찾지 못해서 결국 투명한 물속에 그냥 몸을 담갔다. 비누의 향, 욕조의 형태와 크기, 스펀지의 질, 수건의 부드러운 질감을 기준으로 친구들 집의 욕실을 평가한 너만의 비밀 순위가 있다. 레오의 욕실은 모든 부분에서 꼴찌에 해당된다. 하나밖에 없는 창문은 나무판자로 막혔고 전구의 불빛은 붉은색이고 욕조에서 인화통을 끄집어내야 했다. 그럼에도 뜨거운 물은 곧바로 너의 기분을 좋게 만들고 쌓인 긴장을 풀어준다. 정해진 거처가 사라진 이후 욕조는 네가 어디에 있든 눈을 감고 집처럼 편안하게 쉴 수 있는 유일한 공간이다.

그러다 잠시 후, 문손잡이가 신경질적으로 위아래로 움직인다. "왜 그 안에 있는 거야?" 레오가 묻는다.

"추워서요." 네가 말한다. "목욕을 하고 싶었어요."

"그래, 그런데 문을 잠글 필요가 있었어?"

"당신이 나를 쫓아내려 해서 안에 들어가 있는 거예요." 단순한 논리로 설명한다. 그가 이 집의 주인 아닌가?

"정말 심오한 정치 개념이구나." 레오가 말한다. "하지만 그렇다고 우리에게 진전이 있을 거라 생각하지 않아."

욕조는 작지만 무릎을 조금 더 가슴 쪽으로 당기면 등으로 미끄러져서 목과 턱, 입까지 잠길 수 있다. 귀는 물속에 넣고 코는 밖으로 뺀다. 그러면 물속 소리의 세계를 발견하게 된다. 호스를 타고 물이 똑똑 떨어지는 소리, 라디오의 음악 소리. 어디선가 개가 짖는 소리. 전화벨이 울리고 줄어드는 라디오 볼륨, 누군가 방을 왔다 갔다 하는 소리가 들린다.

"어린애 같아." 네가 다시 잠수를 하자 레오가 말한다. "네가 어떤 아이인지 알았어. 넌 가스 같아. 가능한 한 너를 팽창시키지. 그래서 내가 선을 그을 수밖에 없는 거야, 알겠니? 사람은 혼자 사는 법을 배워. 충분히 배울 수 있는 것이고 혼자서도 얼마든지 잘 살아가. 만약 내가 너를 이 집에 들이면 넌 모든 공간을 침범할 거야."

좋은 독백이었다고 생각한다. 어떻게 시작했더라? 손은 까맣고 밖에서 피우다 만 담배를 입에 물고 잠수부처럼 보이는 용접용 마스크를 쓴 채 문 앞에서 말을 하는 그를 상상한다.

"소피아, 내가 하는 말 들었어?" 그가 묻는다.

"들었어요."

"그럼 어떻게 생각하는지 말해줄래?"

"떠나기 전에 욕조에 조금만 더 있어도 돼요?"

"뭐라고?"

"물이 식을 때까지만 있을게요." 네가 말한다. "그리고 사라져버릴게요, 약속해요. 다른 곳에 가서 팽창할게요."

"소피아." 그가 지쳐서 말한다. 그가 한숨을 내쉬듯 이름을 내뱉는 게 무슨 뜻인지 잘 알고 있다. 문에서 쿵 소리가 들린다. 분명 그의 이마가 부딪치는 소리이다. 또 한 번 들리더니 이제 아무 소리도 나지 않는다. 잠시 후 목공기계의 엔진이 다시 돌아갔고 너는 팔을 뻗어 수건을 집는다.

"이 남자는 어떤 사람이니? 무슨 일을 하고?" 라고벨로의 공원을 산책하면서 아빠가 묻는다.

"나무와 쇠를 다루는 일을 해요." **남자**란 말은 건너뛰고 네가 대답한다. "연극 무대 세트를 제작하지만 멋진 흑백 사진도 찍어요. 예술가예요. 이렇게 불리는 걸 좋아하지 않지만."

"예술가란 말을 좋아하지 않는다고?"

"네."

"어째서?"

"실은 목수라는 말도 좋아하지 않아요. 금속이나 세트

디자이너, 배우도 마찬가지예요. 자신이 직업으로 인식되는 것을 원치 않아요. 항상 이런 일들을 한다고 말하지만 그저 한 명의 사람**일 뿐이에요.**"

"그렇구나." 아빠가 말한다. 모두에게 늘 **엔지니어**였던 아빠가 뭘 이해했는지는 모르겠다. 무정부 상태가 오면 지적 노동과 육체 노동 사이의 구분은 완전히 사라질 테고, 사람들은 손쉽게 집을 만들고 밭을 경작하고 쇠를 단련하면서 책도 쓸 수 있을 거라고 말해주어야 한다.

"그 사람이 왜 좋은 거니?"

"제게 다양한 것을 가르쳐줘요"라고 대답하고는 말을 정정한다. "정확히는, 그런 것들을 이해하는 데 도움이 되어줘요. 제게 설명해준다기보다 생각하도록 도와줘요. 헷갈리는 게 있으면 그와 이야기를 해요. 그러면 한결 이해가 잘되는 것 같아요."

"그는 너를 사랑하니?" 아빠가 묻는다.

"이건, 좀 민감한 부분이에요."

연못가에 있는 벤치에 앉는다. 담배를 피우고 싶지만 아빠가 옆에 있을 때는 조심하는 중이다. 그렇게 하면 뭔가 달라질 것처럼 말이다. 아빠가 연못 한가운데 있는 오리를 보지 않고 멍하니 앞을 응시하는 동안 넌 모초의 머리를 쓰다듬는다. 아빠는 다른 감각들로 오리를 감지한다. 사냥꾼의 심장은 떨리고 흥분된다.

"내 생각에." 아빠가 말한다. "네가 관계에서 지나치게 많은 기대를 하는 것이 문제인 것 같아."

"뭐가 **지나치다**는 거예요? 약간의 사랑이 아빠 눈에는 지나쳐 보여요?"

"사랑이 지나치다는 게 아니라 네가 사랑을 표현하는 방식이 지나쳐 보인다는 거야."

"제가 뭘 어떻게 표현한다는 말씀이세요?"

아빠는 한숨을 쉰다. "누군가에게 함께 있는 것을 요구할 수는 있어. 하지만 그 사람의 인생과 네 인생을 하나로 합치지 않고 말이야. 사랑한다고 그런 것을 요구한다면 모두가 너를 실망시킬 거야."

"아빠, 그건 너무 슬프잖아요."

"그렇지 않아."

"함께하는 거요? 아빠는 결혼한 지 20년이 됐고 그게 전부잖아요?"

"있잖아." 아빠가 말한다. "난 네 엄마와 잘 지낸단다. 너와 함께 있는 것도 좋고 지금 우리가 이렇게 대화할 수 있어 행복해. 그런데 사랑은 어느 순간 우리가 도달할 수 없는 곳에서 찾아온단다. 난 네 인생을 위해 많은 것을 해줄 수 없어. 네가 도움이 필요할 때 도와주고 경제적인 도움을 주고 공부하라고 말해주고 로마에 가서 너의 길을 찾으라고 말하는 것 말고는 말이야. 딱 거기까지인 거야. 그리고 너도 내

병을 대신 앓아줄 수 없잖니. 아무리 사랑한다고 해도 말이야. 이 안에는 나 혼자야."

아빠가 주먹으로 가슴을 두드리며 **이 안**이라고 말한다. 정말 이상한 것은 아빠가 끔찍한 진실을 밝히는 동안 네 마음은 편안해진다는 것이다. 그리고 이 벤치는 끝이 아니라 무언가의 시작이다.

"몇 시니?" 잠시 동안 두 사람 모두 말이 없자 아빠가 묻는다. "돌아갈까?"

"조금만 더 있어도 될까요?"

"그래." 아빠가 추위에 두 손을 비비고 입김을 불며 대답한다.

만약 네가 하킴 베이라면 책 맨 끝에 이렇게 쓸 것이다. 사랑은 어떤 것보다도 가장 일시적이고 자율적인 영역이라고. 사랑의 결말은 퇴거를 하루 앞둔 집이다. 바리케이드를 세우고 대문에 손발을 쇠사슬로 묶고 지붕에 탄약과 식량을 올리는 것, 이것은 옛날 방식이고 요즘과 같이 급변하는 시대에 맞지 않는다. 오늘날의 원칙은 이렇다. 불시에 공격하고 바로 숨는다. 어떤 것에도 마음을 주지 않는다. 목숨을 잃는 것보다 네 생각과 사랑, 너의 지친 마음을 이끌고 다른 곳으로 가는 편이 훨씬 낫다. 이것이 바로 마지막으로 네가 실습실에 갔을 때 일어난 일이다. 안뜰을 비우고 냉장고에 맥주를 채워 넣고 밤새 춤을 추기 위한 음향 시설을 설치하며 오후를 보냈다. 밤사이 모든 게 망가져도 기분이 좋았다. 경찰들이 왔을 때 연기를 내뿜는 잔해 더미만 발견되도록. 그런데 너도 레오도 그런 파괴에 가담하고 싶지 않다. 그가 얼마 동안 지낼 집을 마련해준 친구의 화물차에 이삿짐을 싣는 동안 너는 작업대에 앉아서 담뱃불을 붙인다.

"저기 있는 것들은 안 실어요?" 네가 다락방을 가리키며 물었다.

"너무 많아." 그가 말했다. "공간이 별로 없어. 그리고 가끔 치워버리는 것도 나쁘지 않아."

너 역시 짐을 가볍게 해서 여행 다니는 것을 배웠다. 담배를 다 피웠다. 담배를 바닥에 버리고 테이블에서 폴짝 뛰어 내려왔다.

"저 갈게요." 네가 말했다. "내일 일찍 떠날 거예요."

"행운을 빌어, 라고 해야 하는 거지?" 공구함을 들어 올리느라 잔뜩 힘을 준 목소리로 레오가 물었다.

"고마워요." 네가 부츠 끝으로 담배를 짓누르며 대답한다.

또 다른 것도 배웠다. 배우는 시간 여행자일 뿐이라는 것. 아마도 모두가 그렇듯 사람들은 베일에 싸인 운전자에 의해 덜컹거리며 이리저리 왔다 갔다 하지만 너는 운전하는 법을 알고 있다. 즐겁게 웃으며 다시 아홉 살이 되어 정원에서 모초와 함께 놀고, 그러다 열다섯 살로 돌아가 외로움에 눈물지으며 침대에 있는 자신을 발견한다. 반면에 분노는 스무 살에 시작됐다. 분노를 안 지 얼마 되지 않았고 언젠가 필요할 때를 위해 보관해두었다. 너는 네 인생의 스승이자 제자이다. 과거의 너에게 배우고 미래의 너에게 가르쳐준다. 보통 사람들은 그 안에서 길을 잃지만 너는 춤을 추며 다닌다.

모두가 네게 지혜를 담은 조언과 애정이 듬뿍 담긴 키스 같은 것들을 선물했고 고모도 뒤지고 싶지 않아 네게 여행 중에 먹으라고 사과를 챙겨주었다. 기차에서 스웨터 소매로 사과를 닦고 금속 선반을 꺼내서 그 위에 사과를 놓아둔다. 너는 어두운 창가에 비친 네 모습과 마주친다. 오른손을 들고 뿌루퉁한 한쪽 눈으로 아이를 보려고 얼굴 한쪽을 가린다. 너는 그녀에게 걱정하지 말라고 말한다. 그러고는 왼손을 들고 수백 킬로미터 떨어진 곳으로 경력을 쌓으러 떠나는 대담한 젊은 여배우와 미소를 주고받는다.

기차가 역을 빠져나가고 뿌연 하늘이 창밖에 보이는 찰나에 게임은 중단된다. 눈을 깜박이며 멈춰 있는 기차들, 기차역 건물들과 그레코와 몬차 길 사이에 있는 유명한 건축물들이 스쳐 지나가는 것을 본다. 중앙역 선로는 북쪽을 향해 나 있어서 남쪽으로 가려면 밀라노를 반쯤 돌아가야 한다는 걸 그전까지는 알지 못했다. 그저 탁 트인 곳을 내 달리기 전, 고되지만 필요한 준비 과정 정도, 도시의 늪을 건너가는 정도이다. 이제 알 만한 장소가 나온다. 파도바 길의 다리, 람브라테, 오르티카. 시간이 흐르면서 낡은 교외 탑들의 노란색과 빨간색이 군복처럼 빛바래져 가고 있다. 발코니들은 일렬로 줄지어서 떠나는 길을 장식한다. 그곳 에서 보일러와 세탁기, 낡은 빨래 건조대, 해충이 갉아 먹 은 아파트의 식물, 다른 세상에서 헛바퀴를 도는 햄스터와 지저귀는 카나리아 새장과 불구가 되거나 머리가 떼이고 머리털이 다 잘린 인형, 누더기가 되어버린 혼수 이불이 가 득 찬 옷장과 한때 놀라운 기술을 선보이며 각 가정에 입성 했지만 이제는 갖다 버리는 것도 문제인, 골칫거리가 되어 버린 가전제품들이 작별 인사를 전한다. 그리고 시야가 흐 려진다. 창가에 입김이 서려서 그런 건지도 모르겠다. 떠날 때 비로소 마음이 울컥하며 이곳을 좋아한다는 걸 깨닫는 다. 이 겨울 도시를.

여배우들

만약 이 집이 무대라면 무대 장막은 학생들이 사는 너저분한 집의 부엌 창문으로 로마의 눈부신 가을빛이 쏟아지는 10월 어느 날 아침에 열릴 것이다. 현명하고 쾌활한 여배우, 카테리나는 노래를 부르며 아침 식사를 준비한다. 식탁에 우유와 버터, 잼, 오렌지 주스, 건포도가 들어간 그래놀라, 세 가지 종류의 쿠키를 꺼낸다. 고약한 성격의 여배우인 소피아의 눈엔 설탕의 완전한 승리가 아닐 수 없다. 그녀는 아침에 일어나자마자 음식 냄새를 맡거나 먹는 것, 대화하는 것, 누군가가 자신을 쳐다보는 것을 몹시 싫어하고 늘 정해진 개수의 담배를 피우고 커피 한 잔을 마시고 나서야 비로소 세상에 자신의 존재를 드러낸다. 식탁에서 카테리나의 자리는 버너와 가장 가까운 자리이다. 소피아는 벽에 등을 기댄다. 티셔츠와 팬티 차림으로 의자 끝에 다리를 걸치고 자신을 보호하듯이 가슴까지 무릎을 끌어당긴다. 롬바르디아 중산층의 외동딸은 이모와 자매, 여자 조카와 사촌들이 등장하는 놀라운 이야기를 듣는다. 모두가 나폴리의 한동네에 모여 산다고 했다.

"우리 가족은 꿀벌 가족 같아." 영화계에 입문하기 전에 자연과학을 공부한 카테리나가 말했다. "아니, 양이나 코끼리 가족 같구나. 암컷 포유류는 무리를 지어 다니고 서로를 보호해. 내가 우리 피오렐라 이모가 이모부와 헤어지고 우리 집에 숨어 있었다는 이야기를 했었나? 광분한 이모부가 쫓아와 문을 부숴버리겠다고 위협했어. 무섭다고 말하는 게 아니야, 소피. 웃음이 난다고나 할까. 난 여자들이 없는 집에 사는 건 상상도 할 수 없어. 아마 쓸쓸해 죽어버릴 거야."

소피아가 바라는 이상적인 집은 소행성의 파편조차도 충돌하지 않는 인터스텔라 같은 공간이다. 몇 번째인지 모를 그녀의 이모 이야기를 듣다가 담배를 하나 더 꺼내 불을 붙인 뒤 침묵을 지킨다. 다시 대화를 할 마음이 들었을 때 "나는 고모가 한 명뿐이지만 충분해" 혹은 "몇 시야? 네가 발리우드의 여왕을 부르러 갈래?"라고 말한다.

집을 나서기 전에 아름답고 게으른 여배우, 이레네를 깨워야 한다. 그녀는 어떻게든 잠을 더 자고 싶은 욕구 때문에 언제나 우정의 일부를 놓친다. 이레네는 꽃무늬 잠옷을 입고 머리는 실타래처럼 엉킨 채로 부엌을 지나 욕실로 향하고 카테리나가 정말로 욕실을 써야 한다고 몇 번이나 말하며 문을 두드릴 때까지 나오지 않는다. 그러다 같은 곳에서 붉은 곱슬머리에 짙은 아이라인, 눈동자가 초록색인 집시와 같은 야생의 미를 가진 아름다운 여자가 나온다.

"뭐 좀 먹어." 카테리나가 말한다. "이따가 배고플 거야."

"거울과도 섹스를 하니?" 소피아가 묻는다. "아니면 거울과 진하게 키스라도 하는 거야?"

이레네는 재빨리 쿠키를 집어 들고 과일 주스를 들이키면서 소피아에게 가운데 손가락을 편다.

"스카프." 카테리나가 말한다. "버스 카드. 너희 모두 열쇠 챙겼지?"

머리빗에 엉킨 머리카락과 싱크대의 컵, 욕실 바닥에 던져둔 세탁물, 재떨이에 눌어붙은 담배꽁초를 그대로 두고, 소녀들은 흔적만 남긴 채 학교에 간다.

재잘거리고, 쑥덕쑥덕, 깔깔대며 웃는 여자아이들은 밤이면 가발과 무대 의상을 입고 집으로 들이닥친다. 마치 이탈리아계 미국인 마피아처럼 말하거나 프랑스 사람처럼

혀 짧은 소리를 낸다. 세 사람 중 한 명이 문을 활짝 열어젖히고 쓰러져 죽으면 나머지 두 사람은 무성영화에서처럼 과장되게 절망을 표출한다. 소녀들은 배를 부여잡고 계속해서 과장되게 웃는다. 술에 취해 담배를 피우고, 흥분이나 환각, 무의식과 같은 상태 변화를 연기하면서 부엌으로 간다. 가장 격정적인 가짜 오르가즘을 앞다퉈 연기한다.

어느 날은 졸업을 앞둔 선배 감독을 집에 데려온다. 그는 학교에서 배운 지식과 짐을 잔뜩 들고 왔다. 삼각대에 오래된 아날로그 비디오카메라를 설치하고 벽 앞에 의자를 놓은 다음 말했다. "자, 누가 먼저 할래?"

비디오카메라를 연결한 TV를 켜자 의자에 앉은 이레네의 얼굴이 화면에 나타난다. 이마에서 턱까지만 잘려 나오고 줌인 된 망원렌즈에 의해 두 배로 크게 보인다. 이레네는 화면에 비친 자신의 낯선 모습에 반해 머리를 좌우로 움직이며 유심히 쳐다본다.

감독이 말한다. "표정 연습을 해볼게. 이레네."

"뭘 어떻게 해야 하죠?"

"웃는 것부터 시작하자."

"누구를 보고 웃어요?"

"먼저 내게 사심 없는 미소를 지어봐. 즉석사진 부스에 들어가 있다고 생각해. 사진이 찍히기를 기다리는 거야. 이해됐지?"

"찰칵." 소파에 있던 카테리나가 말한다.

"좋아." 감독이 말한다. "이제 두 살배기 아이가 있다고 생각하고 웃어봐."

"아이고 귀여워라." 소피아가 말한다. "베이비시터를 해도 되겠구나."

"이제 발톱을 드러내는 거야. 유혹하고 싶은 남자 앞에서 어떻게 웃는지 해봐."

"유혹할 때 난 웃지 않아요." 이레네가 주장한다.

"그렇지." 그가 목덜미를 긁적이며 말한다.

잠시 후 소피아의 차례가 되었다. 시작하기 전에 기도를 한다. 숨을 내쉬고 소파에서 일어난다. 그녀가 카메라 렌즈 앞에 앉자 TV 화면이 더욱 선명해지는 것 같다.

"이런." 감독이 말한다.

"무슨 문제 있어요?"

"뭔가 달라. 넌 카메라를 정말 잘 받는구나."

"네, 뭐."

"정말이야. 카메라 속 모습을 보기 전까지 여배우를 평가하면 안 돼. 한번 울어봐."

"우는 이유는 뭐예요?"

"상관없어. 그냥 울어."

"전 **아무 이유 없이 울지** 않아요. 저는 누구예요? 제게 무슨 일이 일어난 거죠? 제 이야기를 알아야 해요."

그러자 감독은 잠시 멈추고 세 여자에게 진지하게 말한다. 우린 **연극**을 하는 게 아니라고, 냉소적인 어조로 말한다. 이 순간의 **감정 이입**은 다른 것이다. 눈부신 조명과 머리 위의 마이크, 수많은 장비 앞에서 해내야 하는 것이다. 연달아 스무 번도 할 수 있어야 한다. **액션**이라는 말이 들리면 몇 번이고 반복할 준비가 되어 있어야 한다.

"네가 어떻게 울음을 쥐어짜든 상관없어." 그가 말을 끝맺는다. "그건 네 문제야. 다만 넌 그걸 서랍에 넣고 있다가 필요할 때마다 꺼낼 줄 알아야 해. 알아들었니?"

"그럭저럭요." 소피아가 대답한다.

"자 그럼 해보자." 감독이 말한다. "할 수 있겠어?"

"네, 그럼요."

"액션."

화면에 비친 소피아는 눈을 감는다. 숨을 참고 눈을 꾹 감는다. 그러고는 숨을 크게 내쉬고 방금 전보다 더욱 메마른 눈을 뜬다. 의자에서 일어나서 말한다. "못 하겠어요. 젠장, 내가 수도꼭지도 아니잖아요. 자유자재로 울 수 있는 다른 사람을 찾아보세요."

그녀는 부엌을 가로질러 방으로 들어간다.

"대체 왜 저러는 거야." 당황한 감독이 묻는다.

"별거 아니에요." 카테리나가 안심시키려 손을 저으며 말한다. "감독님에게 화난 게 아니에요. 원래 저래요. 조금 있으면 괜찮아져요."

"카메라발이 잘 받기는 하더라." 이레네가 질투하며 말한다.

이 집에서 매주 금요일은 헤어지는 날이다. 저녁 식사후 소피아는 털 스웨터를 입고 칫솔과 책 한 권을 가방에챙겨 밀라노행 마지막 기차를 타러 역으로 향한다. "도시가그리워." 다른 아이들이 왜 돈을 들여가면서까지 매주 여행의 고단함을 자처하는지 물으면 소피아는 마치 로마가 시골인 것처럼 대답한다. 이레네는 북부에 남자 친구가 있을거라고 의심의 눈초리를 보낸다. 이레네의 남자 친구는 팔레르모에 있다. 이제는 일말의 죄책감도 없이 그를 배신한지 오래지만 말이다. 주말이 되면 이레네는 카테리나와 함께 쓰는 방을 두고 소피아의 방을 차지하고 이불을 바꾸고향을 피운 다음 애인들 중 한 명에게 전화해 그 방으로 초대한다.

카테리나는 혼자만 소외된 느낌이 들었고 부분적으로차지하고 있던 역할을 빼앗긴 것 같았다. 이레네와 소피아사이에서 이 집의 균형을 유지시키는 버팀목 역할을 해왔는데 이제 와 생각해보니 그녀는 단지 예쁜 여자아이의 뚱뚱한 친구에 불과했다. 카테리나는 일요일마다 혼자 아침을 먹는다. 비스킷에 잼을 바르면서 그녀의 **소피**를 생각한다. 그녀라면 이레네의 사랑에 빠진 웃음소리나 신음 소리를 듣고 무슨 말을 할지 추측해본다. 쓸쓸한 표정으로 자기 방어적인, 날 세운 냉소가 섞인 농담을 할 것이다. 잠시 후 카테리나는 손님에게 커피를 대접한다. 사실은 화장실의 올라간 변기 시트와 찻잔 테두리에 남긴 누런 자국, 성적 욕구 충족, 앉아서 대접받으려는 본능적인 태도 때문에 그를 지독히 싫어하지만 친절을 베푼다. 카테리나는 샘물과 같은 이 집 여자들의 본성을 생각한다. 그녀는 순결함의 수호자이자 연약함의 보호자가 된 느낌이다.

전화벨이 울릴 때 그녀는 상상 속에 빠져 있었다. 낮은 테이블을 확인하지만 수화기는 여느 때와 마찬가지로 있어야 할 자리에 없다. 소파 쿠션 사이에서 수화기를 발견하고 쿠션을 치우고 앉아 전화를 받는다.

"카테." 소피아의 목소리다. "나야."

"소피." 카테리나가 말한다. "마침 네 생각을 하고 있었어."

텔레파시가 통한 것에 대해 카테리나가 몇 마디 덧붙이려 하지만 소피아는 수다를 떨 기분이 아니었다. 소피아는 사무적이고 조급한 어조로 말한다. 카테리나에게 오늘 저녁 집으로 돌아가지 않는다고, 한 주 내내 밀라노에 있어야 할지도 모른다고 말한다.

"무슨 일인데?"

"아빠가 입원하셨어."

"저런. 심각한 일은 아니었으면 좋겠다."

수화기 반대편에서 소피아가 말을 주저한다. 감기 때문에 코를 푼다. 그러고는 마음을 털어놓으려는 건지 부담을 떨쳐내기로 한 건지 단숨에 말한다. "카테, 우리 아빠는 오래전부터 암 투병 중이셨어. 어젯밤에 의식을 잃었고 앞으로 얼마나 버틸 수 있을지 모르겠어."

"뭐라고?" 카테리나가 묻는다. 하지만 소리 없이 입술만 움직인 것이었고 숨이 쉬어지지 않았다. 겨우 목소리를 내어 다시 말한다. "뭐라고?"

"이제 전화 끊어야 해. 미안해. 나중에 자세히 이야기하자. 나 대신 학교에 얘기 좀 해줄 수 있어?"

"당연하지." 카테리나가 로봇처럼 대답한다.

"며칠 뒤에 다시 전화할게, 알겠지?"

"응. 아니, 잠깐만."

"나 가봐야 해, 안녕."

"소피아." 카테리나가 불렀지만 소피아는 전화기를 내려놓은 뒤였다.

1분도 채 안 되는 시간에 이 모든 일이 벌어졌다. 냉장고의 윙윙거리는 소리는 멈추지 않고 수도꼭지 끝에 물방울이 위태롭게 매달려 있는 이 집의 바이오리듬과 상반되는 허무한 순간이었다. 카테리나는 전화기를 손에 들고 벽을 보다가 의문이 생겼다. 넌 어디 있니? 그리고 너와 통화하려면 어디로 전화를 해야 해? 다시 정신이 들기 시작하자 또 다른 질문이 떠올랐다. 필요한 거라도 있어? 누구와 함께 있니? 내가 그리로 갈까? 그러다가 대화 테이프를 되돌렸다. **언제부터야? 몇 년 됐어? 오랫동안 투병 중이셨니?** 우리가 함께 산 지도 벌써 4개월째고 속옷까지 공유하는 사이인데 어떻게 이런 얘기를 한 번도 하지 않았지?

결국 물방울이 싱크대로 떨어지고, 냉장고가 또 한 번 덜커덩 소리를 낸 뒤, 카테리나는 쓰라린 사실을 깨닫는다. 어째서 눈치채지 못한 거야?

정말 바보 같다, 그녀는 생각한다. 멍청한 뚱보 같으니. 넌 주변을 전혀 신경 쓰지 않아. 여자 같지도 않은 쓸데없는 여자야. 카테리나가 케이크를 태우거나 유리잔을 깼을 때 사용하는 화법이다. 자신에게 왕창 욕해준 뒤에 샌드백을 주먹으로 때린 것과 같이 해소된 느낌을 받는다. 전화기를 제자리에 놓아두고 도울 방법을 찾기 위해 이레네를 깨우러 간다.

소피아는 아빠 장례식을 치르고 이틀 뒤인, 한 주 후 토요일에 돌아왔다. 오후 내내 끓고 있던 미트 소스 냄새가 그녀를 맞이한다. 문을 열고 문턱에 잠시 멈춘다. 어깨에 닿는 머리카락과 떠날 때 입고 있던 스웨터. 땀과 흡연실 냄새가 배어 축축해진 털. 소피아는 7일이 아닌 7년간 떠나 있었던 것 같은 기분으로 집 안을 바라본다. 이레네와 카테리나는 그녀를 현관에서 안아주어야 하는 건지 들어올 때까지 기다려야 하는 건지 우물쭈물하고 있다.

"애들아, 욕조에 물 좀 받아줘." 소피아가 가방을 바닥에 떨구며 말한다. 그러고는 욕조의 물이 채워지기를 기다리며 5분간만 누워 있으려다 깊은 잠에 빠져버린다. 아이들은 소피아가 다음 날 아침까지 푹 자도록 그대로 내버려둔다.

그렇게 집의 분위기가 바뀐다. 이제 애도로 가득한 집이 되었고 그로 인해 일반 벽돌보다도 벽이 더 두껍게 느껴진다. 소피아의 슬픔을 달래기 위해 이레네와 카테리나는 가구의 모서리 부분을 스펀지 고무로 모조리 감싸는, 산만한 아이를 둔 부모처럼 행동한다. 카테리나의 스펀지 고무는 관심이자 아마레토 과자로 만든 티라미수이고 그녀의 부드럽고 포근한 몸이다. 이레네의 스펀지 고무는 쓸데없는 것들로 겹겹이 쌓인 층이다. 그녀의 철학에 따르면 절망적일 때 육체적 상태는 침묵을 지키려 드는 법인데 대화를 한다면 진짜 최악은 아니라고 했다.

예전보다 집에서 보내는 시간이 많아졌다. 외출을 제안해도 소피아는 피곤하다, 춥다, 또는 아무도 만나고 싶지 않다고만 대답했다. 친구들과 함께 집에 있는 것이 편했다.

심지어 식욕이 되살아나기 시작했다. "카테리나가 준비한 음식만 먹을게." 그 말이 카테리나를 얼마나 기분 좋게 하는지 상상도 못 할 것이다. 소피아는 엄마와 먹는 걸로 자주 다투곤 했기 때문에 음식에 관해서 늘 고충이 따랐다는 이야기를 했다. 그런데 구역질 나던 음식 냄새가 이제는 그녀의 식욕을 돋우었다.

모두 카테리나가 늘 경험하게 되는 것과 똑같은 즐거움을 느꼈다. 세 사람 모두 소파로 자리를 옮겼고 카테리나는 자신의 허벅지를 베고 누운 소피아를 쓰다듬어주었다. 이레네는 재미있는 이야기를 들려주었다. 그녀가 데이트하는 남자인 오디션 방송 작가에 대한 이야기를 하고 시칠리아에 있는 남자 친구에 대해 불평을 늘어놓았다. 이레네의 남자 친구는 상의 한마디 없이 인도행 티켓을 두 장 끊었고, 이런 사실에 이레네는 행복감보다 새장 안에 갇힌 느낌을 받아서 그와 심하게 다퉜다고 했다.

"왜 그와 헤어지지 않는 거야?" 소피아가 묻는다.

"우린 오래 만났거든." 이레네가 테라코타 파이프를 한 모금 빨아들이면서 말한다. "기분이, 그러니까 친오빠와 남이 되는 느낌이야. 오빠와 어떻게 헤어져?"

"나쁜 년." 소피아가 말한다.

"그럼 넌 뭔데? 나도 모르는 내 정신적 멘토라도 돼?"

"그래, 네 말이 맞아. 오빠를 버리지 마, 아니 결혼해서

아이도 낳아. 나도 마리화나 좀 피워도 돼? 그거 원래 내 거
잖아?"

"내 거, 내 거, 내 거." 이레네가 마지막으로 재빨리 빨
아들인 뒤 소피아에게 파이프를 건네면서 대답한다. "무슨
무정부주의자가 이래."

카테리나는 나이 지긋한 이모들이 티격태격하는 것 같
은 두 사람의 다툼이 마냥 재밌고 웃음이 난다. 소피아를
괴롭히는 힘겨운 생각들을 없애려 그녀의 관자놀이를 손가
락으로 마사지해준다.

"아 좋아." 카테리나와 마리화나, 그리고 불안을 달래
려 먹는 약의 효과를 느끼며 말한다. "연기 말고 이걸 직업
으로 해도 될 것 같아. 네 손이 닿으면 나도 밀가루 반죽이
된 느낌이거든."

소피아는 의식이 사라질 때까지 그렇게 누워 있는다.
대화가 끊기고 손가락 사이에서 담배가 스르르 빠진다. 그
러자 이레네와 카테리나는 서로를 바라보며 웃는다. 차라
리 그게 낫다고, 인생에는 맑은 정신이 아무 쓸모없을 때가
있다고 생각한다. 이레네가 씻으러 간 사이 카테리나는 소
피아를 방으로 데려가 옷을 갈아입히고 침대에 눕힌다. 그
녀 옆에 누워서 잠들 때까지 쓰다듬어준다. 이 집은 버터가
발라지고 밀가루 옷이 입혀졌다. 속을 채우고 덧대고 꿰맨
다. 짚과 깃털로 엮은 둥지가 된다. 납을 입히고 실리콘으

로 봉인한 빈틈없는 집이다. 좋은 것이 새어나갈 틈이 없고 외부의 나쁜 것이 스며들어올 틈도 없다.

그러던 어느 날 아침 봄기운이 만연했다. 늦은 아침 식사 시간에 일어난 일이었다. 이레네는 유통기한이 이틀 지난 요거트를 먹고 있었고 소피아는 힘주어 오렌지 즙을 짜고 있었다. 그러다 갑자기 햇빛이 건물 정면을 비추었고 한 줄기 빛이 부엌 한가운데를 관통했다. 카테리나는 병실에 있는 것처럼 본능적으로 커튼을 닫았다. 반면에 소피아는 달려가 다시 커튼을 열었다. 창문을 활짝 열자 겨울 냄새가 가득한 집 안에 클러스터 소나무와 오토바이의 배기가스, 인근 시장의 과일 향기, 밤사이 축축해진 도로가 햇볕에 말라가는 냄새가 밀려들어왔다.

소피아는 다시 깨어난 것 같았다. 매주 월요일 극단을 찾았다. 힘겨웠던 학교생활이 끝난 후 무대에 대한 갈증을 느꼈다. 로마의 소극장을 돌아다니고 냉장고에 공연 전단지를 붙여놓았다.

연기에 대한 열정과 전투력이 재무장되었다. 이레네와 카테리나는 소피아가 전화 통화를 하며 싸우는 소리를 들었다. 엄마에 관해 고모와 의논하는 것이었다. 장례식 이후 밀라노에 가지 않는 걸로 보아 문제의 핵심을 추측하는 것은 어렵지 않았다.

"그럼 제겐 누가 있어요!" 소피아는 방문 너머에서 소리를 질렀다. 마음 써준 카테리나의 가슴에 비수를 꽂는 말이었다. "저와 함께 살 사람이 어디 있는 줄 아세요?"

"뭐가 이기적이에요. 잘 지내려고 애쓰는 것이 고모 눈엔 이기적인 거예요? 그러면 숨 쉬는 것도 목마를 때 물 한 모금을 마시는 것도 그래요? 고모는 언제나 모든 사람의 인생을 구한다고 하는데, 고모의 인생부터 구하세요."

"그래요, 참 훌륭하세요. 축하해요." 전화를 끊으면서 소리를 질렀다.

그러고는 부엌에 가서 앉아 마음을 가라앉히고 고모에게 그렇게 행동한 것을 후회했다. 카테리나는 소피아의 고모에게 본능적인 동정심을 느꼈고 전화를 걸어 그녀의 특이한 조카에 대해 대화를 하고 싶을 정도였다.

"난 고모에게 많은 빚을 지고 있어." 소피아가 말했다. "그런데 몇 가지 문제에 관해서는 말이 통하지 않아. 고모의 머리는 못을 박아도 될 만큼 딱딱해."

"그건 별로다." 이레네가 손톱을 손질하면서 말했.

"가정을 만들지 않은 건 고모의 선택이야. 오히려 고모는 다른 누구에게도 간섭받지 않으려고 늘 정신 나간 사람처럼 행동했어. 반면에 다른 사람들은 각자의 자리에서 고모를 사랑해야 했지. 양치기 개가 어떤지 알지? 양 한 마리가 옆으로 이탈하기라도 하면 개는 주위를 빙빙 돌면서 무리 안으로 들어갈 때까지 짖어대. 마르타 고모가 꼭 그래. 행복한 가정을 꾸리든 불행한 가정을 꾸리든 중요하지 않아. 어차피 어디로 튈지 모르는 내가 있잖아."

"어쩌면 고모에겐 가족이 필요한 걸지도 몰라." 카테리나가 말했다.

"뭐라고?"

"가족 말이야."

"우리 고모한테? 그건 절대 아니야. 남편은 더더욱 아니고. 방한모를 쓴 사파티스타 민족해방군이라면 모를까."

그 후 소피아는 길거리 공연을 알게 되고 푹 빠졌다. 그녀는 로마 끝에 있는 소셜 센터에 위치한 한 회사에 들어갔다. 소피아에게 이 집은 단지 먹고 자기 위한 곳이었고 카테리나는 주말 내내 이 집에서 대청소를 하며 보냈다. 스웨터와 신발, 베레모가 좀먹지 않도록 좀약을 넣어 따로 보관해두었다. 소파를 옮기고 커튼을 떼서 모조리 세탁소에 가져갔다. 게다가 냉동고의 성에까지 없애려고 했다.

소피아는 변화조차 알아차리지 못했다. 이틀간 집을 비운 뒤 일요일 저녁에야 모습을 드러냈다. 외박을 하고도 전화 한 통 해줄 생각조차 하지 않았다.

"너희, **길**의 반대말이 뭔지 알아?" 식탁에서 프라이팬에 데운 스파게티를 깨작거리며 소피아가 물었다. 그녀는 회사와 함께 작업하는 공연에 푹 빠졌다.

"몰라, 광장?" 이레네가 대답했다.

"아니, **집**이야. 생각해봐. 집은 세상을 오직 두 개의 공간으로 나눠. **안**과 **밖**. 네가 집 안에 있으면 넌 밖에 있는 것이 아니고, 또 그 반대도 마찬가지야. 하지만 어쩔 수 없다면? 우리는 우리를 계속해서 가둬두는 삶을 살 수밖에 없는 걸까?"

"글쎄, 억지로 자신을 가둘 필요는 없어." 카테리나가 조바심을 내며 끼어들었다. "그냥 거기에 사는 걸 수도 있잖아, 내 말이 틀려?"

"그래, 맞아. **집, 옷, 습관**. 이 모든 것이 우리 곁을 지키는 보호막이야."

카테리나가 코웃음을 치며 "그건 안 먹을 거니?" 포기한 듯 물었다.

"배가 터질 것 같아." 소피아가 말했다. "카테, 음식 정말 맛있어, 진짜로."

식탁을 정리할 때 비로소 카테리나는 소피아가 30분 동안 스파게티를 잘게 부숴서 여기저기 흩뜨려놓기만 했다는 것을 알게 되었다. 오랜 연습으로 소피아에게 밥을 먹은 것처럼 보이게 하는 기술이 생겼다고 생각했다. 카테리나가 속상한 건 음식이나 속인 것 때문이 아니라 그녀 역시도 적이 되어버린 것 같아서였다. 자신이 무슨 짓을 했기에 이러는지 궁금했다. 네게 밥을 차려주는 것도 이번이 마지막

이야. 소피아가 남긴 음식을 쓰레기통에 버리면서 카테리
나는 생각했다.

겨울이 끝나가는 것을 축하하기 위해 그녀들은 바다를
테마로 한 파티를 기획했다. 오후 내내 산토칸의 딸(이레
네), 흰 돌고래(카테리나), 무인도의 로빈슨(소피아) 분장
을 했다. 벽에 랜턴을 걸고 종이 물고기와 무성한 수생 식
물을 매달았다. 그리고 손님이 하나둘 도착하기 시작했다.
선원, 인어공주, 뽀빠이, 지느러미와 스노클을 장착한 스쿠
버 다이버, 메두사, 타이타닉의 두 생존자. 그들은 발코니에
서 재배한 민트로 만든 모히토를 마시고 쿠바 음악에 맞춰
레게 춤을 췄다.

저녁 내내 카테리나는 소피아의 시선을 따라간다. 멀
리서 다른 사람과 대화하고 음료를 따르는 동안에도. 카테
리나의 눈은 이렇게 말했다. 괜찮니? 내가 필요하면 난 여
기 있어. 하지만 소피아의 눈은 마지못해 대답했다. 그녀는
극단 친구들이 도착할 때까지 우두커니 있다가 친구들을
챙기고 조금씩 웃기 시작했다. 한 친구는 히피 수영복 차림
으로 왔다. 긴 머리에 샤워 가운, 고무 슬리퍼를 신고 목에
는 진주 목걸이를 했다. 자정쯤 되어서 카테리나는 그와 소
피아가 소파에 바짝 붙어 있는 것을 보았다. 단번에 알 수
있었다. 그는 소피아에게 담배를 건네주었고 그녀는 웃었

다. 그는 팔로 소피아의 어깨를 감쌌다. 카테리나는 소피아가 연극에 열정적인 이유를 이제야 깨달았다. 예상했던 대로 소피아는 그녀와 다른 사람이었다.

카테리나는 그런 소피아를 보고 싶지 않아 빈 잔을 정리했다. 그러면서 생각했다. 어쩌면 내가 잘못 봤을 거야. 그녀는 뒤를 돌아 춤추는 사람들 사이로 소피아와 그 남자가 격정적으로 키스하는 장면을 목격했다. 그들은 소파에 누워 있었다. 남자는 모히토를 쏟지 않으려고 잔을 공중에 들고 있었고 소피아는 그의 몸에 올라타 있었다. 마치 프리스타일 레슬링으로 그를 눕힌 것처럼. 그녀의 뺨에는 그을린 코르크 마개 자국이 나 있었고 너덜너덜한 셔츠에 무릎까지 자른 청바지를 입고 맨발이었다. 발가락이 길고 푸른 핏줄이 선명하게 보이는 소피아의 날씬한 다리는 스타킹은 물론 신발, 질서와 규율을 질색했다. 키스를 할 때 오그라드는 발가락이 카테리나가 마지막으로 주시한 것이었고, 그 뒤로 그녀는 탁자에 앉아 파스타 소쿠리를 바라보았다. 카테리나의 할머니가 로마에 오셨을 때 선물한 소쿠리였다. 네게 남은 건 이거 하나구나, 라고 생각했다. 기술이 발전해서 무용지물이 된 도구처럼 아무짝에 쓸모없는 사랑. 벽에 걸어 놓기밖에 할 게 없는 것. 이게 네가 할 수 있는 전부야.

그러다 노래 한 곡이 끝나고 새로운 노래가 시작되고

카테리나는 누군가 그녀의 팔을 잡아당기는 걸 느꼈다. 어느 순간 소피아가 그녀 앞에 나타나 이렇게 말했다. "카테, 이 노래에는 함께 춤을 춰야 해." 몇 년 전 나온 앨비스 프레슬리의 〈그대와 사랑에 빠지지 않을 수가 없네I Can't Help Falling in Love with You〉의 레게 버전이었다. 카테리나는 원래 춤을 추지 않지만 오늘 밤엔 거절할 수 없지 않은가? 그들의 마지막 공연이었다. 시트에 싸인 그녀를 작살 같은 십여 개의 포크가 찔렀다. 그들은 바다 한가운데에서 길을 잃은 조난자와 흰 고래였다. 카테리나는 머리 위로 손을 올리고 주위에 아무도 없다고 생각하고 노래를 불렀다. "현명한 사람들은 말하지, 어리석은 사람만이 서두른다고, 하지만 나는 그대를 사랑하지 않을 수 없어요."

그날 밤, 파티가 끝나고 소피아가 방에서 나왔다. 바닥에 떨어진 쿠션을 뛰어 넘고 소파에 쓰러진 술 취한 사람을 살짝 스쳤다. 부엌에서 컵을 가져온다. 불은 켜지 않는다. 어둠 속에서 기억에 의지해 무리 없이 집 안을 돌아다닌다. 욕실에서 약이 든 서랍을 열어 작은 약병을 꺼내 컵에 조금 따른 뒤 물을 채우고 단숨에 들이켰다. 컵을 수돗물로 헹구고 거기에 그대로 둔다. 욕실을 나가려던 차에 거울에 비친 움직임을 마주하고 머뭇거린다. 스위치를 향해 손을 뻗는다. 누른다. 어둠이 빛으로 확 바뀌고 그녀의 두 눈동자는

굴 밖으로 나갔다가 놀란 두 마리의 야생동물처럼 반사적으로 수축한다.

"울어." 거울에 비친 자신에게 명령한다.

"어서, 울어봐."

"단 한 번도 마음대로 울지도 못하는 네가 무슨 배우야?"

하지만 거울에 비친 여자는 단 한 방울의 눈물도 흘리지 못한다. 가만히 자신을 바라보는 그녀의 눈은 건조하기 이를 데 없다.

"됐어, 그만 둬." 소피아는 이렇게 말하고 불을 끄고 원래의 자리로 돌아간다.

마법에 관하여

9월의 호수에는 독일 관광객들과 웨이터들, 농어와 송어를 잡으려는 낚시꾼들 외에 아무도 없었다. 요트는 호수를 가로질러 스위스 해안을 향해 가고 있었다. 로베르토 무라토레는 세상을 떠나기 8년 몇 개월 전, 바위 위에 앉아 신문을 읽는 척하면서 딸을 유심히 지켜보고 있었다. 소피아는 수온을 확인해보려는 듯이 발끝으로 수면을 건드렸다. 차가웠다. 뒷모습에서도 냉기가 느껴졌다. 소피아는 팔을 양옆으로 쭉 뻗었고 후드 티의 소매를 잡고 주먹을 꽉 쥐었다. 물어뜯는 습관 때문에 소매 끝은 전부 해졌다. 엄지발가락으로 물에 흔적을 남기지만 이내 사라져버린다. 소피아가 말했다. "무슨 일이에요, 헤어지셨어요?"

"잘 안 들리는구나." 로베르토가 말했다. 입 안에서 위산이 올라오는 게 느껴졌다. 조금 전에 있었던 다툼 때문에 예민한 상태였다. 화가 난 로사나는 급히 짐을 챙겨 역으로 가버렸다. 그리고 이틀째 미뤄둔 전화 통화 때문에 예민한 것이기도 했다. "얼굴을 안 보고 말하는 사람과는 대화를 안 한단다."

소피아는 아빠를 보았다. 다치지 않게 조심스레 돌 위를 걸어 아빠에게 갔다. 그녀의 다리는 하얗고 무척 가늘며 무릎은 대나무 마디 같았다.

"뭘 읽고 계세요?" 소피아가 물었다.

"정치." 로베르토가 대답했다. "별 내용은 없어."

놀랍게도 소비에트 연방이 붕괴되기 직전이었다. 발트해 연안의 공화국은 모스크바가 손쓸 새도 없이 하나둘씩 독립을 선언했다. 그날 아침 이와 비슷하게 로베르토의 위 내부 점막에서 세포가 반란을 일으켰고 **반지 모양**의 비정상적인 형태로 면역 체계에 저항하고 있었다. 소피아의 얼굴이 신문 위로 불쑥 나타났을 때, 로베르토는 불과 몇 년 전 빌리우스와 탈린으로 돌격했던 탱크를 생각하고 있었다. 소피아는 로베르토가 화가 난 건지 아니면 다른 무엇이 있는 건지 살펴보았다. 그는 애써 나긋나긋한 목소리로 말했다. "수영하고 싶다고 하지 않았니?"

소피아는 대답 대신 그의 가슴으로 한 손을 쭉 뻗었다. 털은 부드럽고 숱이 많았다. 이전에 소피아가 자신의 맨몸을 본 적이 없었는지 로베르토는 기억이 가물가물했다. 털을 만지작거리는 소피아의 검지가 로베르토를 당황케 했고, 이뿐 아니라 열세 살 된 딸아이의 모든 것이 당혹스러웠다. 한때는 궁금한 것을 참지 못하고 무조건 만지려 들던 어린아이였는데 어느 순간 자신의 능력을 잘 아는 여자가 되어 있었다.

"그만." 소피아의 손을 피하면서 말했다.

"그래서, 두 분 헤어지셨어요?"

"무슨 소리를 하는 거니." 로베르토가 대답했다. "항상 그렇게 비극적으로 생각하지 마."

"제가 비극적이라고요?" 소피아가 물었다.

로베르토가 코로 한숨을 내뿜었다. 보던 신문을 그대로 바닥에 펼쳐서 내려놓았다. 그가 말했다. "너는 구름이 언제나 폭풍을 몰고 온다고 생각하는구나. 그 후드 티가 없으면 집 밖에도 못 나가지. 뭔지는 모르겠지만 그 티셔츠가 널 지켜준다고 생각하니까. 그리고 네가 악몽을 꾸면 그건 누구나 꾸는 평범한 악몽이 아닌 하늘의 징조겠지."

"하늘의 징조라고 하지 않았어요." 소피아가 대답했다. 어쨌든 소피아는 아빠의 몸에 대해 새로운 발견을 하긴 했다. 첫날에는 자신의 피부처럼 하얀 우유 빛깔이었는데 이제는 전부 붉게 변했다. 하지만 손가락 끝으로 눌렀다 떼면 잠깐이지만 하얗게 변했다.

"뭐가 어찌 됐든." 로베르토가 말했다. "네 엄마는 무척 지쳤단다. 편히 쉬지 못하고 더 지쳐가기만 한다면 그게 무슨 휴가겠니? 그리고 나와 며칠 같이 보내는 게 그렇게 별로니?"

소피아가 태어난 이후로 두 사람은 떨어져 지낸 적이 없었다.

"별로라는 게 아니에요." 소피아가 말했다. "사실은 너무 좋아요." 그에게 엷은 미소를 지어 보였고 손가락으로 쇄골을 살짝 스치자 어느덧 스물다섯 살이 되었다.

소피아 가족은 이틀 전에 호수로 휴가를 왔다. 로베르토의 생각이었다. 그는 막 엠마와 함께 떠난 출장에서 돌아왔고 감정적인 관계를 지레와 무게, 평형추의 원리로 보는 경향이 있었다. 가족과 함께 휴가를 다녀왔으니 감정의 무게중심은 이제 다시 공평한 균형을 이룰 것이다. 자동차에서 그는 아내와 딸에게 화산 호수와 고산 호수의 차이점에 대해 설명했다. 아무도 귀를 기울이지 않는다는 것도 모른 채. 소피아는 워크맨 헤드폰을 후드로 가리고 있었다. 로사나는 창밖을 보며 빙하기의 풍경을 상상하고 있었다. 해류와 압력, 저지대의 평원과 위쪽의 산, 엄청난 양의 냉수, 그리고 알 수 없는 요인들로 인해 호수에는 늘 바람이 불었다. 요트가 있었다. 한 가지 확실한 점은 수영복은 가방에 그대로 있었고 오기 전부터 이곳이 싫었던 것은 세 번째나 네 번째 이유 때문이었다.

다섯 번째 이유는 숙소 때문이었다. 로베르토가 약속했던 테라스와 꽃이 있는 하얀 집이 아닌 6개월 전에 어느 노파가 죽은 아파트였다. 슬픔을 가누지 못하는 홀아비 분위기가 느껴지는 예순 살의 총각이자 죽은 노파의 아들이 현관에 나와 복도를 따라 그들을 안내했다. 부엌과 다이닝 룸, 침실, 게스트 룸을 보여주었다. 복도 끝에는 방이 하나 더 있었는데 그 앞에서 남자가 말했다. "방이 매우 지저분해요, 이해해주세요." 그는 열쇠로 방문을 잠그고 그 열쇠를 주머니에 넣은 뒤 욕실로 향했다. 맨 뒤에 있던 소피아는 복도에 걸린 빛바랜 사진 한 장을 보았다. 아버지와 어머니가 맨 앞줄에 앉아 있고 여섯 명의 자녀가 그들 옆에 서 있는 가족사진이었다. 그 노파는 어머니일 것이다. 그런데 모자나 옷차림, 사진의 상태를 생각하면 어머니 이전 세대일 수도 있을 것 같았다. 그렇다면 그 죽은 노파는 부모 옆에 있는 딸들 중 한 명일 것이다. 소피아는 그녀가 누구인지 알고 싶었다. "좋아요." 로베르토의 말이 들렸다. 그는 수표에 서명하고 아파트 열쇠를 받았다.

그날 밤 로사나는 잠을 이룰 수 없었다. 어느 순간 벽지 때문이라고 확신했다. 두껍고 축축하고 곰팡이가 낀, 노인들의 집에서 나는 특유의 냄새가 밴 벽지. 그녀는 일어나서 냄새를 맡아보았다. 양배추와 양파 수프와 요강에서 나는 코를 찌르는 소변 냄새, 어린 시절 오랫동안 씻지 않은 몸 냄새가 났다. 잠자리로 돌아가면서 그 노파가 바로 이 자리에서 죽었을 것이고 기나긴 죽음과의 사투가 있었으리라는 확신이 들었다. 로베르토에게는 말하지 않기로 결심했다. 그건 소름 끼치는 생각이며 소피아가 겁을 먹을 거라고 말할 게 뻔했다.

실제로 다음 날 아침, 잠에서 깬 소피아가 아침 식사 테이블에 앉아 입을 떡 벌리고 거침없는 하품을 하며 이 집에는 귀신이 들끓는다고 말했다. 그녀는 귀신이라고 부르지 않았다. **평온하지 못한 영혼**이라 불렀다.

"뭐라고?" 밤을 꼬박 새워 정신이 몽롱한 로사나가 물었다.

"꿈을 꿨어요. 시그널을 받았어요."

그 당시 소피아는 마녀에 집착했다. 종교재판에 관한 역사소설이나 에세이를 읽었다. 백마법과 흑마법, 화형당한 여자들과 중세 교회의 잔혹함에 대해 이야기했다. 로베르토는 그저 소피아가 하고 싶은 대로 내버려두었고, 소피아가 원하는 책을 사주었다. 어느 토요일 그는 소피아를 데리고 고문 박물관을 방문했다. 그의 눈에는 모든 것이 페미

니즘에 관한 모호한 암시 같았다. 마녀 대 사제, 화형당한 젊은 여자들 대 늙은 섹스 중독자들. 사춘기 딸이 있다면 반드시 거치게 되는 단계였다.

"어째서 꿈에 대해 이야기해주지 않니?" 그가 물었다.

"꿈이 기억나지 않거든요. 시작과 끝이 있는 이야기 형식의 꿈을 꾸지는 않아요. 여러 가지 느낌과 비슷하다고 생각하면 돼요."

"기억을 되살려보는 게 나을 거야." 로베르토가 말했다. "악몽은 이야기하고 나면 덜 무섭거든."

"무섭지는 않아요." 소피아가 말했다. 그녀는 주술사 같은 태도를 보였다. 죽은 사람과 의사소통을 하는 것은 선물인 동시에 평생을 그렇게 살아가야 하는 벌을 받는 것이라고 했다.

"**낫다**는 게 무슨 뜻이에요?" 로사나가 어두운 우물에서 모습을 드러냈다. "이제 정신과 박사라도 되었나 봐요? 악몽을 없애고 모든 사람을 행복하게 만드는 힘이라도 생긴 거예요?"

로베르토가 놀라서 돌아보았다. 그녀가 이렇게 흥분하는지 눈치채지 못했다. 로사나의 눈은 빨갛게 부어올랐고 얼마 후 경추의 상태가 악화되었다. 다시 침대로 돌아가 낮잠용 안대를 쓴 그녀는 로베르토에게 약국에 가서 진통제를 사다달라고 했다. 시내에 나가니 휴가철이라 문을 닫은 상점들이 많았다. 독일인 여행객들만 수영을 했는데 그건 그들의 원칙주의적인 성향 때문인 것 같았다. 그는 숙박 사무실에 들러 배 운행 시각과 섬에 대한 문의를 했다.

집안 상황에 있어서 자신은 문제가 없다고 생각했다. 아내와 딸 사이에 뭔가 일이 벌어지고 있었다. 한때 두 사람의 친밀함을 질투했던 적도 있었는데 지금은 자신이 배제되어 하늘에 감사할 정도였다. 두 여자는 동료에서 적이 되었고 상대의 모든 약점을 알고 잔인하게 상처 주는 방법을 알았다. 잠시 동안 친구로 돌아간 적이 있었는데, 그때는 엄마와 딸이라기보다 쌍둥이 자매라고 해도 될 정도였다. 똑같은 말을 좋아했고 똑같은 제스처를 취했다. 언젠가 로사나가 자신과 소피아가 연결되어 있다고 말했을 때 로베르토는 그녀가 임신 중이었을 때 했던 대화가 떠올랐다. 그 당시를 생각하니 소름이 돋아 깊이 생각하지 않기로 했다.

둘째 날 밤도 마찬가지였다. 로사나는 잠을 이루지 못했다. 다음 날 아침 소피아는 귀신 이야기를 또 꺼냈다.

"그만하렴." 로베르토가 말했다.

"맙소사, 다른 사람들도 성인들과 대화를 하잖아요? 기도 뭐 그런 걸로요. 그것도 죽은 사람과 대화하는 거 아니에요?"

"소피아, 아빠 화날 것 같아." 로베르토가 말했다.

로사나는 고개를 저었다. 그녀는 한 손으로 눈을 가리

고 있었고 다른 손으로는 들고 있던 찻잔을 내려놓았다. 경추증 때문에 구역질도 났다. 집으로 데려다달라고 다시 한 번 로베르토에게 애원했지만 그는 조금만 참고 휴식을 취하라고, 따뜻하게 누워 있는 것보다 좋은 약은 없다고 말했다. 소용없었다. 전부 그의 마음대로였다. 로사나는 자제력을 잃고 마시던 차를 싱크대에 쏟아부으며 그곳이 구역질나도록 싫고 더는 있고 싶지 않다고 소리를 질렀다. 가방을 챙겨 기차역까지 데려다달라고 말했다.

"도망치는 건 아무런 도움이 안 돼요." 매일 벌어지는 전투의 승리자 소피아가 말했다.

그날 저녁 로베르토는 식품점에 갔다. 프로세코 와인 한 병과 오븐에 구운 감자를 곁들인 농어살 2인분을 사고 공중전화에서 엠마에게 전화를 했다. 그녀는 간통법에 대해 누구보다 잘 알고 있었기 때문에 분통이 치밀었다. 한 사람이 기운 넘치고 여유로우면 다른 사람도 활기차고 여유로웠다. 하지만 일이 잘 풀리지 않을 때는 사방에서 돌풍이 불어온다. 엠마는 그렇게 사라졌다 나타난 그에게 화가 머리끝까지 났다. 그녀에게 말 한 마디 없이 휴가를 가고 이틀 동안 연락이 없었다. 이해시키려 해도 소용없었다. 그녀는 이미 그에게 똑같이 갚아주기로 결심한 상태였다. 여자들 몸속에는 돌처럼 딱딱한 씨가 있고 자존심에 상처 입는 것만큼 복수심을 불태우는 것은 없었다.

　로베르토는 장바구니를 챙겨 전화박스를 나와 숙소로 향했다. 호숫가를 지나면서 물고기에도 무관심한 채 장시간 가만히 있는 낚시꾼들이 부러웠다. 현관문을 열자 어두운 복도에서 열쇠 구멍으로 닫힌 방 안을 훔쳐보는 소피아가 보였다.

　"뭐 하니?" 그가 물었다.

　"여기 보세요." 소피아가 말했다.

　"있지, 소피아? 아빠 정말 피곤해."

　"제발요, 부탁이에요. 이건 꼭 봐야 돼요."

　로베르토는 코로 한숨을 내쉬었고 무릎에 손을 얹고 왼쪽 눈으로 들여다보기 위해 오른쪽 눈을 감고 몸을 숙였다. 잠시 후 자세히 보려고 이마를 열쇠 구멍에 바짝 가져다 댔다. 뭔가 있었다. 소피아는 그걸 첫째 날 밤에 발견했다. 화장실에 가려고 일어났을 때 굳게 닫힌 방에서 소리가 들렸던 것이다.

　"이게 귀신일 거라는 거니?" 로베르토가 몸을 일으키며 물었다.

　"아니면 뭔데요?"

　"다른 것일 수도 있지. 분명한 이유가 있을 거야."

　하지만 생각나는 게 없었다. 그는 다시 몸을 숙여 들여다보았다. 뭔가 부드럽고 선명한 형체가 간신히 감지할 수 있을 정도로 방 안에서 움직이고 있었다. 엷은 노란색 빛이 그것들을 비추고 있었다. 집주인이 그 방에 들어갔을 때의 표정이 떠올랐다. 그리고 그가 자신의 엄마에 대해 이야기할 때, 로베르토는 그가 아들이 아닌 남편인 것 같다는 생각을 했었다.

로베르토는 부엌에 가서 끝이 뭉툭한 나이프를 가지고 왔다. 문손잡이를 분리했고 열쇠 구멍 판도 떼어냈다. 다 떼어내고 나니 헛수고였다는 것을 알게 됐다. 당연하게도 기계장치는 내부에 있었다. 자동차 엔진이라면 눈감고도 구조를 파악할 수 있는 그였지만 이런 잠금장치를 푸는 건 쉽지 않았다.

"머리핀 필요하세요?" 소피아가 물었다.

로베르토는 차분하게 생각하더니 문과 바닥 사이에 칼을 두어 개 끼워 넣었다. 이제 들어 올릴 수 있을 만큼 작은 틈이 생겼다. 조금 더 틈을 벌려 손가락이 드나들 정도가 되었다. 그는 머리를 써서 안 될 때 거칠게 힘을 쓰면 해결되는 일을 좋아했다. 틈에 손가락을 넣고 역도 선수처럼 문을 위로 들어 올리자, 경첩들이 삐걱 소리를 내더니 문이 쿵하고 바닥으로 곤두박질쳤다.

"맙소사." 소피아가 말했다. 방 안의 벽을 더듬어 스위치를 찾아냈다. 영화관에 불이 켜질 때처럼, 눈을 찡그리면 마법은 순식간에 사라진다. 소피아의 귀신들은 시트에 덮인 가구들이었다. 창문의 셔터는 닫혀 있었지만 유리창은 열려 있었고, 그래서 바람이 들어온 모양이었다. 바람이 불어 시트가 날리고 가로등 불빛이 셔터 사이로 새어 들어와 비스듬히 방 안을 비추었다. 그렇게 된 것이었다.

소피아는 실망했다. 반면에 로베르토는 문을 복구시킬 방법을 생각했다. 어딘가 망가졌을까 봐 겁났지만 경첩이 멀쩡하다면 붙여놓을 수 있을 것 같았다. 그리고 집주인이 눈치채지 않기를 바라는 수밖에. 그는 그날의 문제들로 약간 지쳤다. 소피아 때문에도 마음이 편치 않았다. 실망한 아이를 보니 안타까웠다. 그래서 시트의 귀퉁이를 잡고 자신의 몸 쪽으로 잡아당기며 경매사의 어투로 1960년대의 귀중한 소파라고 외쳤다. 소피아가 웃었다. 시트 하나가 벗겨졌고 하나를 더 벗기니 소파와 세트인 의자 두 개가 나왔다. 그들은 하나씩 응접실의 베일을 벗겨냈다. 낮은 마호가니 탁자, 유리 진열장, 술과 레코드플레이어가 놓인 코너 선반, 그 옆에는 브라이어 뿌리로 만든 커다란 서랍장이 있었다. 왕년에 잘나가던 음악가들인 프랭크 시나트라, 에디트 피아프, 도메니코 모두뇨, 엘라 피츠제럴드의 음반 컬렉션이 있었다. 코너 선반에 있는 병 몇 개는 밑바닥을 드러내고 있었다. 한 병은 천일홍의 붉은 색상을 띠었고 걸쭉한 시럽 같았다.

"라즈베리 주스예요." 소피아가 냄새를 맡으며 말했다.

"블랙커런트란다." 로베르토가 바로잡았다. "크렘 드 카시스 술이야."

그는 음반을 하나 골라 레코드판에 올리고 부엌에 가서 방금 전 사온 프로세코 와인 병을 땄다. 한 잔에는 카시스 한 방울과 물을 많이 넣고 또 다른 잔에는 카시스와 프로세코를 섞었다. 그는 몰랐지만 그에겐 이제 파티에서 건배를 할 기회가 얼마 남아 있지 않았다. 이미 위 속에서 반란을 일으키는 세포가 생성되기 시작했고 하나가 두 개가 되고 그 두 개는 네 개로 증식하려 하고 있었다.

"신사숙녀 여러분, 여기 키르 로얄이 있습니다." 어차피 키르 로얄을 마실 사람은 그였지만 이렇게 말했다. 그는 대형 호텔의 총괄 매니저라도 된 듯이 의자를 가져와 소피아를 앉혔다. 소피아는 도도하게 의자에 앉았다. 에디트 피아프는 〈언젠가의 두 연인 *Les amants d'un jour*〉을 노래하기 시작했다. 창문을 통해 좋은 숲 향기가 날아 들어왔고 와인은 적당히 시원했고 크렘 드 카시스의 풍부한 당도는 프로세코의 산도와 잘 어울려 부드럽고 깊은 맛을 느끼게 해주었다. 죽음을 앞둔 로베르토는 자신이 복잡한 여자들 사이에 있는 단순한 남자라고 확신했다. 그는 사소한 것에도 행복을 느끼는 사람이었다. 잔을 내려놓으면서 탁자의 표면을 어루만졌다. 마호가니는 방금 왁스를 바른 것처럼 부드럽고 반짝였다.

구해야 할
것들

어느덧 아무도 그녀를 신경 쓰지 않게 됐을 때 로사나 무라토레는 집의 지하실을 침수시켰다. 소방차는 사이렌 소리를 끄고 엄숙하고 쓸쓸히 6월의 정원을 지나 마을을 가로질러갔다. 소방차는 라고벨로의 엄마들을 창가로 불러들이고 새 잔디에 나쁜 기억과도 같은 두 개의 깊은 홈을 남겼다. 로사나는 대문 앞에서 기다리고 있었다. 낮에 밖을 나온 건 오랜만이었지만 정신 나간 사람처럼 보이지는 않았다. 긴 머리를 한데 묶고 고무장화에, 예전에 정원을 손질할 때 입곤 했던 체크 셔츠를 입고 있었다. 남자 같은 옷차림과 홀쭉한 엉덩이, 반짝반짝 빛나는 갈색 머리카락 때문에 노화를 피해간 여자 같았다. 소방대장이 그녀를 따라 안으로 들어갔고 나머지 네 명의 소방관들은 소방차에서 내려 폐허와 다름없는 건물을 둘러보았다. 닫힌 창문 셔터, 듬성듬성 보이는 누렇게 바랜 잔디, 비어 있는 개집, 나무 에서 떨어져 바닥에 썩어가는 체리가 보였다. 소방관들은 집을 반쯤 둘러보고 지하실 창가에 모였다. 그중 한명은 흡 입 노즐을 펼치기 위해 되돌아갔다. 노즐을 아래로 내리고 얼마 지나지 않아 소방차에서 물이 세차게 쏟아져 나왔고 그 물은 길을 따라 흘러 맨홀을 가득 메우고 눈에 띄게 불 어나는 물웅덩이를 형성하면서 들판으로 흘러들어갔다.

브루노의 엄마는 소방관들이 떠나는 소리가 들리자 창 가에 모습을 드러냈다. 로사나 무라토레는 셔츠 소매를 돌 돌 말아 걷어붙이고 지하실과 정원을 이리저리 왔다 갔다 하며 젖은 물건을 햇볕에 말리려고 밖으로 꺼내놓고 있었 다. 무라토레 씨가 위암으로 몇 년 전 세상을 떠났지만 아 직까지도 라고벨로 사람들은 그녀를 **무라토레 부인**이라고 불렀고, 로베르토가 죽기 훨씬 전에 소피아가 집을 나갔는 데도 아이들은 그녀를 **소피아 엄마**라고 불렀다. 당연한 일 이었다. 그녀를 로사나라고 부르는 몇 안 되는 사람들조차 도 두 가지 잘못을 용서하지 않았다. 딸을 제대로 가르치지 못한 점, 남편을 잘 보살피지 못한 점. 지금 침수 피해를 해 결하는 방식만 봐도 애쓰지 않는 것이 보였다. 물을 먹어

이제 100킬로그램은 족히 나갈 것 같은 쿠션이 든 안락의
자 두 개와 양모 매트리스를 밖으로 끄집어냈다. 지하실을
나오다 큰 상자가 터져서 물에 흠뻑 젖은 책 무더기가 잔
디밭에 널브러져 있었다. 로사나는 어찌할 바를 몰라서 멀
뚱멀뚱 보고만 있었다. 브루노의 엄마는 중학교에서 이탈
리아어를 가르쳤다. 그 모습을 보고 더 이상 지켜볼 수만은
없어 브루노에게 도와주라고 하려고 했다.

　　브루노는 아직 침대에 누워 있었지만 잠을 자는 건 아
니었다. 이불 속에서 프랑스인 여자 친구 가일과 크루아 루
스에 있는 친구들을 생각하는 중이었다. 리옹에서 1년간 공
부를 하고 다양한 것들을 배우는 동안 인생의 많은 것들이
바뀐 것 같았다. 하지만 공부를 마치고 라고벨로의 조그만
마을로 돌아오자 그때의 감정은 빠르게 사라졌다. 청바지
를 부츠에 꽂아 넣고 가일의 체취가 아직 가시지 않은 채로
외국어처럼 스피커에서 흘러나오던 이탈리아어를 들으며
기차에서 내렸던 날, 이렇게 금방 적응하게 될 줄은 꿈에도
몰랐다. 반면에 가일은 그걸 예상했다. 그녀는 그의 마음이
바뀔 거라는 것을 알았다. 이제 리옹, 오래된 마을의 계단,
여자 친구의 몸과 그녀와 함께하던 자신은 어느덧 꿈속의
이야기 같았고 이 모든 것들을 다시 현실로 받아들이기 위
해서는 힘든 의식이 필요했다. 전날 밤 브루노는 차고에 있
는 아빠 차 안에서 라디오로 누아르 데지르의 음악을 듣고

프랑스 담배를 피우고 자동차 백미러를 보며 퉁명스런 윙크를 날렸다. 골루아즈 담배 로고 아래에는 '**언제나 자유롭게**'라고 쓰여 있었다. 마치 그것은 고운 모래를 손에 쥐려고 안간힘을 쓰지만 손가락 사이로 조금씩 흘러나오는 모래알들을 바라보는 것과 같았다.

문손잡이가 내려갔다. 엄마의 머리가 안으로 쑥 들어왔다. "얘야, 일어났니?" 엄마는 조심스럽고 친절하게 아들을 대했다. 2주 전 기차역에서 아들을 마주하고 무척 놀란 엄만 지금은 아들 역할로 돌아온 그를 이해하려고 노력 중이었다.

"노크 좀 하시면 안 돼요?" 브루노가 말했다. "아시잖아요."

엄마는 프라이버시를 중요하게 생각하지 않았다. 그러다 이불 속의 아들이 알몸이라는 것을 눈치챘다. 리옹에 있을 때 생긴 안 좋은 습관 중의 하나였다. 매일 그녀는 새로운 사실을 알게 되었다.

"9시란다." 그녀가 말했다.

"좋은 소식이네요." 브루노가 말했다.

"커피를 끓여놨어. 네가 일어나면 부탁할 게 하나 있어. 엄마 부탁 들어줄 거지?"

다른 엄마들도 같은 생각을 했고 돌아가며 전화가 왔

다. 그렇게 해서 여섯 명이 무라토레의 집에 모였다. 모두 열네 살에서 열여덟 살 사이의 사내아이들이었고 방학을 맞은 라고벨로의 혈기 왕성한 아이들이었다. 대문 앞에서 그들은 작은 목소리로 불평하며 신발 밑바닥으로 자갈을 툭툭 걷어찼다.

"친절하기도 해라." 소피아의 엄마가 말했다. "내가 일을 저질렀단다, 어서들 들어오렴."

집 안은 서늘하고 어두웠다. 1층에서 내려온 물이 거실을 침수시키고 지하실로 흘러갔다. 바닥에는 헝겊과 신문이 널려 있었는데 진짜 문제는 지하실이었다. 지하실에 있던 것 중 건질 만한 건 아무것도 없었다. 상자 더미의 중간쯤, 1미터 높이에 그어진 진한 선이 간밤에 물이 차오른 수위를 나타내고 있었다. 바닥에는 가구와 원예 잡지가 진흙이 잔뜩 묻은 채 둥둥 떠다니고 있었다. 전부 다 끄집어내야 했다.

아이들은 서로 이야기를 나누고 나서 인간 사슬을 만들기로 했다. 옆집에 살고 있어 그나마 소피아의 엄마를 가장 잘 아는 브루노가 그녀 바로 옆, 가장 힘든 첫 번째 자리에 서게 되었다.

"이걸 사용해." 그녀가 브루노에게 노란색 작업용 장갑을 건네면서 말했다. "네가 리카르도지? 그렇지?"

"아니에요, 아주머니, 저는 브루노예요. 제 동생과 착각하셨나 봐요."

"아이고 이런, 그렇구나. 너희 형제는 무척 닮았구나."

"그렇죠." 그는 구석에 쌓인 탁자와 떼어낸 옷장의 문짝과 서랍장을 보았다. 통풍이 되고 있는데도 곰팡이와 나무 썩은 냄새가 났다.

"그런데 너희 엄마는 뭐 하시니, 아직도 교단에 서시니?"

"퇴직하신 지 2년 됐어요." 브루노가 장갑에 손가락을 집어넣으면서 대답했다. "다들 아직도 엄마를 **선생님**이라고 불러요. 엄마와 마주치면 중학교 1학년으로 돌아간 것처럼 도망가는 어른들도 있어요."

브루노가 자주 하는 농담이었지만 소피아의 엄마는 웃지 않았다. 관심이 사라졌다. 아이들이 작업을 시작했을 때 그녀는 뭔가 생각에 잠기고 산만해 보였는데 물건을 선택해서 강렬한 눈빛으로 손상 정도를 파악하는 것이었다. 그것이 골동품이든 고물이든 상관없이. 그러고는 그 물건을 가리키며 브루노에게 말했다. "이건 챙기고 싶구나." 또는 "이건 버려도 좋아." 그러면 브루노는 팔로 끌어안고 계단 중간 정도까지 올라가 두 번째에 서 있는 아이에게 건네주고 두 번째 아이도 똑같이 다음 사람에게 넘겨주었다. 시간이 지나면서 요청은 **챙길 것인가 버릴 것인가**로 간소화되었다. 챙겨, 챙겨, 챙겨, 줄줄이 들려왔다. 버려, 버려, 버려.

유모차 버려. 모니터와 키보드가 합체될 듯한 오래된 컴퓨터는, 챙겨. 거기엔 어떠한 논리도 없었다. 줄 맨 끝, 정원에 있는 아이는 챙겨야 할 물건들은 담을 따라 해가 드는 곳에 쭉 늘어놓고, 버려야 할 물건들은 청소업체가 와서 수거해가도록 대문 옆에 쌓아두었다.

다른 아이들에게는 놀이였지만 브루노에게는 교회의 물건들을 정리하는 것 같았다.

"진작 이 일을 했어야 했어." 소피아의 엄마가 말했다. "그런데 그럴 마음을 먹지 못했단다. 지금은 없는 어떤 사람 때문이야, 이해하겠니? 엉터리 같은 물건도, 저기 저 의자도 그렇고, 원래 없던 가치가 생긴단다."

"당연히 이해해요." 브루노가 버들가지로 된 정원 의자를 들어 올리면서 말했다.

"그러니? 아닌 것 같은데. 그건 아직 쓸 만하니 챙겨두자꾸나."

브루노는 가다가 멈추었다. "제가 너무 어려서 이해하지 못할 거라고 생각하시나 봐요." 그가 말했다. "저도 누군가 그리운 게 어떤 느낌인지 알아요."

"아, 그러니." 소피아의 엄마가 물었다. 호기심 어린 눈빛으로 그를 유심히 쳐다보고는 핵심을 찔렀다. "아." 그녀가 말했다. "너 사랑에 빠졌구나. 사랑에 빠지는 건 좋은 거야. 그 행운의 주인공이 누구니?"

"이름은 게일이에요." 브루노가 계단을 올라가며 말했다. "리옹 출신이고요."

다시 계단을 내려왔을 때 소피아의 엄마는 두 손을 허리춤에 올리고 재미있다는 눈빛으로 그를 바라보았다.

"게일." 그녀가 말했다. "정말 예쁜 이름이구나. 그런 이름으로 살아가는 건 쉽지 않을 텐데."

"무슨 뜻이에요?"

"무슨 말이냐면, 그런 이름을 감당하려면 정말 아름다울 거라는 뜻이야. 또는 개성이 무척 강하던가. 네 여자 친구는 예쁘거나 개성이 강하니?"

브루노는 잠시 생각했다. 게일의 특징을 아름다움이나 강한 것으로 표현할 수 없었다. 게일은 그에 비해 훨씬 멀리 보고 명확하게 바라보는 식견을 가지고 있었다. 복잡한 감정을 설명하고 그가 그저 추측하는 데 그친 것을 정확히 설명할 줄 알았다. 그것이 굴욕적인 진리일 때가 더러 있었다. "예뻐요." 그가 대답했다. "무엇보다 현명해요."

"넌 눈치가 빠르구나." 바닥에 무릎을 대고 앉아 있던 소피아의 엄마가 말했다. 그가 돌이켜 생각해보는 동안 그녀는 대화에 흥미를 잃고 장난감이 가득한 서랍을 열었다. "이런." 그녀가 말했다. "너희는 어디서 나온 거니?"

위쪽에서는 재빠르게 움직였고 할 일이 없어 가만히 시간을 때우는 일도 많았다. 인간 사슬 중간에는 연못에서 노는 아이들 무리의 새로운 대장 안드레아 카레스티아가 있었는데 이 일이 슬슬 지겨워지기 시작하자 분위기를 띄우려고 애썼다. 보안관 별 배지와 빨판 달린 화살을 든 인디언과 카우보이 복장이 그의 손에 들어왔다. 챙겨달라는 주문이 들어왔지만 그는 장난감 수집 전문가다운 눈썰미로 쓱 보더니 고개를 저으며 말했다. "버려." 다른 아이들이 웃음을 터뜨렸다. 그들은 소피아의 엄마에게 불필요한 물건을 정리해주었다. 전기 꼬마기차 선로와 원격조종 범선, 반쯤 탄 고무 공룡 두 개, 품위 있는 죽음을 애원하는 듯한 외팔 로봇을 버렸다. 인형이라곤 단 하나도 없었다. 소피아가 선머슴 같았다는 것은 모두가 아는 사실이었다. 그들은 형들에게서 이제는 전설이 되어버린 이야기를 듣고 소피아를 알게 되었다. 열여섯 살에 소피아는 수면제로 자살을 시도했고 사이렌 소리를 내며 달리는 구급차에 실려 라고벨로를 떠나는 데 대성공을 거두었고, 다시 돌아오지 않았다. 10년 뒤, 소피아를 만나보지 않은 사람에게도 이 집은 소피아의 집이었고 누구든 연못이 내려다보이는 언덕 위 소피아의 나무가 어떤 건지 알았다. 나뭇가지 사이에 마을에서 가장 유명한 오두막집이 있었다. 소피아가 누군가와 싸우지 않을 때는 모든 사람들과 잠자리를 하고 다닌다는 소문이 나돌곤 했다.

　장난감 정리가 끝나자 그림 정리가 시작되었고 재미도

사라졌다. 프레임이 없는 여러 개의 커다란 캔버스는 복구가 불가능할 정도로 훼손되었다. 무슨 그림을 그린 건지 알아보기 힘들 정도였다. 물에 번진 템페라 물감 때문에 손에 얼룩만 남았다. 여남은 개의 그림이 도착했고 요청은 언제나 똑같았다. 버려, 버려, 버려.

"이 그림들은 전부 누가 그린 거예요?" 브루노가 지하실에서 물었다.

"네 앞에 있잖니." 소피아 엄마가 말했다.

"정말 직접 그리신 거예요, 무라토레 아줌마?"

"아니. 무라토레 아줌마가 아니야. 지금 네 앞에 있는 슬픈 아줌마가 아니라 훨씬 밝은 아이가 그린 거야. 리카르도, 이것들도 버려주렴."

사실 브루노는 그녀의 모습을 잘 기억하고 있었다. 어린 시절의 기억 속에 소피아의 엄마는 밀짚모자를 쓰고 이젤에 캔버스를 세워두고 정원에 있었다. 맨발이었고 뺨에는 물감 얼룩이 묻어 있었다. 그 당시에는 카랑카랑한 소리를 내며 웃고 원예에 집착하는 특이한 아줌마로만 생각했다. 몇 년 후 그녀는 자신이 아끼는 장미에 휘발유 한 통을 쏟아부어 완전히 씨를 말려버렸다.

"무라토레 아줌마, 한 가지만 여쭤봐도 될까요?"

"그래."

"아줌마 혼자 살기에 이 집은 너무 크지 않아요?"

"조금, 방을 전부 사용하는 건 아니니까."

"그러니까 제 말은, 집을 팔 생각은 없으세요? 아니면 다른 곳으로 이사를 갈 수도 있잖아요?"

소피아 엄마는 그를 다시 보았고, 그는 투명인간이 된 느낌이었다. 그녀가 자신을 꿰뚫어 보고 있는지 아니면 자신을 관통해 다른 곳을 보고 있는 건지 알 수 없었다.

"생각 안 해본 건 아니란다." 그녀가 대답했다. "하지만 이런 생각을 했어. 만약 그 애가 돌아왔는데 내가 없으면, 어떡하지?"

"뭐라고요?" 브루노가 물었다.

"누군가 남아 있어야 하잖아, 그렇지 않니?"

브루노는 뭐라 말을 해야 할지 몰랐다. 그녀의 뜻을 받아들이는 게 좋겠다고 생각할 뿐이었다. 소피아 엄마는 당황한 그를 보고 웃음을 터뜨렸다. "그래 맞아." 그녀가 말했다. "네 말이 맞아. 조금만 용기를 내면 될 것 같구나."

인간 사슬의 고리 하나가 위층으로 올라왔을 때 작업은 거의 끝났다. 안드레아 카레스티아는 1층을 둘러보기 위해 자리를 벗어났다. 그는 화장실, 벽장, 소피아 엄마의 침실에 가보고 마지막으로 복도 맨 끝 방문을 열고 불을 켰다. 이렇게 해서 다음 날 라고벨로의 모든 아이들이 소피아의 방을 자신의 눈으로 직접 본 듯이 묘사할 수 있었다. 어느 가구점의 제품을 통째로 옮겨놓은 작은 방은 그들의 방과 비슷했다. 합판으로 만든 옷장과 책상, 서랍장, 책장 그리고 트윈 침대가 한 세트를 이루고 있었다. 소피아는 외동딸이지만 방에는 침대가 두 개 있었다. 나머지 한 침대는 누구를 위한 것이었는지 아무도 알 수 없었다. 단지 깨끗하게 정돈된 상태가 그 방에는 아무도 살지 않는다는 것을 증명할 뿐이었다. 그 방의 시간은 10년 전 어떤 날에 멈춰 있었다. 학교 공책은 탁자 위에 쌓여 있었고 펜들은 커피 잔에 꽂혀 있었으며 휴지통은 비어 있었다. 옷장 문에는 메탈 펑크 그룹의 스티커가 붙어 있었다. 스테레오 옆에는 딥 퍼플, 블랙 사바스, 크림, 스콜피온즈, 섹스 피스톨즈, 더 클래시의 명반부터 안드레아 카레스티아는 처음 듣는 이름의 음반까지 다양한 장르의 레코드판이 있었다. 포스터 중에서 목에 자물쇠를 걸고 사방으로 뻗친 머리를 하고 중독성 있는 냉소를 짓는 시드 비셔스*가 보였다. 책을 살펴볼 생각은 하지 않았다. 대신 서랍을 뒤져 소피아에 대해 떠도는 또 다른 이야기를 아이들에게 확인시켜줄 수 있었다. 그 이야기는 소피아가 검은색 속옷만 입는다는 것이었다. 그러고는 침대에 앉아 사진을 유심히 보았다. 사진들은 콘서트 티켓과 전단지 사이에 금속판 모양의 마그네틱 자석으로 벽에 고정되어 있었다. 사진 속의

---

* 그룹 '섹스 피스톨즈'의 베이시스트. 1979년 헤로인 과용으로 사망했다.

소피아는 깡마르고 화가 난 나탈리 포트먼을 닮았다. 소피아는 민소매 셔츠 위에 가죽 재킷을 입었고 옷깃에는 장식 단추가 달렸으며 입 한쪽 끝에 담배를 물고 귀에는 피어싱을 잔뜩 했고 뺨에는 마커펜으로 Ⓐ라고 쓰여 있었다. 금발로 탈색한 머리, 새빨간 머리, 위로 한껏 올려 묶은 머리 등 헤어스타일은 사진마다 달랐다. 가끔 등장하는 강아지 외에 그녀와 함께 사진을 찍은 사람은 없었다. 동성 친구, 이성 친구, 사촌, 이웃, 남자 친구도 없었다. 카메라 렌즈를 통해 그녀를 바라보는 누군가가 분명히 있었겠지만 사진 속에서 소피아는 늘 혼자였다.

안드레아 카레스티아는 아래층에서 자신을 부르는 소리를 들었다. 방을 나가기 전에 열여섯 살 소녀가 되는 게 어떤 느낌인지 보려고 목덜미에 손을 받히고 침대에 누워보았다. 그러다 어느 누구도 상상 못 할 뭔가를 발견했다. 바로 천장에 붙어 있는 형광별이었다. 스티커로 은하와 별자리를 만들어놓았다. 진짜 하늘의 지도인지 만들어낸 하늘인지 궁금했지만 천문학에 대해서는 아는 게 없었다. 밤에 그 천장을 바라보고 싶었다.

그는 다른 아이들이 집을 나설 때 아래층으로 내려가 정원으로 갔다. 아이들은 소피아 엄마가 스파게티를 만들어주겠다는 호의를 거절하고 재빨리 집을 나왔다.

"리카르도." 그녀가 말했다. "언제든 놀러 오렴."

"그럴게요." 브루노는 그러지 않을 것을 알면서도 이렇게 대답했다.

"뭐 안 마실래? 냉장고에 차가 있을 텐데."

"괜찮아요, 아주머니, 고맙습니다."

"어서, 가렴." 소피아의 엄마가 나비를 쫓듯이 얼굴 앞에서 손을 저으며 말했다.

그날 저녁, 아빠가 집에 돌아왔을 때 브루노는 게일에게 보낼 편지를 마무리하고 있었다. 그녀에게 아랫집에서 보낸 매 순간의 이야기를 적었다. 지하실과 냄새, 더러운 물에 발을 담그는 것, 창에서 쏟아지는 빛, 소피아와 무라토레 아저씨의 물건들, 소피아 엄마가 그들을 바라보던 태도를 마치 이야기처럼 묘사했다. 그는 그 두 사람의 뭔가 중요한 것을 목격한 느낌이었지만 뭐라고 정의하기는 어려웠다. 늘 그랬듯이 말로는 충분하지 않았다. 게일이 이 이야기에서 뭔가 느끼는 점이 있기를 바랐지만 그는 최대한 충실하게 사실을 전달하는 것밖에 할 수 없었다. 편지를 다시 읽어보니 끝없는 목록을 채워 넣은 것에 지나지 않았다.

"브루노." 문 밖에서 아빠가 불렀다. "거기 있니?"

"네, 아빠."

"오늘 아침 그 안에 들어갔던 게 사실이니?"

"그런 것 같아요. 실감 나지 않았어요."

"적이 너를 보고 있다는 것을 명심해. 그가 너의 모든 움직임을 주시한단다. 곧 산소가 동이 날 거야. 그러면 넌 항복해야겠지."

"아니에요." 브루노가 새어 나오는 웃음을 참지 못하고 말했다.

"조금 더 버틸 수 있어요, 걱정 마세요."

그는 종이 위에 펜을 놓고 창밖을 바라보았다. 위에서 바라본 소피아 엄마의 집 정원은 흡사 중고 시장 같았다. 챙길 물건들은 집의 외벽을 따라 가지런히 놓여 있었다. 소피아의 엄마는 아직도 밖에 버릴 물건 더미를 샅샅이 훑어보고 있었다. 처음에 브루노는 그녀가 버린 것을 후회하고 모두 되찾으러 나왔다고 생각했지만 그게 아니라 그림들을 찾고 있는 것이었다. 보이는 대로 집어서 이리저리 돌려가며 그림을 보고 정원 한쪽에 따로 모아두었다. 그림 몇 개는 잔디밭에 눕혀놓았고 또 몇 개는 세워놓거나 벚나무와 울타리에 기대어놓았다. 물감 얼룩이 마른 잔디 위에서 도드라져 보였다.

"있잖아." 브루노의 아빠가 말했다. "괜찮으면 같이 나갈래? 맥주 한잔하고 뭐 좀 먹을까 하는데?"

그가 다정하게 말한 것도 있지만 브루노는 아빠가 문밖에 있다는 사실에 특히 고마웠다.

"네, 같이 나가요." 브루노가 대답했다.

"네가 운전해도 좋다, 그래야 연습도 되지."

"고마워요. 그럴게요."

"밖에서 기다릴게, 알겠지?"

"나갈게요." 브루노가 말했다. 하지만 그는 방에서 나가지 않았다. 아빠도 복도에서 머뭇거렸다. 문에 귀를 대본다거나 몇 가지 질문을 더 하고 싶었는지 모른다. 잠시 후 단념하고 계단으로 발걸음을 옮겼고 브루노는 다시 싹을 틔우기 시작한 소피아 엄마의 장미를 바라보았다.

브루클린
세일러 블루스

내가 처음 소피아 무라토레를 봤을 때 그녀는 한 명의 소녀가 아니라, 브루클린의 집주인이 망가진 텔레비전을 대신해 가져다준 텔레비전 속 다채로운 한 줌의 색상이었다. 유리와 나는 그것을 **환각 텔레비전**이라 불렀다. 영상은 산업화 이후 전형적인 뉴욕 스타일의 카페에서 촬영되었다. 첼시나 윌리엄스버그 뭐 그런 곳에 있는 창고 같았다. 유리의 카메라는 사람들의 얼굴과 전자용품, 테이블로 둔갑한 휘발유 통, 벽에 걸린 2미터 크기의 프로펠러와 철로 된 통로를 돌아가며 찍다가 웨이트리스와 마주치고 멈춰서 그녀에게 포커스를 맞추었다. 가녀린 몸의 그녀는 어디선가 본 듯한 얼굴이었다. 검은색 앞치마에 선원 모자를 썼다. 유리는 테이블과 카운터를 오가는 그녀를 따라 카메라를 움직였다. 그녀는 콘서트 관중 사이에 나타났다가 시멘트 기둥 뒤로 사라지고 부엌에서 다시 나타났다. 그녀가 사람들 사이를 비집고 다니는 것이 아닌 것 같았다. 그 반대였다. 웨이트리스는 요동치는 바다 한가운데서 폭풍에 개의치 않고 파도에 이리저리 휩쓸리고 가라앉았다 다시 모습을 드러내는 나무 테이블이었다.

다음 장면에서 같은 여자가 카페 뒤편에 홀로 있다. 화장실 창문 너머로 보이는 시선이고 그녀는 담배를 피우고 있다. 베이스와 드럼이 배경음악으로 깔리고, 이제야 그녀가 브루클린 강변에 있다는 것이 명확해졌다. 한편에는 설탕 공장의 굴뚝들이 보이고 반대편에는 맨해튼 미드타운의 고층빌딩이 보였다. 안뜰은 울타리가 둘러져 있고 한쪽 구석에는 쓰레기봉투와 얼룩진 눈덩이가 쌓였고 그녀는 뒷문에서 새어나온 불빛을 맞으며 담에 기대어 담배를 피우고 있었다. 평범한 웨이트리스처럼 보이지 않았다. 그녀는 선원 모자를 쓰고 추워서 두 팔로 몸을 감싼 채 홀로 가만히 강을 바라보고 있었다. 이 세상에 마지막 남은 소녀 같았다. 그런 와중에 부엌에서 멕시코인 종업원이 나왔다. 그가 뭐라고 말하자 그녀는 한 손을 앞치마 주머니에 넣어 담뱃갑에서 담배 한 개비를 꺼냈고, 그에게 불을 붙이라며 피우던 담배를 내밀었다. 예상치 못한 친밀한 행동에 놀란 남자는 횡설수설하기 시작했다. 무슨 이야기인지는 모르겠지만 손동작까지 해가며 이야기했다. 뒷문이 열리고 누군가 웨이트리스를 부르기 전까지 그는 그녀를 웃게 해주었다. 그녀는 마지막으로 담배 한 모금을 들이마신 뒤 그에게 건넸다. 그는 손에 담배꽁초 두 개를 들고 조금 실망한 듯 잠시 머뭇거리다가 신발 밑창으로 꽁초의 불을 하나 끄고 하나는 나중에 다시 피울 생각으로 주머니에 넣었다.

세 번째 장면에서 클로즈업된 웨이트리스가 자동차를 바라보고 있었다. 주변이 조용해서 매우 늦은 시간이라는 것을 알 수 있었다. 그녀는 유니폼이 아닌 재킷과 모피 같은 털모자를 걸치고 있었다. 뭔가 수상쩍은 모습으로 가로등 아래에 서서 앞에 있는 사람을 주시했다. 유리가 질문을 했고 그녀가 답을 했다. 렌즈를 바라보는 시선이 뭔가 이상했다. 잠시 후 왼쪽 눈과 멍한 오른쪽 눈이 점점 멀어지는 것을 보았고 시선을 뗄 수 없었다.

그녀가 말했다. "소피아 무라토레."

"스물일곱 살이에요. 나이가 훨씬 들어 보이죠."

"1년 정도. 여기 온 지 이제 1년 됐어요. 처음에는 일주일 정도만 있으려고 했죠. 그러다가 비자가 만료될 때까지만 있으려다 지금까지 왔어요."

"웨이트리스. 또는 배우. 기타를 연주하며 노래를 부르고 싶었는데 난 소름 끼칠 정도로 음치예요. 그런데 다른 질문이 뭐였더라? 난 선원이에요."

그 시점에 환각 텔레비전이 신호를 잃은 낡은 라디오처럼 들쑥날쑥하다가 흑백이 되고 결국 완전히 녹색으로 변했다. 유리는 기쁨에 주먹으로 베개를 때리기 시작했다. 그가 말했다. "봤어? 봤냐고, 피에트로? 저 여자 봤냐고?"

우리 둘은 석 달 전에 뉴욕에 왔다. 지난해, 소피아 무라토레가 새로운 세상에 발을 디뎠을 때, 유리 페라리오는 자신이 태어난 유고슬라비아의 집과 부모님의 흔적을 찾아다니면서 폐허가 된 옛 세상을 샅샅이 살피고 있었다. 그러나 아무것도 찾지 못했다. 별다른 성과 없이 밀라노로 돌아온 그는 여행에 대해 일체 말 한마디 없이 방에만 틀어박혔다. 그는 담배를 피우고 양념하지 않은 파스타를 먹고 흑백 영화를 보며 시간을 보냈다. 마침내 그가 방에서 나왔을 때 수척하고 어딘가 불안한 모습이 역력했는데, 미래를 위한 중대한 프로젝트를 하나 생각했다고 했다. 그는 뉴욕에 가고 싶다고 했다. 뉴욕에 있는 영화 아카데미에 등록하겠다고 했다. 우리는 함께 자라고 함께 영화를 공부하고 집과 계획을 비롯해 별 볼 일 없는 현재 상황까지도 공유하고 있었기 때문에 나도 함께 가서 뉴욕에서 소설을 쓰면 어떻겠냐고 의사를 물었다. 솔깃한 제안이었지만 단 한 가지 문제가 있었다. 돈이었다. 유리는 경비를 계산해서 양부모님 댁의 문을 두드렸다. 페라리오 씨는 마음씨가 넓은 분이셨다. 반면에 난 항상 글을 쓰고 싶다는 말만 했지, 미국 드라마를 번역하는 것 말고는 몇 년째 단 한 번도 실행에 옮긴 적이 없었다. 하지만 만나고 있는 여자도 없는데 미국에 간다고 해서 내가 잃을 게 뭐람?

우리는 브루클린, 레드 훅항과 인접해 있는 컬럼비아가에 있는 아파트의 2층이자 맨 꼭대기 층에 월셋집을 구했다. 그 집에서 유리는 매일 아침 맨해튼 14번가에 가서 수업과 세미나를 들었고 나는 주변을 둘러보며 여유를 가지고 일자리를 찾아다녔다. 2004년 9월이었다. 우리 집이 위치한 길은 캐롤 가든스 이탈리안 타운과 항구를 나누는 경계였다. 전자는 사람과 상점이 즐비한 주거지이고 후자는 오래된 묘지와 문 닫은 공장, 염분에 의해 부식되고 해초가 뒤엉킨 부두, 인적 없는 길을 점령한 쥐떼들이 들끓는 곳이었다. 부두 끝에서 멕시코인들이 라틴 라디오를 듣거나 시원한 맥주를 물과 얼음이 담긴 양동이에 넣어두고 자유의 여신상 앞에서 회색 가오리를 낚시하고 있었다. 자유의 여신상은 잊힌 지 오래된 약속처럼 만의 한가운데에 덩그러니 있었다. 생각지도 못한 가슴 뭉클한 발견이었다. 내 눈에 이 도시는 투쟁의 노래, 방금 끝난 러브스토리, 벽에 걸린 그림만이 버텨낼 수 있는 폐허가 된 폭격 현장, 모든 것이 무너져 내린 어느 가족의 사진을 생생하게 담고 있는 듯했다. 컬럼비아가의 아스팔트 구멍에서 트램의 선로가 진동했다. 북쪽으로 난 길은 브루클린 하이츠의 언덕까지 이어지다가 월가의 고층 빌딩이 보이는 전망대가 되고, 화강암으로 된 다리 아래로 가파르게 내려갔다. 남쪽으로 뻗은 길은 코니아일랜드까지 이어지는 브루클린의 중심부라고 할 수 있는 이름 없는 멕시칸, 도미니칸, 푸에르토리칸 타운으로 향하는 공공주택 사이로 사라졌다. 우리 집주인은 그곳에 살았다. 그는 헐값에 사서 웃돈을 조금 얹어서 팔 수 있는 중고품이라면 거래를 마다하지 않는 우크라이나계 유대인이었다. 머리에 키파 모자를 쓰고 토요일에도 개의치 않고 매달 1일은 월세를 받으러 다녔고, 흔들거리는 의자 두 개를 주며 안락의자를 가져가고 서랍장을 자물쇠로 잠가두거나 석회 때가 묻은 커피 머신을 이탈리아 아이들을 위한 선물이랍시고 우리에게 선물했다. 유리의 이름은 러시아와 관련된 좋지 않은 기억을 떠올리게 해 반감을 주기 때문에 설명을 하지 않을 수 없었다. 유리는 개인적인 이야기를 꺼내는 것을 좋아하지 않아서 거짓말로 지어냈다. 공산주의자였던 부모님이 소련의 우주 비행사 가가린의 이름을 따서 지은 거라고. 집주인은 무척 재미있어했다. "공산주의자라고." 평생 처음 들어본 단어처럼 낄낄거리며 웃었다. 그는 우리에게 **피오트르**와 **가가린**이라는 이름을 붙여주었고 우리를 볼 때마다 즐거워했다.

　뉴욕에서 이름은 직업이나 고향 또는 아버지가 누구인지를 드러냈을 때 본래의 가치를 되찾았다. 눈썹을 치켜올리거나 설명을 생략할 수 있었다. 얼마 지나지 않아 난 코트가에 있는 서점에서 하루 네 시간짜리 일을 찾았다. 서점 주인의 이름은 살바토레 바탈리아였고, 주변 상인들에게는 **쌜** 혹은 **쌜리**라고 불렸지만 나는 언제나 그를 **미스터 바탈리아**라고 불렀다. 그는 이탈리아계 미국인 3세였다. 그의 조부모는 낡은 옷 몇 벌만 겨우 챙겨서 아이들과 대서양을 건너 뉴욕에 도착했고 그의 부모님은 기억에서 고향의 말을 지우고 브루클린에 레스토랑을 열었다. 그는 피란델로, 샤샤, 모라비아 같은 고전을 읽으면서 다시 이탈리아어를 배우기로 결심했다. 몇 개월 전에 그는 가족이 일군 레스토랑의 절반을 동생에게 팔아 자신의 경제적 문제를 모두 해결했고, 물건이 가득 넘쳐나는 선반과 상자의 미로 같은 서점 사업에 흥미를 잃었다. 그런 어수선한 서점을 정리하는 일이 내 역할이었다. 서점의 앞날에 별로 희망이 없다는 걸 알고 있었다. 하루에 네 시간 동안 오래된 책들을 펼쳐놓고 골동품 카탈로그에서 가격을 찾고 팔 것과 버릴 것을 구분하는 일은 끝이 보이지 않았지만 내게 딱 맞는 일이었다. 이제 막 발을 내디딘 뉴욕의 동굴에서 내 자리를 찾은 느낌이었다. 바탈리아 씨는 서류가 가득한 탁자에 앉아 100년 전의 소설들을 읽고 어린 시절의 언어를 발견했다. 그는 사전을 뒤적여 **증기선, 결혼식, 철도**와 같은 말을 찾아보며 즐거워했다. 맛을 느끼는 것처럼 입 안에서 이리저리 굴려가며 작은 소리로 발음했고 내가 그의 발음을 교정해주기를 바라며 단어를 읽었다. 이것이 나를 고용한 진짜 이유인가 하는 의심이 들었다. 바탈리아 씨는 내 관광 비자가 만료되자 2년짜리 비자를 받도록 해주었다. 우리는 그의 동생 빈첸초가 만든 스파게티와 미트볼로 내 생의 첫 번째 계약을 축하했다.

12월에 유리는 이론 과정을 마치고 에세이 영화를 준비하기 시작했다. 집에서는 영화 외에 다른 얘기는 하지 않았다. 그 어둡고 긴 밤 동안 동네에서 구입한 캘리포니아산 와인을 마시며 그는 줄거리와 대화, 특히 책, 음반, 사진, 만화 등 그의 머릿속에 있는 모든 것들, 어쩌면 나중에 영화의 소재가 될 것들에 대해 나와 함께 토론했다.

"발칸 음악을 사용하고 싶어." 그가 말했다.

"뉴욕에서?"

"안 될 거 있어? 재즈는 모두가 쓰잖아."

유리에게 우리가 사는 이 도시는 거대한 그릇이었다. 그는 미국이나 현시대에 관심이 전혀 없었다. 단지 연극 무대일 뿐이었다. 꽃을 그리면 정원이 되고 종이 구름을 매달면 하늘이 되는 그런 무대 말이다. 그렇게 **햄릿**이나 **오디세**

이, 신곡, 돈키호테를 뉴욕에서 촬영할 수 있다고 한다면 그도 사라예보 포위전에 관한 영화를 뉴욕에서 찍을 것이다. 난 그 당시를 잘 기억하고 있다. 1992년 우리는 고등학교 3학년이었다. 불길에 휩싸인 빌딩 사진과 내전 상황에 대한 소식을 전해주는 보도들을 보았다. 유리는 폭격을 목격하지 않았다. 그는 어렸을 때 이탈리아로 건너왔다. 하지만 그는 내가 공감할 수 없는 다른 방식으로 전쟁을 경험했다. 고향이 산산조각 나고 같은 민족끼리 서로를 죽고 죽이는 것을 보는 것이 어떤 심정일지 상상이 되지 않는다.

"어떻게 생각해?" 그가 물었다.

"그런데 폭탄은 어떻게 할 거야? 탱크는 어쩌고?"

"그런 것들은 소리만 내면 되잖아? 그리고 난 외부에서 일어나는 전쟁에는 관심 없어, 내부의 삶에 관심 있지. 트로이와 레닌그라드 같은 것 말이야. 난 **포위**의 실체에 관심을 둘 뿐이야."

"터무니없어 보이는데." 내가 말했다. "그런 것들도 해야지."

우리는 로어 이스트사이드에 있는 베트남 음식점에서 크리스마스를 보냈다. 밀라노에 계신 부모님과 이브의 만찬을 생각하면서 나는 다 먹지도 못할 많은 양의 음식을 주문했다. 반면에 유리는 전통을 싫어했고 그에게 먹는 것과 먹지 않는 것은 매 한가지였다. 그는 큰 소리로 생각을 말했다. 그러니까 우리는 전쟁 중이고 적들에게 포위되었고 도시의 중심에는 한 소녀가 있다. 그 소녀는 없어서는 안 될 핵심인물이다. 그녀는 누군가에게 쫓기고 있다. 외출은 밤에만 가능하다. 극한의 위험에 처해 있다. 하지만 그녀는 인류에 대한 신뢰, 심지어 포용력도 있는 사람이다. 이상주의자가 아닌, 현실적이고 생각보다 사람들을 신뢰하는, 결단력 있는 우리 세대의 여자이다.

"머릿속에 어떤 책이 떠오르는지 빨리 대답해줄래?" 유리가 젓가락으로 나를 가리키며 물었다.

"『**티파니에서 아침을**』" 내가 즉흥적으로 말했다.

"좋아." 그가 말했다. "난 도스토옙스키를 생각했어."

우리는 웃음을 터뜨렸고 시원한 맥주 한 잔과 뜨거운 사케를 주문한 뒤 유리는 다시 이야기를 시작했다. 그는 흑백의 16밀리미터짜리 스냅용 카메라를 갖고 싶어 했다. 브루클린, 정확히는 윌리엄스버그, 덤보, 레드 훅 같은 수십 킬로미터에 다다르는 버려진 항구, 브루클린의 황량한 해안을 촬영하고 싶어 했다. 물이 많이 나오는 영화가 될 것이고 맨해튼도 나오겠지만 장면에는 언제나 강이 보일 것이다. 다리가 있을 테지만 아무도 건너지 않는 다리일 것이고 페리 선착장과 열차 플랫폼도 있겠지만 출발점이 아니라 친구들에게 작별을 고하는 장소일 뿐이다. 그렇게 브루클린은 밀실공포증를 일으키고 자급자족을 하는 대형 감옥이 될 것이다. 맨해튼이 낮이라면 브루클린은 밤이고 전자가 남자라면 후자는 여자이며 뉴욕의 수천 개의 불빛은 물에 반사되어 떨리는 신기루에 불과할 것이다.

"상상이 돼?" 그가 물었다.

신기하게도 그는 강의실 안에서 내가 길을 다니면서 발견하는 것과 같은 도시를 상상해낸 듯했다.

"벌써 눈에 보이는 것 같아." 내가 대답했다.

유리는 미소를 살짝 지어 보였다. 그는 머릿속에 아주 구체적인 이야기가 들어 있다고 말했지만 여자가 없었다. 사라예보의 소녀 말이다. 학교에서 그는 여러 번의 오디션을 열었지만 무릎을 탁 치며 이 여자다 싶은 여배우를 찾지 못했다. 지원자들은 연구는 많이 했지만 경험이 부족한 게 훤히 보였다. 모든 여배우들이 형편없는 미국 영화에서처럼 울고 웃으며 연기를 했다. 누군가 그에게 이탈리아 여배우에 대한 이야기를 했고 그는 그녀가 일하는 카페로 찾아갔다. 타이밍이 잘 맞기를 바라면서.

"네 영화 속 그 여자의 이름은 뭐야?" 잔에 뜨거운 사케를 따르면서 내가 물었다. 그것이 크리스마스 건배였다.

"라일라." 유리가 대답했다. "사라예보 출신의 라일라야."

여행 중, 홀리 골라이틀리*의 집 초인종에 적힌 문구를 떠올리며 생각했다. 잔을 들어서 친구의 잔에 부딪쳤다.

"라일라를 위하여." 내가 말했다. "그녀를 찾게 될 거야."

그러다 얼마 후 라일라를 찾았고 촬영이 시작되자 유리를 만나기 힘들어졌다. 그때가 2월 초였다. 촬영은 저녁 6시부터 다음 날 새벽 4시까지 이어졌고, 그는 새벽녘에 집에 돌아와 쓰러져 잠을 잤고 일어나자마자 학교에 가서 다음 촬영을 준비했다. 아예 집에 들어오지 않은 적도 있었다. 나의 저녁 시간은 고요했지만 그가 잘돼서 나도 기뻤다. 외로움에 시달릴 때면 1년 전 밀라노에서 매일 같은 옷을 입고 마약 중독자처럼 퀭한 눈으로 방에 틀어박혀 있던 그의 모습을 떠올렸다. 그리고 나에게는 탐험해야 할 도시가 있었다. 아침마다 긴 산책을 하면서 카페에 들러 추위를 피하고 바탈리아 씨가 준 이 지역의 역사책을 읽었다. 나는 그와 자주 점심 식사를 했다. 그는 뉴욕에 관해서 모르는 게 없었고 이야기를 들려주는 것을 좋아했다. 가족사나 이 지역의 전설, 브루클린 다저스의 전성기, 알 카포네가 열여덟 살 때 자주 가곤 했던 거리, 프랭크 시나트라가 레스토랑에 식사를 하러 왔던 날은 교황님 영접을 방불케 했다는 이야기. 바탈리아 씨의 조부는 엠파이어 스테이트 빌딩

---

*   트루먼 커포티의 소설 『티파니에서 아침을』에 나오는 여자 주인공. 동명의 영화에서 오드리 햅번이 연기했다.

이 지어지고 난 직후 50층에서 요리사로 일을 했다. 아펜니노에서 온 그가 아는 모든 레시피는 밤과 버섯을 주재료로 한 것이었지만 뉴욕의 레스토랑에서는 양고기 립 요리를 했다. 그래서 그들은 향수를 느끼지 않았고, 바탈리아 씨도 이탈리아에 대한 마음을 신화를 이야기하듯 털어놓았다. 그때로 되돌아가고 싶은 생각이 전혀 없는 것 같았다. 나는 장장 몇 시간 동안 그의 이야기를 들었다. 오후에 서점에는 두세 명의 손님이 왔는데, 책장을 뒤적거리기만 하고 책을 사는 일이 드문 수집가들이었다. 나는 가끔 파리의 트뤼포나 투지 넘치는 젊은 스코세이지 감독처럼 어깨에 카메라를 얹고 브루클린을 돌아다니는 유리의 모습을 상상했다. 하지만 나는 한 노인의 기억 동반자가 되어 먼지 쌓인 중고 서적 사이에 멈춰 있었다.

어느 날 아침 우리는 우연히 마주쳤다. 그는 2주째 촬영을 이어가고 있었고 밖은 여전히 어두웠다. 부엌에서 그는 맥주를 땄고 난 커피를 마셨다. 그는 대화를 나누고 싶어 했다. 식탁에 앉아서 스텝들과의 문제, 부족한 자금, 늘 야간 촬영을 해야 하는 고단함, 설상가상 지독한 추위까지 겹친 여러 가지에 대해 털어놓았다. 다행히도 야외 촬영은 거의 끝나가고 있었다. 그는 마치 자신의 친구를 부르듯이 영화 속 주인공들을 언급했다. 파키스탄 택시 운전사, 영화관 매표소 직원, 개를 키우는 노부인, 네덜란드 화가, 부잣

집 여자아이와 그녀의 인형들. 나는 여배우에 대해 두 번이나 물었다. 종종 그녀가 선원 복장으로 강을 바라보며 담배를 피우는 모습을 도둑 촬영했던 장면이 떠올랐고, 그 모습은 고독과 여성스러움의 결정체라고 생각했다. 하지만 유리는 화제를 전환했다. 한 달 전만 해도 큰 소리로 스토리를 구상하고 계속해서 반복했던 그였다. "다리에 있는 라일라", "비상구 계단에 앉아 있는 라일라", "도시에 처음 도착해서 택시를 타는 라일라". 그런데 지금은 라일라가 마치 어딘가로 사라져버린 것 같았다. 그에게 세 번째로 물었다. "여배우는 어때?"

그는 담뱃불을 붙이며 짜증 난 듯이 나를 바라보았다. 고집 피우는 아이와 씨름하는 어른 같았다. 그는 말하고 싶지 않다고 했다. 그녀에 대해 이야기를 하면 뭔가 잃어버릴 것 같은 기분이 든다며 말이다. 진행 상황은 미스터리한데 말은 명확한 것으로 바꾸기 때문에. 지금은 명확하게 할 시점이 아니라 최대한 미스터리에 빠져들게 할 때라고 했다.

"이해해?" 그가 물었다.

"응, 당연히 이해하지." 그는 자신의 레퍼토리 중 가장 견디기 힘든, 고뇌하는 감독 캐릭터에 몰입했다.

"그런데 너는?" 그가 물었다. "너는 어때? 뭐 하고 지내, 글은 써?"

나는 잘 지내고 글은 쓰지 않는다고 대답했다. 걷고 책을 읽고 서점에서 일하고 바탈리아 씨와 대화를 하고 뉴욕에 대해 예전에 몰랐던 많은 것을 알게 되었고 요리도 자주하고 창밖도 자주 내다보았지만 글은 쓰지 않았다. 몇 시간 동안 안뜰을 뚫어져라 보았다. 대기 상태에 있는 듯했고 그런 말을 듣게 되리라는 것을 알았기 때문에 그때까지 인내심과 집중력을 키울 수밖에 없었다. 자신감이 있었고 잘 지내고 있었다. 말할 때의 내 목소리가 어떤지 알고 싶어서 목소리에 집중했다.

바깥 하늘이 흐려졌고 유리는 맥주 두 캔을 다 마셨다. 그는 하품을 하고는 일어나서 내 어깨에 한 손을 올렸다. "넌 언제나 침착하구나." 그가 말했다. "어떻게 그럴 수 있는지 이해가 안 돼." 그는 빈 병에 담배꽁초를 버리고 흔들어 불을 끈 다음 잠을 자러 갔다.

며칠이 지나고 집에서 그들 모두를 보았다. 그들은 동네에서 촬영 중이었고 밖에는 눈이 내리고 있었다. 그래서 유리는 몸을 녹일 겸 우리 집으로 스텝들을 데려왔다. 모두 아홉 명이었다. 다들 재킷을 벗어 라디에이터 옆에 널어놓고 물기를 말렸다. 유리와 조감독이 방에 가서 다음 날 계획을 짜는 동안 사람들은 맥주를 마셨다. 나는 갑자기 자다 깨서 어리벙벙한 채 그들 옆에 앉았다.

"당신이 피에트로예요?" 음향 엔지니어임에 틀림없는

남자가 물었다. 스페인어 억양이 느껴졌고 수염이 났고 머리가 길었다. 나는 하품을 하면서 고개를 끄덕였고 만나서 반갑다고 말했다. 그러자 그가 말했다. "일주일 뒤면 반가운 마음이 사라질 거예요. 우리를 미워하게 될 테고 밖으로 쫓아내고 싶어질 거예요."

유리가 방을 나올 때까지 나는 무슨 뜻인지 이해하지 못했다. 조감독이 학교에서 영상을 상영하기로 했다고 발표했다. 그 덕에 하루 휴일을 갖게 되어 모두 환호했다. 조감독이 다음 날 8시 정각에 **우리 집**에 모여서 실내 촬영을 시작할 거라고 덧붙였다. 그는 이렇게 말하면서 마무리 지었다. "자, 이제 잠시 쉬어도 좋아요."

누군가는 맥주를 사러 갔고 누군가는 담배를 피웠다. 유리는 여배우에게 다가가 뭔가 말을 건넸고 그녀의 다리 옆 바닥에 앉았다. 그녀는 우리 집주인이 매번 말로만 바꿔주겠다고 한 닳아빠진 소파의 맨 끝에 앉아 있었다. 웃으며 유리의 머리를 쓰다듬은 그녀는 그를 가랑이 사이에 앉혔다. 그제야 애초에 눈치챘어야 했던 것이 분명해졌다. 많이 상상할 필요는 없었다. 스텝들은 분명 그들이 사귀는 사이라고 알고 있었다. 벌써 몇 번이나 그런 상황을 목격했던 터였다. 두 사람은 같은 나라 사람이고 나이도 같았으며 감독이고 여배우였다. 둘 사이에 영화가 있었다.

그 사실을 깨닫고 정신이 번쩍 들었다. 소피아 무라토

레를 실제로 처음 본 나는 잠시 동안 그녀를 바라보았다. 그녀는 맥주를 거절하고 말을 거의 하지 않았으며 집에서 가장 구석진 곳에 가서 앉았다. 많은 사람들의 시선을 받는 것에 익숙한 사람 같지 않았다. 나는 다른 배우들도 만나봤고 배우에는 두 가지 유형이 존재한다는 것을 알고 있었다. 무대 밖에서도 연기를 이어가는 사람들, 그들은 몸짓을 취하고 필요 이상으로 크게 말을 하고 어디를 가든 가장 중심에서 공기를 들이마시듯 다른 사람들의 관심을 필요로 한다. 이와 반대로 숨는 사람들이 있다. 평소에 받는 지나친 관심 때문에 오로지 눈에 띄지 않기만을 바라는 사람들이다. 잠시 후, 사람들은 웃으며 농담을 했다. 유리도 웃었다.

그 순간 그녀가 나를 돌아보았다. 나는 부엌의 식탁에서 벌써 몇 분째 그녀를 바라보고 있었다. 가장 친한 친구의 여자 친구이고 방금 그 사실을 알게 되었기 때문이었다. 그녀가 미인인지 아닌지 긴가민가했고, 강변에 있던 웨이트리스가 기억나 그녀의 비밀을 아는 느낌이었고, 전에 만난 적이 있던 것 같았다. 소피아는 내가 보고 있다는 것을 알아차리고 나를 보았다. 이렇게 말하는 듯한 눈빛이었다. **그래서 뭘 원해?** 잠깐 마주친 그녀의 눈은 내가 전혀 모르는 세상의 통로 같았다. 나는 당황해서 맥주 한 모금을 마시고 고개를 돌리며 웃는 척했다. 다시 그녀를 돌아봤을 때 그녀는 더 이상 나를 보지 않았다. 그녀는 이미 내게 메시지를 보낸 것이었다. 잠시 후 나는 내 방으로 돌아왔다.

그날 밤 나는 4개월 동안 가방에 넣어두었던 노트를 꺼내어 첫 페이지를 펼쳐 창턱에 놓아두었다. 내 방 창문은 컬럼비아가를 향해 있고 맞은편에는 맥주와 담배를 사곤 하는 상점이 있었다. 눈은 그쳤다. 진열장 앞 인도에 발자국이 얼어붙었고 카운터에 머리를 기대고 잠든 인도인 점원이 보였다. 나는 종이에 펜을 대고 글을 썼다.

그 여자의 눈은 사시이다. 그래서 네가 말하는 동안 그녀의 시선은 네 입을 향한다. 마치 주변이 지독히 시끄러워서 말을 알아들으려면 네 입술을 읽어야 한다는 듯이 말이다. 그녀는 위험에 처한 사람의 분위기를 내뿜는다. 너와 네 뒤쪽을 동시에 보고 있다. 이것이 바로 처음 만난 남자들의 심장을 덜컹하게 만드는 것이다. 네가 말하는 동안 그녀는 네 입술을 응시했다. 당장이라도 목덜미로 달려들어 입술을 물고 그걸로 목숨을 구할 수 있다는 듯이 말이다.

나는 일어나서 내가 쓴 글을 다시 읽었다. 대단한 것은 아니었지만 뭔가의 시작이었다. 잠을 이룰 수 없을 걸 알았고 그래서 커피를 마시러 방을 나왔다. 나와 보니 아무도 없었고 쿠션과 빈 병만이 나뒹굴고 자욱했던 담배 연기가 희미해지고 있었다. 소피아의 구두가 보였고 그녀의 재킷도 여전히 라디에이터에 있었다. 유리의 방문은 닫혀 있었다. 밀라노의 집에 살 때 누군가 여자 친구를 집으로 데려오면 다른 사람에게 방해하지 말라는 의미로 문손잡이에 양말 한 짝을 걸어두었던 것이 떠올랐다. 나는 커피포트를 올려놓고 뒤쪽 창가에 앉아서 어두운 부엌과 눈 덮인 안뜰을 바라보며 부글부글 끓는 소리를 들었다.

그날 저녁 소피아는 우리 집으로 이사를 왔다. 그들은 하루 열두 시간씩 일했기 때문에 다른 곳에 가서 잠을 자는 것도 비합리적이었다. 잠시 후, 그녀는 룸메이트에게 전화를 걸어서 서랍에 있는 물건들을 챙겨 짐을 싸달라고 부탁했고 내가 산책할 겸 가방을 가져다주겠다고 제안했다. 그렇게 해서 그녀의 이야기를 알게 되었다.

유리의 영화에서 그 여자는 혼자 있는 것을 싫어한다. 라일라는 삶의 의미를 자신이 하는 일에 두지 않고, 자신이 만나는 사람들과의 관계에서 찾는 인물이었다. 브루클린 어디에 사냐고 물어보면 이렇게 대답하곤 했다. "여기저기요." 부시윅에 있는 화가의 서재, 포트 그린에 있는 여학생들의 집, 파크 슬로프에 있는 어느 부부의 집. 그녀는 가끔 부부의 아이들을 돌봐주었다. 라일라는 옮겨 다닐 때마다 가방에 들어갈 수 있는 물건들만 가지고 다녔다. 나머지는 가끔 사용하는 서랍과 옷장에 놔두었다. 수납공간이 많은 부부의 집에는 겨울옷을 전부 두었다. 여학생들 집에는 책 몇 권. 화가의 서재에는 부츠 몇 켤레와 그의 모델 일을 할 때 썼던 모자, 이브닝드레스 등이 있었다. 그렇게 그녀는 대부분의 시간을 거쳐 간 곳으로 되돌아가 물건을 찾고 새로운 거처를 찾아 도시를 돌아다니며 뒤엉킨 실타래를 풀면서 지냈다. 이게 라일라였다. 뜬금없이 강아지 한 마리를 입양한 그녀는 얼마 후 아일랜드 노파가 적적하지 않도록 그 강아지를 선물했고, 일요일에 가끔 그 둘을 만나러 베이릿지까지 갔다. 그녀는 다른 기사들은 내키지 않아 하는 곳까지 태워주는 파키스탄인 택시 기사의 전화번호를 알고 있었다. 돈이 떨어지면 예술가들의 모델이 되어주거나 아이들과 애완견을 돌보는 일을 했고, 그 외에 저녁에 일하는 카페도 몇 군데 있었다. 그녀의 삶 속에는 많은 사람들이 있었고 다른 사람들 집에 있는 물건들은 유대, 구속, 약속이라는 유형적인 부분을 담당했다. 브루클린을 막 벗어나면 보이지 않는 전쟁이 일어났다. 사람들이 절박하게 서로를 찾고 격렬히 작별 인사를 하는 모습에서 알 수 있었다. 언제나 마지막일 수 있었다.

내 친구 유리가 쓴 이야기는 아름다웠다. 그가 좋아하는 프랑스 영화 같았다. 윌리엄스버그로 가는 기차 안에서, 문득, 영화로 만들어지지 않았더라도 소피아의 삶도 그럴 거라고 상상해보았다. 나는 버림받은 소피아의 남자 친구를 상대할 준비가 되어 있지 않았다. 그의 이름은 네이선이었다. 그는 베드퍼드 애비뉴 교차로에 살았다. 키가 크고 뚱뚱했으며 그 동네에서 유행하는 벌목꾼 패션을 따라 체크무늬 셔츠를 입고 있었다. 사랑에 상처받은 남자보다 위험한 사람은 없다. 그곳이 자유 도시 브루클린이라 하더라도.

"그녀와 만나세요?" 내게 가방을 건네며 그가 물었다.

"아니에요." 내가 말했다.

"그럼 당신은 이탈리아 친구군요?"

"그런 셈이죠." 내가 반사적으로 말했다. 어린 시절 친구 역할이 좋은 도피처가 된다고 생각했다. 내가 말했다. "어렸을 때 무척 친하게 지냈는데 20년간 보지 못하다가, 하고 많은 곳 중에 바로 브루클린에서 다시 만났지 뭐예요."

"다들 브루클린에 살죠." 그가 쓸쓸하게 말했다.

내가 틀렸다. 그는 무척 점잖은 사람이었다. 그는 오리건 출신이다. 현관에 서서 오리건으로 다시 돌아갈 생각이라고 말했다. 음악을 하려고 뉴욕에 왔는데 지금 외국인을 상대로 학교에서 영어를 가르치고 있고 월급으로 월세를 내고 나면 남는 게 없다고 했다. 소피아를 안 지는 1년이 되었다. 둘 사이가 왜 끝난 건지 아직도 이해를 못 한 눈치였다.

"그녀가 다른 사람을 만나고 있나요?" 그가 물었다.

"그런 것 같지는 않아요." 내가 대답했다. 나는 사람들이 듣고 싶어 하는 대답을 해주는 데 전문가였다.

"언제든 다시 돌아와도 좋다고, 전화하라고 전해주실 래요?"

"그럴게요"라고 말하며 나는 계단을 내려왔고 그는 위에서 나를 보고 있었다. 뭔가 말로 표현할 수 없는 아픔이 느껴졌다. 집에 돌아온 뒤 소피아는 내게 어떻게 됐는지 물었고 그녀가 원한 바대로 됐다고 대답했다. 가방은 현관에 놓여 있었고 나는 집 열쇠를 테이블에 올려놓고 누구와도 마주치지 않고 문을 닫고 나왔다고 말이다.

그 장면을 상상하는 소피아의 미간에 주름이 생겼지만 이내 사라졌다. 작별 인사하는 데 필요한 시간이었다. "그게 나아." 그녀는 벌목꾼 네이선과 그녀 인생의 일부분과 작별했다.

우리는 옛날 노래 〈두 남자 한 여자〉처럼 셋이 함께 살기 시작했다. 모두가 불행한 결말을 예상할 수 있었다. 그런데 우리 모두에게는 불행한 가족이 있었다. 남자와 여자 그리고 아이로 구성된 보통의 가족이었다. 그렇다고 새로운 시도를 하지 않을 이유가 없지 않은가? 소피아는 동거에 관한 한 분명한 기준을 가지고 있었다. 해적선에서는 선실에서 즉각 빠져 나올 수 있도록 가장 먼저 내부 칸막이벽을 없애고 개인 소유물과 계층을 없앤다고 소피아가 말했다. 그녀는 소파에서 잠을 잘 것이고 누군가의 여자 친구로 여겨지는 것을 원치 않는다고 선언했다. 18세기의 해적, 로버츠 선장의 선상 규칙을 냉장고 문에 붙여놓았다. 규칙은 이랬다. **공동선共을 위해 분배할 필요가 없는 한, 모든 사람은 마음대로 원하는 보급품을 받을 권리가 있다. 그러나 동료의 것을 훔쳐서 손해를 입힌다면, 코와 귀를 절단하고 무인도에 버려지는 엄벌에 처할 것이다.**

그곳이 우리의 유일한 전쟁터였다. 유리는 거의 파스타만 먹었기 때문에, 동거를 시작한 이후로 줄곧 내가 요리사였고 냉장고의 주인이었다. 그 당시 나는 냉장고 사용에 있어서는 타협하지 않았다. 잔반과 치즈 곰팡이, 시든 과일과 채소, 포장지를 뜯어놓거나 먹다 남긴 것을 싫어했다. 만약 와인을 따면 그 한 병을 모두 마셨고 감자를 곁들인 닭요리를 하면 남김없이 전부 먹어버렸다. 소피아는 나와 정반대였다. 그녀는 음식 두는 것을 좋아했고 새로운 요리를 열성적으로 시도했지만 먹는 것에 있어서, 진짜로 음식을 씹고 삼키는 것은 마치 그녀에게 자연스럽지 않은 일인 것처럼 힘겨워했다. 그녀는 매번 음식을 남겼다. 레스토랑에서 남긴 빵과 음식을 싸서 집으로 돌아오곤 했고 냉장고 문을 열고 얼어붙은 채 안을 들여다보았다. 냉장고는 내 방식대로 깨끗하게 정리되어 있었다. 그녀가 말했다. "이 냉장고 무서워. 조심해야 돼, 피에트로. 이건 정신 상태가 '위험' 수준인 냉장고야."

집은 2주간 세트장으로 변했다. 아침에 무대 기술자들이 와서 가구를 옮기고 문짝을 떼어내고 거실에 카트를 이리저리 널어놓았을 뿐만 아니라, 울퉁불퉁한 바닥이나 전기가 끊기고 2층을 계단으로 걸어 올라가는 것에 대한 불평도 서슴지 않았다. 그러는 동안 유리는 낮 촬영 신을 수정했다. 아직도 더 수정할 게 있는지 이해할 수 없었다. 그러다 그는 영화가 방향을 잡았고 원래의 시나리오를 고집부리는 건 불합리하며 영화가 어디로 흘러가는지 보고 따라갈 필요가 있다고 말했다. 그렇게 철저히 따라간 결과, 잠을 자는 소피아를 위에서 근접촬영하기 위해 내 침대에 건축용 비계를 설치하기에 이르렀다. 유리는 욕실 신 촬영을 위해 속옷 차림으로 그녀와 함께 욕조에 들어갔다. 그는 앞집의 지붕 위에 올라가서 소피아가 비상구 계단에서 담배를 피우는 장면을 롱샷으로 촬영했다. 주변에 멕시코인이웃들이 몰려들었다.

결말에 가까워질수록 어떻게 될지 더 많은 의견들이 오갔다. 다른 여배우들은 누드 장면을 촬영할 때 말이 많았지만 소피아는 옷을 벗는 데 아무런 거리낌이 없었다. 하지만 죽는 것은 거부했다. 죽음은 유리가 정해놓은 라일라의 운명이었다. 라일라는 길을 걷다가 스나이퍼에게 저격당한다. 〈네 멋대로 해라〉의 장 폴 벨몽드처럼 말이다. 하지만 소피아는 그건 옳지 않다고, 권위적으로 결론을 내리는 방식이라고 말했다. 살아 있는 사람은 죽음이 어떤 것인지 알 수 없고, 알게 되면 그땐 이미 죽은 뒤라고 했다. 그렇기 때문에 훌륭한 배우는 그런 장면을 연기하는 것을 받아들여서는 안 된다고 말했다.

"모든 배우가 지금껏 죽음을 연기해왔어." 유리가 반론을 제기했다.

"난 관심 없어. 죽는 건 안 할 거야. 떠나거나 사라질 수는 있어. 잠이 들거나. 다른 걸 생각해보자."

유리는 결말을 바꾸는 것에 동의했다. 하지만 그녀가 영화를 쥐락펴락하도록 내버려둔 것은 사랑 때문이 아니었다. 그가 대본을 집어 던지고 배우의 즉흥연기를 허락할 만큼 무엇이 그의 고집을 꺾었는지는 모니터를 보면 충분히 알 수 있었다. 카메라 앞에서 소피아는 강변의 웨이트리스로 돌아갔다. 마치 그것이 그녀의 삶이고 그 외에는 가짜인 듯 카메라 속에서 살았다. 카메라가 멈추면 그녀는 구석에 앉아 눈을 감았다. 촬영이 다시 시작되면 그녀의 몸은 마치 전류가 흐르는 것처럼 깨어났다. 유리가 지시할 필요 없이 지켜보기만 하면 되는, 예민하고 흠잡을 데 없는 몸이었다. 때로는 에로틱한 긴장감이 강하게 흐르는 장면이 연출되어서, 그럴 때면 나는 모두에게 인사를 하고 산책을 나갔다.

저녁에 우리는 함께 외출하곤 했다. 부두까지 걸어 펍

으로 변신한 바지선에 갔다. 음악을 들으러 가는 곳도 따로 있었는데, 맨해튼 방향의 터널 입구 요금소 바로 옆에 있는 레드 훅 포크 시어터라는 곳이었다. 입구의 작은 바, 실제 극장의 입구가 되는 빨간색 벨벳 커튼. 바이올린과 밴조, 우쿨렐레가 걸려 있는 벽돌 벽, 동네 교회에서 훔친 긴 의자와 관객들이 발로 박자에 맞추어 리듬을 타는 나무판자. 음악가들은 낮에 지하철에서 연주하던 그 사람들이었다. 그들은 잼을 넣었던 통에 맥주를 따라 마셨다. 데님 작업복과 밀리터리 재킷을 입었고 금빛 또는 빨간 수염이 나고 헤어스타일은 다양했다. 우리 또래였기 때문에 그들과 함께 살거나 어느 펍에서 그들에게 주문을 하거나 반대로 우리가 주문을 받았을 수도 있는 일이었다. 게다가 그곳의 섭리에 따라 그들의 초고속 성공을 지켜보거나 하룻밤 사이에 사라지는 것을 볼 수도 있었을 것이다. 무대를 내려오기 전 그들은 각자의 이름을 여러 번 말했고, 관중들에게 이렇게 인사했다. "저를 기억해주세요."

그들도 우리처럼 최근에 이곳에 왔다. 전환점이 되는 날짜가 있었다. **오랫동안** 이곳에서 지낸 사람들은 9월 11일에는 애도를 표했고 뉴요커라고 불릴 수 있었다. 지붕과 언덕, 해안을 따라 전망대 어딜 가더라도 그들의 시선은 그쪽, 예전에는 쳐다보지 않았던 하늘로 향했다. 당시에 살았던 사람은 그 이야기를 하며 감정이 벅차올랐다. 심지어 집과 서점, 레스토랑을 벗어나지 않는 바탈리아 씨도 그 사고가 있은 후부터 밖에 나가서 사람들의 눈을 보며 이야기하고 주변의 낯선 사람들과 몸을 부대껴야 할 필요성을 느끼게 됐다고 말했다. 사람들은 손을 잡고 팔짱을 꼈다. 빌딩의 붕괴가 뉴욕의 필멸의 운명을 실감케 하는 뭔가를 밝혀낸 듯했다. 꿈의 도시는 이런 몸을 가지고 있다는 걸 알았다. 그것은 보통 사람들처럼 피와 살로 이루어진 몸이었다. 나중이 되면 달라진 뉴욕이 되어 있을 거라고 시민들은 말했다. 그 **나중에** 우리가 도착했다.

"넌 글을 쓰니?" 한번은 소피아가 내게 물었다. "어떤 글을 써?"

유리와 비슷한 프로젝트가 있다고 대답했다. 난 뉴욕의 어느 여자의 이야기를 하고 싶었다. 하지만 난 그와 달랐고 내 방식대로 진행해야 했다.

"그 여자의 이름은 뭐야?" 소피아가 물었다. 어떤 이유에선지 우리는 이름에 많은 관심을 보였다.

"몰라." 내가 대답했다. "아직까지는 그냥 **여자**야."

"그러면 이렇게 써." 그녀가 말했다. "이 여자는 한 남자와 뉴욕에 왔어. 그들은 어느 파티에서 알게 되어 잠자리를 가졌고 그 만남을 열정적으로 기념하기로 했어. 그녀에게는 아버지가 남겨주신 돈이 조금 있었지. 그 돈을 차근차근 소진해. 그렇게 어느 날 아침 그녀와 그 남자는 여행사에 가서 뉴욕행 비행기 표를 끊었어. 두 사람은 바다 위를 날아가며 샴페인을 마시고 술이 약한 그녀는 세상모르고 잠에 빠졌지. 잠에서 깼을 때 그녀는 이렇게 생각했어. 그런데 이 사람은 누구지?"

"시작 괜찮은데." 내가 말했다. "계속해봐."

"잘 잡아." 소피아가 말했고 마치 배의 키를 잡고 있는 듯이 이야기를 들려주었다. "여기에서 출렁거려."

"그들이 뉴욕에 도착하자 비가 내려. 11월이야. 이틀 동안 쉬지 않고 비가 내렸고 남자와 여자는 심하게 다퉜어. 그는 그가 알던 사람이 어떻게 이렇게 된 건지 이해할 수 없었고, 여자는 상상할 수 없을 정도로 분노에 휩싸였지. 첫날 밤에 두 사람은 따로 잠을 자기로 해. 둘째 날 그가 그녀에게 여행은, 아니 여행이라고 하지 않고 삶이라고 말해. 삶이 지옥이 되어버렸다고 말해. 여자가 예전에도 몇 번 들어본 말이야. 남자들을 지치게 하는 건 그녀의 전문이야. 그녀는 남자들이 망가질 때까지 잡아당기고 누르고 비틀고 구부러뜨리거든. 셋째 날 아침 그들은 서로를 위해 헤어지기로 결심해. 여자의 마음이 안정을 찾으면 남자를 그리워할 거고 두 사람은 남은 여행을 함께할 수 있을 거야. 그렇지 않으면 그들은 공항에서 만날 거고 이탈리아에 가면 예전처럼 친구로 남겠지."

"누가 떠나는데?" 내가 물었다.

"뭐라고?"

"누가 남고 누가 떠나게 될까?"

"여자가 떠나. 그녀는 맨해튼의 호텔이 맘에 들지 않아. 짐을 싸서 브루클린의 폴란드 마을인 그린포인트에 있는 호스텔로 옮겨. 열이 나서 하루 종일 침대에 누워서 소방차의 사이렌 소리를 들어. 다음 날 저녁 비가 그치고 여자는 배가 고픈 나머지 용기를 내어 홀로 외출을 해. 동네 식당에서 굴라시 한 접시를 먹고 옆에 있는 카페에서 커피 한 잔을 마시고 담배를 사. 다음 날에는 이곳저곳을 돌아봐. 베드퍼드 애비뉴에서 윌리엄스버그까지 내려와 서점과 레코드 가게에 들어가고 빵집에서 도넛을 먹어. 우연히 들어간 길을 따라 강가에 버려진 부두에 도착해. 그 순간 뉴욕이 항구라는 것을 깨닫게 되지. 그녀는 그 사실을 몰랐거나 잊었을 수도 있고, 아니면 전혀 생각하지 못했던 걸 거야. 하지만 선원들의 이야기는 그녀의 어린 시절의 일부이기 때문에, 그날 오랫동안 부두에 서서 처음으로 아버지를 생각해."

"아버지에게 무슨 일이 있어?" 내가 물었다.

"몇 년 전에 돌아가셨어."

"그럼 그전에는 생각을 전혀 안 한 거야?"

"응." 소피아가 말했다. "전혀 생각하지 않았어."

"저녁에 호스텔에서 그녀는 돌아가는 티켓을 찢어버려. 파티에서 만난 남자를 다신 볼 수 없을 거야. 하지만 그에게 고마워하게 될 거야, 문을 열고 문제를 해결해주는 통로가 되어준 셈이지. 무슨 뜻인지 알겠어?"

"알 것 같아." 내가 말했다. "그런데 남자는?"

"글쎄, 그 남자?"

"그 남자는." 내가 대답했다. "떠나는 날 저녁 탑승 거절 경고를 받을 때까지 그녀를 기다려. 그러다 결국 단념하고 홀로 탑승해. 비행기가 이륙하자 남자는 창밖 뉴욕의 불빛을 바라보며 한숨짓고 진토닉을 주문해, 여기까지야."

"멋지다." 소피아가 말했다. "이야기의 핵심을 파악했구나."

"계속해봐." 내가 말했다.

3월 중순에 촬영이 끝났고, 유리는 편집에 들어갔다. 이제 하루 종일 학교 지하 스튜디오에 틀어박혔다. 눈이 빨갛게 충혈되고, 말하는 것은 물론 짧은 대화를 하고 간략하게 의견을 표현하는 것도 힘들 정도로 기진맥진해 집으로 돌아왔다. 일주일 뒤에 그는 편집자와 다퉜고 며칠 동안이라도 그의 성미를 견딜 수 있는 편집자를 새로 구해달라고 요구하고는 문을 쾅 닫고 나가버렸다. 유리는 혼자 힘으로 해보기로 결심했다. 그는 컴퓨터로 신을 잘라내어 하나씩 끼워 넣는 것 외에 할 줄 아는 게 거의 없었지만, 이 작업이 핵심이고 시간이 지나면 나머지도 터득할 수 있을 거라고 말했다. 소피아가 등장하는 장면과 집, 구름, 갈매기, 고가 철도, 물탱크에서 찍은 20여 시간의 촬영분이 있었고 이걸 영화로 만드는 데까지 거의 한 달에 가까운 시간이 걸렸다. 야간에도 작업을 할 수 있도록 학교에 허가를 요청했다. 머리를 맑게 하려고 스튜디오 밖으로 자꾸 나가다보니 경비원과 친구가 되어 커피를 함께 마시고 담배를 나눠 피웠다. 작년의 행색으로 되돌아간 듯했다. 어두운 피부, 주름 패인 눈, 만성 기침, 성공을 보장 못 하는 눈먼 고집.

소피아는 우리 집에서 지냈다. 동네 카페에서 일을 하기로 했고 소파를 차지하는 것도 자연스러웠다. 이제 우리 둘이 함께하는 시간이 많아졌다. 대화를 할수록 서로 닮았다는 것을 알게 되었다. "일곱 살에 내가 너를 만났었나?" 그녀가 말했다. "그런데 내가 기억을 못 하는 걸까?" 욕조 신에서 유리는 현실 속 그녀를 그대로 옮겨왔다. 소피아는 매일 저녁 목욕을 했다. 나는 문 밖에서 그녀와 대화를 했고 그녀는 잠시 후 내게 말했다. "그만하고 들어와, 난 남동생이 있었으면 좋겠다고 평생 생각했어. 당황할 필요 없어. 난 봐줄 만한 가슴도 없어." 이게 바로 소피아 특유의 농담이었다.

그녀의 방에는 트윈 침대가 놓여 있었다고 했다. 부모

님이 가구를 마련할 때 둘째를 계획 중이었고 마음먹은 대로 되진 않았지만 침대는 그대로 두었다. 그녀는 보이지 않는 남동생과 함께 사는 것에 익숙했지만 엄마와는 그렇지 않았다. 소피아는 엄마를 괴로운 여자, 이해되지 않는 것을 이해하려고 애쓰며 집 안을 돌아다니는 몽유병자로 묘사했다. 엄마가 하루 중 유일하게 안정을 취하는 때가 있었다. 저녁 즈음 욕조에 따뜻한 물을 채우고 향기 나는 소금을 붓고 소피아를 욕실로 불렀다. 욕조 안에서 그들은 서로의 머리를 감겨주고 등을 닦아주며 퇴근한 아빠가 문을 두드리고 언제 나올 생각인지 물을 때까지 수다를 떨었다. 엄마는 웃으면서 말했다. "당신 배고파요? 근처에 레스토랑 많잖아요." 그러고는 언제 그랬냐는 듯이 식탁에서 다시 평소같은 괴로운 표정을 지었다.

그 시간 동안 또 무슨 이야기를 했더라? 기억과 상상을 섞었다. 우리는 그것을 **욕조 속 독백**이라 불렀다. 중요한 것은 얼굴에 익숙해지는 거라고 말했다. 아름다움이 아니라 습관. 진정한 아름다움이란 무엇일까, 어리석은 기하학적 문제이고, 그저 입과 코, 귀의 샘플 북에 운 좋게 딱 맞아떨어지는 것일 뿐이었다. 그런데 만약 한 얼굴을 알게 되었고 졸릴 때, 감기 걸렸을 때, 하루 종일 일이 잘 풀리지 않아 지쳤을 때의 얼굴을 보았다면, 그 얼굴에 **익숙**해졌다면, 그렇다면 아름다움의 문제를 넘어선 것이었다. 그렇지 않은

가? 한편 소피아는 두 개, 세 개, 네 개의 담배를 피웠고 약간의 담뱃재가 욕조 끝에 놓아둔 커피 잔 받침대에 떨어졌다. 대화도 산만했다. 흡연자들은 두 부류로 나눌 수 있는데, 자신이 피우는 담뱃재에 주의를 기울이는 사람들과 전혀 신경 쓰지 않는 사람들이었다. 보통 후자는 습관적으로 손동작을 한다. 전자는 다른 사람의 의견과 자신의 행동의 결과에 지나치게 신경 쓴 나머지 스스로의 삶을 망치는 경향이 있었다. 나는 이런 부류의 사람들을 잘 알고 있었다. 그들은 모든 사람들의 말에 동의할 뿐만 아니라 누군가와 다툴 때도 나중에 다시 생각해보고 필요한 말보다 훨씬 많은 말을 하며 용서를 구할 때는 감성적인 어조로 말한다. 이런 부류의 사람들은 자신의 담배꽁초뿐 아니라 커피 잔 위에서 불이 꺼져가는 다른 사람들의 것도 눌러서 꺼주고 심지어 받침대도 씻어준다. 반면에, 부주의한 사람들은 시간이 갈수록 부주의한 티를 더 내게 된다. 자기 관리에 서툰 것은 또 다른 형태의 산만함이었다. 혼자 가구에 부딪히고 아파했다. 바로 소피아가 그랬다.

"그건 그렇고." 그녀가 말했다. "어디까지 얘기했지? 아 맞다, 그날 저녁 부두에서."

"그러니까 여자는 뉴욕에 머무르기로 결정했지만 가진 돈으로는 오래 버티지 못해. 미국에 사는 모든 이탈리아인들이 그렇듯 가장 간단한 해결책은 동향 사람들에게 도움을 청하는 것인데 그녀는 동네의 레스토랑을 돌다가 블리커 스트리트의 어느 피자집에서 일하게 돼."

"와." 내가 말했다. "센데."

"강단이 있지." 소피아가 말했다. "마음먹으면 사람들과 잘 어울려. 그렇지 않을 때는 간디와도 싸울 정도야, 뭐 어찌 됐든."

"윌리엄스버그에서 중고 옷가게를 발견했고 거기서 일하는 남자와 데이트를 시작해. 그는 오리건 출신의 음악가야. 그 덕분에 호스텔을 나와서 원룸으로 갔고 그녀의 우아한 옷들을 패딩 재킷과 장갑, 털모자, 스노우 부츠로 교환해. 맵시가 나지는 않지만 뉴욕의 겨울에 어울리는, 따뜻한 미국인 복장이야."

"맘에 들어." 내가 말했다. "옷에 관한 부분."

"그래. 1월이고 여자는 다시 태어나는 느낌이었어."

"그런데 음악가는 어때? 그들은 사귀는 거야?"

"정확히는 아니야. 그들은 무척 친밀한 룸메이트라고 할 수 있어. 그 이상은 원치 않는다고 그녀가 확실하게 못을 박아. 그는 사랑에 빠지지 않겠다고 약속해. 저녁에 그녀와 콘서트를 가거나, 혹은 집에 있을 경우는 밴쿠버와 시애틀, 서해안의 끝없는 숲, 게 잡이 어부, 알래스카에서 오는 유조선에 관한 이야기를 해주었어. 이것들은 그의 노래에 담기는 이미지야. 어느 날 밤 그들은 함께 노래를 만들어. 두 사람과 행운을 찾아 뉴욕에 온 모든 이들의 이야기지."

"제목이 뭐야?" 내가 물었다.

"아직은 그냥 **노래**야." 소피아가 시무룩한 얼굴로 말했다. 내 표정을 따라 한 것이다.

"참 훌륭한 배우야." 내가 그녀의 머리를 물속에 밀어넣으며 말했다. "훌륭해."

소피아가 웃었고 내게 비누 거품을 끼얹었고 나서 노래 제목을 공개했다. "브루클린 선원의 블루스"라고 했다.

"어떻게 부르는 거야?" 내가 물었다.

"꿈도 꾸지 마. 날 물에 빠뜨려도 노래는 안 할 거야."

"어떤 음악인지만 말해줘."

"기타 치며 부르는 여자 노래야. 그런데 나이 지긋한 술꾼이 불러도 괜찮아. 저기 저 음악이야."

4월 1일, 소피아의 물건을 옷장에 전부 숨겼는데도 월세를 받으러 온 집주인은 잠입자가 있는 것을 눈치챘다. 눈치가 빠른 그를 속이는 건 쉽지 않았다. 그는 이른 아침에 왔는데 꽤나 일찍부터 깬 것 같았다. 집에 들어서자마자 주위를 둘러보고 변화를 알아차리고는 새로운 룸메이트가 있냐고 물었다.

그가 말했다. "여자구나, 그렇지?" 그리고 덧붙였다.

"누구의 여자 친구니? **피오트르**, 네 여자 친구야? 아니면 **가가린**?" 유리와 나는 서로를 보지도 않았다. 집주인은 웃었고 돈 봉투를 받아들고 한껏 재밌어하며 나갔다.

우리 둘 다 무슨 일이 일어나고 있는 건지 알았지만 말하지 않았다. 우리는 그랬다. 말 없는 15년지기 친구였다. 언젠가 둘이 다른 학교 학생들에게 맞은 적이 있었는데 그가 그들을 도발했고 난 그를 지키려고 했던 것이다. 또 한번은 예전 내 여자 친구가 우리 둘 사이를 질투해서 내게 최후의 통첩을 날린 적이 있었다. "나야, 그야?" 그래서 난 유리에게 당분간 만나지 않는 게 좋겠다고 말했고 그는 나를 그런 으름장에 꼼짝 못 하는 가엾은 바보처럼 불쌍하게 여겼다. 우리가 함께 살기 시작했을 때 난 그에게 자신을 합리화하기 위해 언제까지 어린 시절을 팔아먹을 거냐고, 그건 다른 변명들과 다르지 않다고 말한 적이 있었다. 그러자 그는 반쯤 남은 보드카 병을 들고 집을 나가서 한참 뒤에 술에 취해 눈물범벅이 된 채로 돌아왔다. 서로가 이런 이야기를 한 건 아니었지만, 기억하고 있었다. 그 기억은 차례로 줄지어서 컬럼비아가에 도착했고 어떤 식으로든 계속 떠오를 것이다. 우리의 인생에서 이보다 확실한 건 없다.

유리와 소피아 사이에 문제가 생겼다. 부엌에서 유리가 편집에 차질이 생겼고 해결이 쉽지 않을 것 같다고 말했다.

"신경 쓰지 않고 그냥 두는 건 어때." 그녀가 말했다. "뭔가가 잘 안 되면 거기서 멈추고 다른 걸 하는 게 나을 때도 있어."

하지만 유리의 발칸식 사고방식에서 인생은 호락호락하지 않은 운명에 맞선 투쟁이었다. 우리가 누구인지 정의를 내려주는 것은 우리의 행동이 아니라 반응이라고 했다. 전쟁, 질병, 죽어가는 사람들, 머리 위로 무너지는 집들, 그리고 아무리 노력해도 안 되는 영화도 마찬가지라고. "하는 일이 잘 풀리면 모두가 착한 사람이 돼." 그가 말했다. "네가 어떤 사람인지 알려면 일이 잘되지 않을 때를 보면 돼."

그는 자신의 넘치는 능력에 비해 의자가 너무 작기라도 한 것처럼 팔다리를 쩍 벌리고 의자에 걸터앉아서 말을 했다. 다리는 식탁 밑으로 쭉 뻗었고 한쪽 팔은 의자 뒤로, 나머지 한쪽 팔은 바닥으로 축 늘어뜨렸다. 난 그를 보지 않으려고 밖을 내다보았다. 이웃집 멕시코인들은 여름을 나기 위한 튜브 수영장에 바람을 넣고 있었다. 양키즈 모자를 쓰고 자전거 펌프를 손에 들고 있었다. 그는 비닐 천 중앙에 널브러져 있는 개를 일으키려고 설득 중이었다.

소피아는 일이 잘 풀리지 않으면 짐을 챙기고 끈을 끊어버린다고 말했다. "그러면 난 어떤 사람이야?" 그녀가 물었다. "도망치는 예술가?"

"네가 뭘 알아." 유리가 인내심을 잃고 말했다. "너희는 좋은 부모 밑에서 자랐지. 털끝 하나 건드리지 않는 교양 있는 사람들. 너희는 겪어보지도 않은 가상의 트라우마를 만들어내고 분노하고 있어."

소피아는 대답하지 않았다. 그녀는 다양한 주제에 대해 말하기를 좋아하지만 누가 더 아픈지 경쟁하듯 각자의 트라우마를 비교하는 건 원치 않았다. 카페 근무가 있는 날이었다. 나가봐야 할 시간이 되었다.

"나 갈게." 그녀가 말했다.

"그 빌어먹을 도망치는 예술가가 맞구나." 유리가 말했다.

"뭐라고?" 소피아가 물었다. "뭐라고 했는지 못 들었어."

"아무것도 아니야." 그가 말했다. "신경 쓰지 마."

잠시 후 유리는 그런 말을 한 것을 후회하고 이렇게 덧붙였다. "잘 가." 하지만 소피아는 이미 계단을 내려가고 있었다. 그녀는 외출할 때 인사를 하는 법이 없었다. 아침에 일어나서도 그렇고 자기 전에도 마찬가지였다. 사라질 때도 결코 작별 인사는 없을 것이다.

유리와 나, 둘만 남았다. 아래층에서 문 닫히는 소리가 들리기를 기다렸다가 영화에 무슨 문제가 있는지 물어보았다.

"문제." 그가 말했다. 그의 영화가 유일하고 가장 골치 아픈 두 시간짜리 문제라고 설명했다. 최근에 그는 결말을 앞당겨보고 도입부를 뒤로 미뤄보기도 하고 시간 순서를 뒤바꿔보면서 장면을 이리저리 옮겨 붙여봤다. 그러다가 전부 취소하고 일주일 전의 상태로 되돌렸다. 대사를 제거하고 음악만 남겨두었고, 그러다가 음악도 제거하고 마치 악보인 것처럼 도시의 소음을 삽입했지만, 전부 허접해 보였다. 아주 유행이 지난 듯했다. 벌써 수십 번을 본 시퀀스를 몰입해서 보았고 다시 촬영하고 어떤 것이 좋은지 똑같은 샷의 여러 가지 버전들을 비교해보았다. 모든 버전이 각기 다르고 전부 괜찮아 보였다. 그리고 부작용이 있었다. 유리에겐 더 이상 소피아를 감당할 자신이 없었다. 오랫동안 그녀를 라일라라고 생각했는데 집에 돌아와 그녀의 실제 모습을 보게 되니 구역질이 났다.

"내가 미친 거야?" 그가 물었다.

미친 게 아니라 거만하고 잔인한 거라고 말해주고 싶었다. 하지만 나는 그가 무척 지치고 오랫동안 혼자 지내서 그런 거라고 말했다. 편집자를 해고하고, 밤샘 작업을 하고, 뭔가 대단한 일을 한다고 생각하는 것은 상황을 명확하게 바라보는 데 아무런 도움이 되지 않았다.

"도울 일이 있을까?" 내가 물었다.

"응, 와서 봐줘. 난 나보다 너를 더 믿어. 반응이 좋지 않으면 전부 태워버릴 거야."

우리는 다음 주 월요일에 날을 잡고 영상을 보기로 했다. 일요일 저녁, 소피아는 다른 거처를 알아보았고 서점이 문 닫을 때쯤 해서 나를 데리러 왔다. 바탈리아 씨는 그녀를 좋아했다. 소피아에게 환한 미소를 지으며 이렇게 맞아주었다. "안녕하세요, 우리 잠깐 이탈리아어로 얘기할래요?"

"좋아요." 소피아가 말했다. "무슨 얘기를 할까요?"

우리는 평소에 하던 대로 이탈리아어와 영어를 섞어 쓰며 함께 식사했다. 바탈리아 씨는 그가 어렸을 때, 할아버지가 일하는 엠파이어 스테이트 빌딩 50층에 갔던 이야기를 들려주었다. 당시는 1940년대로 제2차 세계대전 직후였다. 레스토랑에는 맨해튼의 사업가들이 주로 드나들었다. 그들은 고기를 먹고 버지니아 담배를 피우는 미국 굴지의 자산가들이었다. 그의 할아버지는 그에게 아이스크림을 만들어주었고 그와 함께 레스토랑의 한쪽 구석에 앉았다. 여섯 살의 바탈리아 씨에게는 모든 것이 놀라웠다. 위에서 내려다본 뉴욕의 전경, 호화롭게 장식된 레스토랑, 신사들이 입은 옷과 할아버지에게 친절하게 인사하는 매너. 그는 요리사에 불과했지만 사람들은 나가면서 레스토랑의 사장을 대하듯 그와 악수했다. 일에서 얻은 존경. 이것이 늙은 이민자가 가진 최대의 자부심이었다. 그의 할아버지는 이탈리아 남부 산촌에서 태어났지만, 그보다 훨씬 부유한 사람들이 그에게 존경을 표했다. 그런 그는 자신의 첫 번째 미국인 손자에게 아이스크림을 만들어주었다.

우리의 이야기는 이렇게 끝이 났다. 그날 저녁 포크 시어터에서 한 사내가 노래를 불렀다. **촛불로 담배에 불을 붙일 때마다 브루클린 어느 선원의 몸은 바다 위 하늘로 날아오를 거야.** 소피아는 팔꿈치로 내 옆구리를 툭툭 쳤다. "피에트로." 그녀가 말했다. "들어봐. 내가 쓴 거야."

〈브루클린 선원의 블루스〉는 정말로 존재했다. 단순하고 슬픈 노래였고 우리가 아는 사람들에 대한 노래였다. 펍에는 기타를 연주하러 뉴욕에 온 오리건주 포틀랜드 출신의 네이선이 있었다. 브로드웨이를 바삐 돌아다니고 오로지 노래를 부르고 춤을 추고 싶어 하는 캔자스 출신의 모드가 있었다. 멕시코에서 트럭을 타고 온 훌리오와 히치하이킹으로 캐나다에서 온 올가가 있었다. 이탈리아 여배우 소피아도 있었다. 모두가 순탄하게 떠났고 모두가 맨해튼섬 주변을 둘러싼 바위에서 난파되었다. 한 사람은 지금 철판에서 꼬치를 굽고, 한 사람은 타임스 스퀘어의 어느 펍에서 옷을 벗고, 또 한 사람은 20달러를 벌 수 있다면 어떤 일도 마다하지 않았다. 극장 오디션을 보던 여배우는 이민국 심사를 받았다. 나머지 한 사람은 모든 걸 내려놓고 베라자노 다리에서 몸을 던졌다. **촛불로 담배에 불을 붙일 때마다 브루클린 어느 선원의 몸은 바다 위 하늘로 날아오를 거야.**

"정말 아름다운 노래야." 마침내 내가 입을 열었다. 난 감탄했다.

"성공할지 모르지만 난 성공한 것조차도 모를 거야."

"꼬치를 만드는 훌리오가 맘에 들어. 불법체류자 여배우도."

"오." 소피아가 말했다. "그 당시에 내 비자가 만료되어서 그 내용을 넣었어."

"그래서 어떻게 했어?"

"내가 어떻게 했느냐고? 피에트로, 난 아무것도 하지 않았어. 아직도 만료된 상태야."

그녀를 보았다. 그녀는 내가 무슨 말이든 잘 믿어서 자주 나를 놀리곤 했다. 그녀가 거짓말을 할 때는 오래가지 못하고 웃음을 터뜨렸다. 하지만 이번만큼은 진지했다.

"그러다 발각되면 어떡해?"

"발각되면 집으로 돌려보내지겠지. 그러면 10년간 미국은 굿바이. 하지만 항공료도 대신 내주는데 나쁠 것 없잖아?"

다음 날 나는 기분 좋은 마음으로 지하철을 타러 집을 나섰다. 맨해튼에 안 간 지 꽤 되었고 러시아워에 유니언 스퀘어에 있는 것은 세일 기간에 조명, 음악, 상점과 바에 드나드는 사람들로 정신없는 쇼핑센터에 들어가는 것과 마찬가지였다. 최대한 서둘러 유리의 학교에 도착했고 안내실을 찾아서 그가 있는 곳을 물었다. 경비원은 오랜 친구를 대하듯 맞이해주었고, 복도를 따라 유리가 일하는 편집실로 나를 안내했다. 그곳은 컴퓨터 한 대와 모니터 두 대, 의자 두어 개, 비슷하게 생긴 각 방들을 분리하는 석고 보드 벽, 온종일 붙어서 담배를 피우는 자그마한 창문이 있는 작은 방이었다. 한쪽 벽에는 이제는 구겨진 노란색 메모지가 잔뜩 붙어 있었다. 거기에는 펜으로 장면의 이름이 쓰여 있었다. **라일라는 기타를 연주한다, 라일라는 목욕을 한다, 라일라는 잔다.** 담배꽁초가 찻잔에 눕혀져 있었다. 이 안에서의 밤은 길었다. 유리는 의자 하나를 내어주고 불을 끄고 영화를 틀었다.

사라예보의 포위 공격 장면은 사라졌고 폭탄과 발칸 음악도 없었다. 그가 크리스마스 때 들려준 이야기는 거의 담겨 있지 않았다. 몇몇 등장인물들이 사라졌고 대화도 많이 줄어들었다. 대체 무슨 일이 **벌어지는** 건지 파악할 수 있는 부분도 딱히 없었다. 그건 라일라의 삶이었다. 그녀의 몸, 그녀가 가고 멈추고 그녀가 손으로 하는 것. 그 외에 별다른 것이 없었다.

두 시간 뒤, 나는 재빨리 생각을 쥐어짜려고 눈을 꼭

감았다. 관람하는 내내 유리는 모니터 반대편에 서 있었고 그는 영화가 아닌, 영화를 보는 나를 바라보고 있는 느낌이 들었다. 이제 뭐라고 말을 할지 결정할 시간이 얼마 남지 않았다. 진실이냐 아니면 이 장면, 저 장면과 음향, 영상, 컷들을 평가하면서 말도 안 되는 말을 늘어놓을 것이냐. 우리 둘에게 그리 좋은 타이밍은 아니었다. 다른 때였더라면 주저 없이 의견을 말했을 텐데. 마치 도로 가장자리의 맹인이 된 기분이었다. 나는 숨을 고르고 나서 길을 건너가기로 결심했다.

"좀 난해한 것 같아." 내가 말했다.

"뭐라고?" 유리가 물었다.

"무슨 말인지 모르겠어. 이해하기 힘들어."

"영화 전체가?"

"아니, 당연히 전체가 그렇다는 건 아니야."

"뭐가 이해가 안 돼?" 그가 물었다. 그의 입에는 담배가 물려 있었지만 불은 붙이지 않았다. 그는 가슴 앞에 팔짱을 끼고 나를 보았다. 나는 하고 싶은 말을 가장 정확하게 표현할 수 있는 단어를 생각했다. 대부분의 영상이 아름답다고, 아니 아름다운 것 이상으로 사실적이라고 말했다. 도로의 특정 부분과 라일라를 클로즈업한 장면에서 놀라운 진실을 발견했다. 클로즈업된 라일라의 모습이 상자 안에 넣어둔 수많은 사진처럼 영화 속에 담겨 있었다. 사진 한 장을 고르고 다른 것은 무시하거나 바닥에 펼쳐놓고 이야기를 지어낼 수 있었을 텐데, 이야기는 없고 아름다움과 혼란만 있을 뿐이었다.

"생각이 많은 작품이야." 내가 말했다. "미적 감각이 있고 많은 생각이 담겨 있어. 특히 인생을 보는 시각 말이야. 하지만 그 이상은 아니야. 초반에는 매혹적이지만 뒤로 갈수록 혼란스럽고 지루하고 화가 나. 영화관이라면 사람들은 영화를 보다 말고 중간에 나갈지도 몰라."

난 숨을 쉬었다. 유리는 여전히 나를 보고 있었다. 그는 놀라지도 상처를 받지도 않은 것 같았다. 내가 말한 것을 그도 이미 알고 있었다. 그는 담배에 불을 붙이고 창밖으로 연기를 뿜었다.

"그래서." 그가 말했다. "내가 어떻게 하면 될까?"

난 어깨를 으쓱했다. 다시 편집을 한다 해도 크게 달라지지 않을 것 같았다. 허점이 너무나 많았다. 긍정적인 면을 바라보려 노력해야 한다고 말했다. 그는 최고의 학교를 다녔고 그건 연습일 뿐이었다. 그렇지 않은가? 그는 지난 5년보다 그 3개월 동안 감독이 무엇인지에 대해 훨씬 더 많이 배웠을 것이다.

유리는 고개를 끄덕였다. 우리는 공식 버전에 대해 합의를 보고 그곳을 나왔지만 둘 다 그게 무슨 뜻인지 알고 있었다. 없애버리는 게 나을 법한 실패한 영화였다. 그걸 본 어떠한 제작자도 자금 지원을 하지 않을 것이다. 차라리 철저히 신인에게 투자를 하면 모를까.

그는 스튜디오에서 위로의 포옹을 받고 재떨이를 비우고 벽에 붙여놓은 노란색 메모지를 떼고 모든 기기의 전원을 끈 뒤 나와 함께 그곳을 나왔지만 아직도 할 말이 남은 모양이었다.

그가 물었다. "넌 글을 쓰고 있어?"

"시작했어." 내가 대답했다.

"소피아에 대해 쓰고 있는 거지, 그렇지?"

"비슷해."

유리는 만족스럽게 고개를 끄덕였다. 마치 담배 찌꺼기를 뱉어내는 것처럼 이 사이에 혀를 넣고 소리를 냈다. "대단해 피에트로." 그가 말했다. "처음에는 내 여자를 가로채더니 이제 이야기까지."

"내가 여자를 가로챘다고?" 터무니없는 느낌이 들어 당황한 내가 물었다.

"그래. 넌 좋은 사람이니까 섹스까진 못 했겠지."

그건 독설의 시작이었다. 이전에도 그런 비슷한 말을 들은 적 있었다. 유리가 세상이 자신을 등졌다고 느낄 때면 난 가장 위선적인 사람이 되었다. 나는 겁쟁이이자 전략가였고, 그가 먼저 시도하도록 하고 몇 번의 실패를 거듭하면 나는 정체를 숨기고 있다가 본모습을 드러내는 그런 사람이었다. 반면에 그는 순진했고 그래서 나와 같은 사람들에게 언제나 패배할 운명이라는 것이었다. 그는 그날 맨해튼에서 수십 번도 넘게 내게 그걸 설명했다.

어쩌면 우리는 치고 박고 싸워야 했는지도 모르지만 바닥에 뒹굴어가며 문제를 해결할 때는 지났다. 나는 그의 말이 끝나기를 기다렸다가 의자에서 일어나 밖으로 나갔다. 그를 그의 굴에 놔두고 지하철역을 향해 달렸다. 브루클린에 도착할 때까지 호흡이 정지된 듯했다.

마지막으로 소피아를 본 건 컬럼비아가의 테라스에서였다. 계단의 들창을 밀고 나가면 편평한 지붕이 나왔다. 우리는 그곳에서 일몰을 보곤 했는데 그때는 해가 길었다. 지붕 위에서 보면 동네의 주택들은 간격 없이 따닥따닥 붙어 있는 것 같았다. 누군가 그 위를 달린다면 바다까지 갈 수 있을 것 같았다.

소피아가 말했다. "열네 살에 너보다 큰 개와 함께 돌아다닌다면 어떨지 상상해봐. 그 개의 한쪽 귀는 잘렸고 뒷발의 발가락은 여섯 개야, 사람들은 그걸 보고 놀라겠지. 이제는 네가 여자아이가 됐다고 생각해봐, 피에트로, 너의 첫 번째 남자 친구가 어느 토요일 오후 학교 앞에서 너와 헤어지기로 결심했어. 이건 세 장면으로 나뉘어. 네게 비겁한 변명을 하는 그, 눈물을 흘리는 너, 그리고 너와 그를 바라보는 개. 개는 자신의 단순한 논리로 문제의 핵심을 완벽하게 파악해. **이 자식이 너를 아프게 하고 있다.** 대형견답게 으르렁거리기 시작하고 넌 트럭 엔진 소리 같은 이 굵은 소리가 무슨 뜻인지 알아. 그는 자신 없이 말을 이어 가다 고쳐 말하고 더듬거리고 얼굴이 창백해져."

난 그녀의 말을 듣지 않고 그녀를 보고 있었다. 너무 때늦은 이야기였고 소피아도 그걸 눈치채고 이야기를 하다 말고 이렇게 말했다. "이봐, 선원. 그 시무룩한 얼굴은 뭐야? 집이 그립기라도 한 거야?"

우리는 뉴저지 해안의 왜가리와 불빛이 반짝이는 만을 바라보았다. 항구가 현대의 대형 화물선이 이동할 공간을 확보하기 위해 1960년대에 아래쪽으로 이전했다는 것을 알고 있었다. 우리는 화물선들이 뉴어크와 뉴저지 시티에서 출발해 위풍당당하게 베라자노 다리를 향해 내려가 대양으로 나가는 것을 보고 있었다.

"이제 어디로 가?" 내가 물었다.

"시애틀에 갈지 샌프란시스코에 갈지 아직 안 정했어. 태평양을 보고 싶어. 우리 엄마가 어떻게 지내는지 한 번 보고 오고 싶기도 해. 당부하는데, 넌 글을 써야 돼."

"모르는 이야기가 아직도 많아."

"아, 피에트로, 지어내면 되지. 성서도 아니잖아. 상상력을 사용하도록 허락할게."

그녀는 자신에게 유일한 재능이 있다고 말한 적이 있었는데, 그것은 끝을 인지하는 능력이었다. 잠시 후에 그 말을 되새겨보았고 그녀가 음악가 친구들처럼 내게 인사를 할 것이라 생각했다. 기타를 내려놓고 마이크에 다가가 눈을 바라보며 그녀가 말했다. "나를 기억해."

유리와 나는 소피아가 떠난 뒤, 며칠 동안 서로를 피해 다녔다. 그는 아침에 일어나면 커피를 마시고 옷을 갈아입은 뒤 학교에 가서 시험을 준비했다. 난 그보다 한 시간 뒤에 일어나 그가 남긴 커피를 마시고 공원에 나가 책을 읽었다. 저녁에 마주치면 나는 저녁을 차리고 그는 옆 중국 식당에서 국수를 주문했다. 서로 얼굴 붉히는 일을 만들지 않으려고 각자 방에서 식사를 했다.

어느 일요일에 나는 윌리엄스버그로 산책을 나갔다. 네이선의 아파트에는 이제 다른 사람이 살았고 그들은 네이선이 누구인지 전혀 몰랐다. 어쩌면 네이선은 소피아와 함께 서부로 갔을지도 모른다는 생각이 들었다.

그날 저녁 유리와 대화를 해보기로 결심했다.

"네 생각에는 어디 있는 것 같아?" 내가 물었다.

"정신병원." 그가 말했다. "아니면 죽었거나."

"너 그거 읽었어?"

"당연히 읽었지. 좋은 책이야."

그러다 시간이 흘러 우리는 맥주를 함께 마시고 바에 가거나 체스를 함께 두었다. 하지만 그녀의 이야기는 더 이상 꺼내지 않았다. 『티파니에서 아침을』의 결말에서 홀리 골라이틀리를 빼닮은 나무 조각상이 아프리카에서 발견된다. 어느 이교도인 토착 조각가의 작품이었다. 어쩌면 소피아 무라토레도 다른 누군가에게 집착의 대상이 되었을지 모르는 일이다.

여름에 나는 유리의 영화를 종종 보았다. 내 룸메이트는 스무 살의 그리스인이고 아무것도 이해하지 못했다. 우리는 더워서 창문을 열었고 냉장고가 제대로 작동하지 않아서 미지근한 맥주를 마셨다. 그러는 사이 안뜰에서 바비큐 연기가 피어오르고 시끌벅적한 아이들 소리가 들렸다. 반면에 영화 속은 겨울이었고 길가에는 눈이 쌓였으며 소피아는 어느 카페에서 눈을 감고 암페타민*을 과다 복용한 펑크걸처럼 고개를 흔들며 특유의 정신 나간 듯한 춤을 추었다. 그녀는 라일라가 아니었다. 그 이름은 이제 아무런 의미가 없었다. 어느 노파에게 맡겨두었던 자신의 개와 대화하는 소피아가 있었다. 진지하게 대화를 하려 하지만 개는 말을 듣지 않고 그녀의 얼굴을 핥아서 그녀는 바닥에 드러누워 웃음을 터뜨렸다. 그녀가 길을 건너 끝이 나올 때까

---

*   각성제의 일종.

지 콘크리트 부두를 따라 뛰어가는 장면이 있었다. 소피아는 무언가를 쫓아가다가 간발의 차로 놓친 것처럼 물에서 한 발짝 떨어져 멈춰 섰다. 마지막은 그녀가 침대에서 뒹굴거리는 무척 긴 장면이었다. 빛을 피해 베개 속에 얼굴을 파묻고 잠을 자려고 애쓰지만 결국 포기하고 눈을 뜬다. 그녀의 사시 눈이 카메라를 바라보고 있을 뿐이었다.

내 룸메이트는 여행객의 마음으로 영화를 공부하며 쉴 새 없이 물었다. "여기는 어디지? 그럼 여기는?" 나는 그를 마치 슈퍼 에이트인양 바라보았다. 난 그 장소가 어디이고 무슨 날인지 알고 있었다. 카메라 반대편에는 누가 있었고 그 사람의 단점을 알고 있었고 사랑했다. 난 소피아가 인사도 없이 문을 닫아버릴 거란 걸 이미 예상하고 있었다. 소피아는 이런 순간, 헤어질 때 하는 모든 의식, 인사나 포옹, 이런 것들을 지독히 싫어했다. 대신 헤어짐을 이 방에서 저 방으로 옮겨가는, 잠시 떠나 있는 것쯤으로 생각했다. 그리고 나중에 다시 와서는 전날 하던 이야기를 이어서 할 뿐이었다. 그러기 위해서는 '어쨌든'이라는 말로 충분했다. 그녀가 말했다. "어쨌든, 피에트로, 여자와 아이는 해적선에 탈 수가 없었어, 왜 그런지 알아? 남자들이 일대일로 대적하기 때문이야." 또는 "어쨌든, 거짓말쟁이의 눈은 꼴도 보기 싫어. 냉장고는 마음의 거울이야"라고 말했다.

그 후, 몇 개월이 지난 5월이었다. 학기가 끝났고 유리는 하루 빨리 떠나고 싶어 했다. 시험을 치른 지 일주일도 채 지나지 않았다. 작년에는 남아 있고 싶다는 생각을 했을지 몰라도 이제 뉴욕, 그의 영화가 있는 뉴욕에는 뭔가 고갈된 느낌이었고 다음 단계는 다른 장소에서 진행되어야 할 것 같았다. 현재로서는 이탈리아이지만 그다음에는 어디가 될지 모른다. 학위증과 함께 영화 사본도 받았지만 그는 그것을 침대 아래에 두고 떠났다. 잊고 싶었던 것이다.

내 상황은 달랐다. 나의 뉴욕은 이제 막 시작되었다. 내 앞에는 여름과 글쓰기가 놓여 있다. 5월의 어느 토요일 유리와 함께 스미스가와 9번가 사이에 있는 스카이웨이를 향해서 걸어갔다. 공항까지 바래다주고 싶었지만 그는 내 배웅을 마다했다. 지하철이 들어오는 게 보이자 우리는 조금은 어색하지만 애정 섞인 포옹을 했다. 지하철 문이 닫히는 동안 문을 사이에 두고 서로를 바라보았다. 이내 그의 모습이 사라졌고 난 벤치에 앉았다. 발아래 보이는 도시에는 햇살이 환하게 드리웠다. 역광에 비친 항구에는 유조선 한 척이 돛을 올리고 있었고 전 세계를 누비고 다니는 브루클린의 선원들이 보였다. 난 길에 늘어선 사람들을 따라 집으로 향했고, 이 이야기를 써내려가기 시작했다.

『여명』은 나디아를 위해. 나의 발레리나, 즐거운 여행되길.

『해적 이야기』알파 로메오 쉬게라를 위해. 바람에 오랫동안 검은 깃발이 펄럭이기를.

『수평선 같은 두 아이』사라와 그녀의 그림자를 위해.

『소피아는 언제나 검은 옷을 입는다』베이비시터 마리나와 보를 위해.

『바람에 이끌려』공장에서 돌아오던 카를로를 위해.

『무정부 상태가 언제 올까』술집 주인이자 스승, 술친구인 디노를 위해.

『여배우들』늘 동분서주하는 비올라를 위해.

『마법에 관하여』유령을 보고 닫힌 문을 여는 페데리카를 위해.

『구해야 할 것들』마르타와 진흙에서의 키스를 위해.

『브루클린 세일러 블루스』가볼레를 위해. 친구, 네가 없는 인생은 쓸쓸할 거야.

『소피아는 언제나 검은 옷을 입는다』는 독립된 열 개의 이야기가 시간적 구애를 받지 않고 과거와 현재를 자유롭게 넘나드는 구성을 취하고 있다. 마치 각양각색의 퍼즐 조각을 맞추는 것처럼 각 장에서 하나씩 밝혀지는 이야기가 모여 전체를 이룬다.

이 작품은 어린 시절부터 성인에 이르기까지 소피아의 불안한 청춘에 대해 이야기한다. 하지만 작가는 주인공이라 생각되는 소피아에 대해 직접적으로 많은 것을 언급하지 않는다. 각 장에서 소피아가 빠짐없이 등장하기는 하지만 주변 사람들의 시선에서 이야기가 전개된다. 소피아 개인의 삶에 전적으로 스포트라이트를 두기보다는 그녀가 성인으로 성장하는 과정에서 영향을 주었던 주변 인물들의 사연에 더욱 집중된다. 한곳에 정착하지 못하고 이곳저곳을 떠도는 생활을 하며 다양한 사람들을 만나는 소피아는 때로는 주인공이 되는가 하면 때로는 주변인에 그치기도 한다.

그러나 소피아는 작품 속 모든 인물과 관계를 맺고 있는 유일한 인물이다. 매 이야기마다 다양한 시각에서 관찰되는 소피아의 삶을 들여다보는 재미가 있다. 시시각각 기분이 바뀌고 걸핏하면 화를 내는 엄마 로사나, 예민한 두 여자 사이에서 단순한 삶을 꿈꾸는 아빠 로베르토, 한때는 혁명 좌파 활동을 하며 숨어 지냈지만 중요한 시기에 소피아의 보호자 역할을 자처한 고모 마르타. 이들은 소피아의 인생에 결정적인 영향을 준 사람들이다. 이외에도 어릴 적 함께 해적 놀이를 하며 놀던 오스카, 소피아에게 남다른 애정을 보인 룸메이트 카테리나, 첫사랑 레오, 낯선 도시 뉴욕에서 알게 된 피에트로까지, 이들 모두는 소피아의 인생에 크고 작은 흔적을 남긴 사람들이다. 소피아는 외로움과 공허함에 괴로워하다 자살을 결심하기도 하지만 이들을 통해 인생의 법칙을 깨닫고 살아가는 법을 배운다. '삶의 의미는 우리가 만나는 사람들과의 관계 속에서 찾을 수 있다'는 메시지가 강렬히 와닿는다.

모든 이야기의 중심에는 사람들마다 각기 다른 존재론적 고통과 괴로움이 들어 있다. 그러나 이들이 겪는 고통은 그리 특별한 것은 아니다. 누구나 살아가면서 겪게 되는 평범한 것들이다. 그리고 각기 자신의 고통을 이겨내는 방법을 하나씩 가지고 있다. 소피아의 문제들은, 늘 오해가 끊이지 않고 침묵이나 거친 대화가 오가는 가정에서 자란 그녀의 유년 시절의 경험에서 기인한 것이다. 피에트로는 이런 소피아에게 그녀만의 생존 전략이 있음을 간파한 유일한 사람이다. 카메라가 켜지면 소피아는 어느 카페의 웨이트리스가 된다. 그것이 그녀의 진짜 삶이고 카메라 밖의 삶이 연기인 듯이 행동한다. 연기야말로 소피아에게 그녀가 원하면 "바로 지금 이 순간의 행복"을 선사해줄 수 있는 통로인 것이다.

파올로 코녜티는 급속한 경제 성장과 근대화 이후 대혼란을 겪었던 1970년대라는 시대적 맥락 속에서 주인공과 그 주변의 상처받고 괴로워하는 사람의 감정을 섬세하게 묘사한다. 그리고 누구나 공감할 수 있는 인생에 대한 이야기를 진솔하고 담담하게 풀어놓는다. 코녜티 소설의 힘은 바로 여기에 있다. 정제됨 없이 사실적으로 묘사된 현실은 독자의 공감을 이끌어내기에 충분하다. 고독하고 불완전해 보이는 인물들이, 삶의 균형을 유지하려고 애쓰지만 넘어지고 실패하기를 반복하는 우리와 같은 평범한 사람들에게 위안을 준다. 독자들은 소피아의 이야기를 읽으면서 자신의 삶을 들여다보는 계기를 갖게 될 것이다.

소피아는
언제나
검은 옷을 입는다

지은이 파올로 코녜티
옮긴이 최정윤
펴낸이 김영정

초판 1쇄 펴낸날 2021년 1월 15일

펴낸곳 (주)현대문학
등록번호 제1-452호
주소 06532 서울시 서초구 신반포로 321(잠원동, 미래엔)
전화 02-2017-0280
팩스 02-516-5433
홈페이지 www.hdmh.co.kr

ISBN 979-11-90885-50-8 03880

* 책값은 뒤표지에 있습니다.